Witwe sucht Mann

Moni Leuthold

13-stellige ISBN: 9781521992920

INHALT

Personen der Handlung

Im Kaffeehaus an Land:

Annegret	68 Jahre, verheiratet mit Karlchen, 2 Kinder (erwachsen und aus dem Haus)
Isolde	67 Jahre, geschieden, keine Kinder
Elsa	74 Jahre, verwitwet, 3 Kinder und 4 Enkel (sie leben alle im Ausland)
Jenny	65 Jahre, reich verwitwet, hat sich gerade von einem Lover getrennt
Vreni und Vroni	Jennys Stieftöchter, mit denen guter Kontakt besteht
Lotte	76 Jahre, verwitwet, kinderlos, schreibt heimlich Bücher
Dr. Klaus Ullrich	77 Jahre, verwitwet, von Beruf Journalist, hört am Nebentisch eifrig zu und würde gerne Lottes Manuskript in die Hände bekommen ...

Aus Lottes „Roman" - Die Damen auf dem Kreuzfahrt-Schiff:

Leni	Single aus München, 73 Jahre, Bankerin
Ulla	Witwe aus Freiburg im Breisgau, 69 Jahre, langjährige Freundin von Heike, ihr Mann war selbständiger Schreinermeister, 2 Söhne, 5 Enkel
Heike	geschiedener Single aus Stuttgart, 68 Jahre, Ullas Freundin, früher Leiterin eines Supermarkts, keine Kinder

Martha	2 x verwitwet, aus Berlin, 75 Jahre, Luises ältere Schwester, ehemaliges Betriebsratsmitglied, gelernte Lohnbuchhalterin, 1 Sohn
Luise	geschiedener Single aus Berlin, 70 Jahre, Marthas jüngere Schwester Buchhändlerin und Bibliothekarin, arbeitet auch als Lektorin, 1 Tochter
Ilse	Witwe aus Salzburg, 77 Jahre, Krankenschwester, 3 Kinder aus der ersten Ehe ihres Mannes, von ihr stammt die Idee vom „Männer – ABC"
Lieselotte	verwitwet, lebt im Taunus, 76 Jahre, schreibt unter dem Pseudonym >Conny Schütz< sehr erfolgreich Frauenromane, keine Kinder, aber eine nette Familie mit Neffen und Nichten

DER PLAN – WIE ES BEGANN

Der ältere Herr am nächsten Tisch schaute missbilligend von seiner Zeitung auf und betrachtete die drei Damen in der Ecke gegenüber. Er wollte endlich in aller Ruhe seine Tageszeitung lesen und seinen Kaffee trinken, doch sie lachten ein ums andere Mal so laut, dass er sich einfach nicht konzentrieren konnte. Resigniert legte er die Zeitung nieder und begann, das Trio zu beobachten und zuzuhören, was es denn so Lustiges gab.

Weißt du Isolde, wenn ich Lotte so sprechen höre, bin ich froh, dass mein Karlchen noch lebt, auch wenn er mir seit seiner Pensionierung gewaltig auf die Nerven geht!“ Die blondgefärbte, etwas füllige Frau im knapp sitzenden Pullover sprach mit lauter Stimme.

„Annegret, ich glaube aber, dass Lotte recht hat!“ erwiderte Isolde. „Männer um die 70 sind irgendwie doof, unverschämt in ihren ichbezogenen Forderungen und haben kein Fingerspitzengefühl!“

Lotte, von der hier die Rede war, schien sich zu amüsieren über ihre Freundinnen. Sie war groß gewachsen, das graue Haar sehr modisch kurz geschnitten, vollschlank und gut gekleidet. Dem Gesicht nach würde er sie auf Ende sechzig schätzen, eine attraktive Person... Die beiden anderen verblassten irgendwie neben ihr.

Eine Frau betrat das Kaffeehaus, auffallend modern gekleidet, zu stark geschminkt für ihr Alter, ihre rostrote Mähne – sicher aus dem Farbtopf - wippte bei jedem Schritt auf und ab. „Hallo zusammen, bitte um Entschuldigung, aber ich kam einfach nicht früher weg!“ Sie legte ihre große Tasche auf einen der beiden freien Stühle und setzte sich schwungvoll, wobei ihre hübschen Beine einiges mehr sehen als ahnen ließen.

„Hallo Jenny! Fehlt nur noch Elsa!“ sagte die vorher als Annegret Bezeichnete. Im gleichen Augenblick stürmte eine ältere Dame völlig atemlos zur Tür herein: „Hello every body, bin schon da! Dem Wagner sein Lohengrin hat mir mal wieder keinen Schwan geschickt!“ Sie legte die große Tasche ihrer Nachbarin achtlos auf den Boden und nahm Platz. Die anderen begrüßten sie lachend. Offenbar waren die fünf nun vollzählig.

„Nachdem ihr jetzt alle eingetroffen seid, muss ich euch etwas sagen: Ich habe meine und auch eure Erlebnisse sowie Erzählungen anderer zum Thema - ihr wisst schon, welches - begonnen aufzuschreiben. Ich will die einzelnen Kandidaten und das, was man mit ihnen erlebte, zu Papier bringen. Ihr seid mein Lektoren-Team. Immer wenn ich ein Stück geschrieben habe, müsst ihr bitte die Sache bewerten. Wobei ich schon jetzt eure Hilfe brauchen könnte. Die Geschichten kenne ich, aber ich suche nach einem geeigneten Titel für mein „Werk“! Was haltet ihr davon?“ Unter viel Gelächter, aufgeregtem Diskutieren und wildem Durcheinander-Sprechen wurde es nun nochmals lauter. Da stand der ältere Herr auf, bezahlte beim Kellner und ging.

Plötzlich fragte Annegret: „Haben wir den vertrieben?“ Elsa antwortete:„Gott sei Dank, dass er weg ist. Er hat doch ganz lange Ohren gemacht und zugehört! Habt ihr das nicht mitbekommen? Zurück zum Thema, unsere Autorin braucht Unterstützung!“ Nach längerem Für und Wieder einigte man sich auf Vorschlag von Isolde darauf, „Witwe sucht Mann“ als vorläufigen Arbeitstitel zu akzeptieren…..

DAS SCHWEIZER MARIELE

Es war ein sogenannter Seetag das bedeutete, das Kreuzfahrtschiff legte an diesem Tag nirgends an, man fuhr über offenes Meer, es gab keine Ausflüge und man war nicht unter Druck. Das bedeutete auch, dass die Gäste länger beim Frühstück verweilten, man einen netten Schwatz hielt und so manche Freundschaften entstehen konnten. Was den Schwatz betraf, saßen an einem Tisch mehrere Damen im Rentenalter. Wie sich herausstellte: zwei Freundinnen, zwei Schwestern und eine allein reisende Dame. Man fand bald heraus, es gab zwei Witwen, zwei Geschiedene und eine Unverheiratete. Worauf kommt man bei solchen Unterhaltungen? Irgendwann auf das Thema MANN….

Die Schwestern waren Berlinerinnen, wie sie immer wieder betonten „aus West". Die beiden Freundinnen waren im Süden der Republik zu Hause, die eine in Stuttgart und die andere in Freiburg im Breisgau. Die Unverheiratete schien sehr lustig zu sein und kam der Sprache nach aus Bayern. „Na, na," sagte die Münchnerin, „i bin koa Männerfeind, aber wissen'S, meine drei Schwestern san alle drei g'schiedn, und solchene Dramen muss ich mir nicht antun! Und mir san erwachsen, also à la carte lebt sich's a net schlecht" erklärte sie treuherzig. Da bat eine der Berlinerinnen ganz verschämt: „Verzeihen Sie bitte, aber wenn Sie so stark bayerisch sprechen, habe ich als

Berlinerin große Mühe, Sie zu verstehen!“

„Aber gern, ich kann hochdeutsch! Und Sie aus dem Schwabenland?“ war die launige Frage. „Ach, wir leben zwar im sogenannten Schwäbischen, richtiger Baden-Württemberg, kommen aber aus der Gegend um Hannover und sprechen daher hochdeutsch. Meine Freundin lebt in der Gegend von Freiburg, ich bin in Stuttgart zu Hause. Wir sind schon zusammen in den Kindergarten gegangen!“ Nachdem man sich auf ein gemeinsames „Sprachniveau“ und das „Du“ geeinigt hatte, waren die dialektischen Probleme bereinigt.

„Mit Männern erlebt man schon so einiges“, erzählte die Freiburgerin. „Ich habe schon mehrere Reisen per Schiff gemacht, meine Freundin fährt zum ersten Mal mit mir mit. Auf einer Reise in die Karibik habe ich einen sehr netten Schweizer kennen gelernt. Da er nicht so weit weg gewohnt hat, haben wir vereinbart, uns mal zu besuchen. Na, erst kam er zu mir, für fünf Tage. Wir haben schöne Ausflüge in den Schwarzwald gemacht, waren am Bodensee, auf der Mainau, die er noch nicht kannte. Wir besuchten ein wunderbares Symphoniekonzert. Die Tage waren angenehm und harmonisch, wir ließen es uns gut gehen. Er lobte mich wegen meiner Küche, offenbar tat es ihm gut, mal wieder bekocht zu werden.

Die Schweizer sind ein besonderes Völkchen, mit einer Reihe von Eigenarten, die manchmal seltsam anmuten. Er schien eine echte Ausnahme zu sein. Wir telefonierten alle zwei, drei Tage. Er erzählte von seinen Erlebnissen, ich von meinen, es war so richtig heimelig zwischen uns. Immer wieder fragte er, wann ich ihn denn endlich besuchen würde. Ein paar Wochen später – ich hatte die Handwerker und konnte nicht früher weg – bin ich zu ihm gefahren, aber mit der Bahn, denn im Winter fahre ich nicht gerne große Strecken mit dem Auto. Er hat mich abgeholt, hatte sogar Blumen dabei, was ich echt rührend fand. Wir fuhren zuerst zu ihm, ein sehr nettes Haus, eingerichtet in etwas konservativer Art, aber gemütlich. Dann lud er mich zum Essen ein. Restaurants in der Schweiz sind nicht billig und es gibt fast überall die gleiche

Speisekarte. Ich habe ihm vorgeschlagen, einzukaufen und in Zukunft selbst zu kochen, das käme billiger. Er war einverstanden und wir gingen in den Supermarkt.

Am nächsten Tag habe ich nach dem Frühstück anfangen wollen und er hat mir total auf die Finger gesehen. Ich wollte Kartoffeln aufstellen und nahm einen Topf heraus. >Nei, nei, das Mariele hat immer das Casserol da für Hördäpfl gno!< dabei nahm er mir den Topf aus der Hand und reichte mir einen anderen. Das Messer fürs Putzen von Gemüse war vorgeschrieben und so ging es weiter. Der Mann war plötzlich ganz anders, als bei unserem ersten Treffen, ich erkannte ihn kaum wieder. Langsam kam mir die Galle hoch! Ich weiß bis heute nicht, wie ich das ausgehalten habe ohne auszurasten!" Sie machte eine Pause und gespannt fragten die anderen vier Damen: „Weiter, wie ging es weiter? Erzähl doch!"

„Ha, ha" lachte die Freiburgerin etwas hämisch, „ich habe alles vorbereitet und als die Töpfe brav auf dem Herd vor sich hin brutzelten, habe ich gesagt, dass ich mal kurz nach oben ginge. Dort habe ich mir als erstes ein Taxi bestellt, alles – ich hatte nicht viel mit - in meinen Koffer geworfen, meinen Mantel geschnappt und da kam auch schon das Taxi. Ich bin die Treppe hinunter, mit Köfferchen. Er kam aus der Küche und hat ganz perplex gefragt: >Was ischt? Was machst du da?< Ich habe sehr cool geantwortet: >Ich fahre nach Hause! Viele liebe Grüße an das Mariele!<…und schon war ich im Taxi." „Ja und hat er sich noch mal gemeldet?" wollte die Münchnerin wissen. „Nein," war die Antwort der Freiburgerin, „das Mariele hat ihm für solche Dinge wahrscheinlich nicht den passenden Spruch vorbereitet!"

Das Gelächter der Damen <unisono> veranlasste zwei jüngere Männer am Nebentisch zu der Frage, was denn wohl so lustig wäre und ob sie mitlachen dürften…. Einer der Kellner kam und bat die Damen, den Tisch frei zu machen, es müsste geputzt werden. Die Damenrunde beschloss, sich am Nachmittag um 15 Uhr im Bordcafé wieder zu treffen – zum gemeinsamen Erfahrungsaustausch. Die Münchnerin sagte zu, einen entsprechenden Tisch reservieren zu lassen.

DER MERCEDES - MANN

Alle waren pünktlich da. Nachdem Kuchen und Getränke bestellt waren, wollte die Freiburgerin erfahren, wer eine neue Geschichte auf Lager hätte. „Ach erzähl doch vom Mercedes-Mann“ forderte die Berlinerin Luise ihre Schwester auf. Martha, so hieß die zweite aus Berlin, war sogar zweimal verwitwet, wie sie am Vormittag erzählt hatte. Sie ließ sich nicht lange bitten und legte los.

„Du warst bei deiner Tochter in Gelsenkirchen, mein Sohn und Familie waren zum Schi fahren in Österreich. Ich war also allein, irgendwie brauchte ich frische Luft. Deshalb fuhr ich raus zum Wannsee. Es war ein klarer kalter Wintertag, die Sonne schien und ich beobachtete die Wasservögel, die in einem eisfreien Wasserloch herumalberten. Ich hatte mir ein altes Brötchen mitgenommen und fütterte die Tierchen. Ein paar Meter weiter stand ein Herr und tat das gleiche. Ich bemerkte aus den Augenwinkeln, dass er mich immer wieder ansah. Er war nicht sehr groß, ich bin es ja auch nicht. Teuer angezogen mit Kamelhaarmantel und Pelzmütze, dachte ich und überlegte gerade, ob er mich wohl ansprechen würde.

Da wendete er sich mir zu und fragte mich höflich: >Ist ein hübsches Vergnügen, den Entchen zuzugucken, es macht mir stets Spaß. Ihnen offensichtlich auch, gnädige Frau? < Er sprach ein leicht berlinisch gefärbtes Hochdeutsch. Ich bejahte und daraus wurde eine nette Unterhaltung, schließlich gingen wir gemeinsam zu dem Kaffeehaus bei der kleinen Brücke, aber es war leider geschlossen, was nicht anders zu erwarten war, jetzt im Winter. Wir beschlossen, wo anders etwas Entsprechendes zu suchen, und er lud mich ein, mit ihm im Auto zu fahren. Am Parkplatz stand ein älterer 300er Mercedes, dunkelrot, sehr gepflegt. Ich kenne mich nicht gut mit Autos aus, ich habe nicht mal einen Führerschein, aber selbst ich als Laie sah, dass da ein teures Teil geparkt war.

Wir fuhren los, fanden ein nettes Kaffeehaus. Nachher, es war bereits dunkel, brachte er mich nach Hause. Wir verabredeten ein weiteres Treffen und er verabschiedete sich. Er hat erzählt, dass er ebenfalls verwitwet wäre, seit etwa zwei Jahren. Er hätte zwei Töchter, die beide im Ausland lebten; eine als Diplomatengattin in Südafrika, die andere war in Norwegen verheiratet. So gut, so schön. Ich will die Sache nicht zu breit erzählen. Wir trafen uns regelmäßig, gingen ins Theater, ins Kino, waren einige Male in der Philharmonie und anderen Konzerten, manchmal gingen wir gemeinsam irgendwo essen, aber immer getrennte Kasse. Wir machten mit seinem Wagen kleine Ausflüge in die Umgebung, nach dem Mauerfall war das alles möglich geworden. Über seinen Beruf sprach er gar nicht, aber ich nahm an, er war irgendetwas im öffentlichen Dienst gewesen, sprach gut englisch und französisch. Es war eigenartig, aber das fiel mir erst viel später auf, von ihm, seinem Leben und so weiter erfuhr ich nur ganz wenig, meist eher so beiläufig, aber dann wechselte er sehr rasch das Thema. Er dürfte so Mitte siebzig gewesen sein, was ich aus den Erzählungen schloss.

Wir kannten uns beinahe ein dreiviertel Jahr – mittlerweile war es Herbst geworden, und ich wusste nicht einmal genau, wo er wohnte. Er war einige Male bei mir zum Kaffee gewesen. Es war eine nette Bekanntschaft, eher unverbindlich, aber trotzdem war ich nicht so ganz allein. Und wer geht nicht lieber zu zweit ins Konzert als alleine? Ich hatte mich schon länger mit dem Gedanken getragen, eine neue Küche zu kaufen. Es war schwierig, bei all den Angeboten das Richtige zu finden; ich erzählte ihm davon." Sie machte eine kurze Pause: „Jetzt muss ich aber mal einen Schluck trinken, bin schon ganz trocken im Hals nach der langen Rede!" Die anderen warteten gespannt, bis es die Stuttgarterin nicht mehr aushielt: „Ach, mach doch weiter! Ich bin sooo gespannt!"

Nach einem letzten Schluck aus der Kaffeetasse setzte Martha ihre Erzählung fort: „Heute im nach hinein kommt mir manches so komisch vor. Ich war nicht verliebt, ich würde vielleicht sagen, dass ich mich ein wenig verguckt hatte.... Na ja, also weiter im Text: Ich bin seit Jahren SPD - Mitglied und war im Betriebsrat unserer Firma freigestellte, stellvertretende Betriebsratsvorsitzende. Aufgrund dieser Tätigkeit besuche ich heute noch die Rentner und Rentnerinnen, wenn mal einer besonderen Geburtstag hat oder krank ist, manchmal bin ich auch nur so zum Schwatz eingeladen. Ich hatte eine Einladung von unserem alten Betriebsratsvorsitzenden erhalten, er war mittlerweile 79 Jahre alt und wollte noch mal heiraten –tja, alte Herren tun sich da wohl leichter wie wir! Er hat mir dann erklärt, seine Braut – er sagte tatsächlich Braut – wäre die Witwe eines alten Freundes, der viele Jahre krank war. Sie hat ihren Mann sehr aufopfernd gepflegt, ging deshalb nicht arbeiten und entsprechend klein ist jetzt ihre Rente. Kinder hätte sie keine. Er hat mit seinen drei Kindern gesprochen, die dafür sind, wenn er nicht allein bleibt; sie kannten die „Braut" mit Namen Rosa über Jahre. Das alles nur zur Erklärung, warum ich nach Nikolassee gefahren bin. Ich wusste zwar, wo der Fritze wohnt, bin aber aus Versehen eine Station zu früh ausgestiegen. Plötzlich sehe ich da einen roten Mercedes 300 stehen, ein mir sehr bekannter Herr hilft einer schicken Dame so um die sechzig aus dem Auto, küsst ihr die Hand und sie gehen zärtlich untergehakt in ein größeres Haus hinein. Erst wollte ich auf ihn zugehen, dann habe ich es aber sein lassen.

Meinen Besuch bei Fritze habe ich ein wenig abgekürzt und bin dann schauen gegangen, ob der bewusste Herr da wohnt oder vielleicht die Dame. Siehe da, es gab einen Klingelknopf mit seinem Namen. Vielleicht war das seine Frau und er hat mich angelogen. Oder eine andere Beziehung??? Ich wusste es nicht und war natürlich neugierig. Aber eifersüchtig fühlte ich mich nicht. Drei Tage später waren wir verabredet, ich rief ihn an auf dem Handy. Er meldete sich und ich sagte ihm, dass ich in Nikolassee wäre, ganz in seiner Nähe, ich würde bei ihm klingeln, wenn mein Besuch zu Ende wäre. Erst wollte er mich abwimmeln, aber ich habe behauptet, er hätte mir doch neulich seine Adresse mitgeteilt und mich eingeladen. Offensichtlich war es ihm peinlich, er fand keine gute Ausrede und so hat er - nur sehr widerstrebend - zugesagt. Klar, dass er nicht sagen konnte, ich würde die Unwahrheit sagen. Ich habe daraufhin einige Stück Kuchen gekauft und bei ihm geklingelt. Er war sichtlich nervös, ich ganz cool und entspannt.

Die Wohnung war teuer eingerichtet, schöne Perserteppiche, schwere Möbel, schwere Portieren aus Samt - mir zu protzig, nicht richtig gemütlich. Ich habe gesagt, er sollte mir seine Küche zeigen, er wüsste doch, dass ich mir eine neue kaufen möchte. Die Küche war eine Wucht: alles da, was das Herz einer Hausfrau begehrt! Er wollte mich schnell wieder los werden, aber boshaft wie ich bin, wollte ich unbedingt Tee kochen zum mitgebrachten Kuchen. >Nein, nein! < rief er panisch aus. >Das ist die Küche meiner verstorbenen Frau, die hat sie kurz vor ihrem Tod noch so schön geputzt, und da darf nichts entweiht werden!< Im gleichen Augenblick ging die Eingangstür auf und eine Frauenstimme rief: >Schätzchen, ich bin wieder da und habe das neue Nachthemd mitgebracht für …< Der Rest des Satzes blieb ihr im Hals stecken, als sie in der Küchentüre auftauchte und mich sah.

Geistesgegenwärtig habe ich sie als Frau Metzkow angesprochen und sie war blöd genug zu sagen: >Nein! Mein Name ist Marschke!< Ich war natürlich nicht überrascht, ich wusste doch bereits Bescheid. Aber einen bombigen Abgang wollte ich mir schon verschaffen, deshalb sagte ich ganz freundlich zu ihr: >Na dann hoffe ich für Sie, dass das Schlafzimmer und die Betten nicht ebenfalls von der verblichenen Gattin des Herrn Metzkow vor ihrem Tod geputzt wurden und deshalb nicht entweiht werden dürfen wie hier die Küche, sonst haben Sie das Nachthemd am Ende umsonst mitgebracht!<“

Die Damenrunde lachte herzhaft und lobte die Schlagfertigkeit von Martha. Diese beendete ihren Bericht mit den Worten: „Dann nahm ich mein Kuchenpaket und weg war ich!“ „Aber die Pointe Nummer zwei, die musst du unbedingt auch erzählen!“ rief Marthas Schwester aufgeregt.

„Ach so, das hätte ich beinahe vergessen. Zur Hochzeit von Fritze und Rosa war ich eingeladen. Ich weiß nicht mehr wie und weshalb wir auf Herrn Metzkow zu sprechen kamen. Rosa kannte ihn vom Sehen, sie wohnte früher im Nebenhaus, und wusste einiges über ihn. Er war ein ehemaliger Stasi-Offizier, der für die DDR viel im Ausland war, daher die Sprachkenntnisse. Er hatte sich gleich nach der Wende eine reiche Witwe aus West geangelt und war lange genug mit ihr verheiratet, um nach ihrem Tod eine saftige „Witwer-Pension“ zu bekommen. Nur aus der Villa haben ihn ihre Kinder hinausgeworfen. Aber aus dem gemeinsamen Hausrat konnte er sich als Witwer mitnehmen, was er wollte. Um eine finanzielle Abfindung für seinen Anteil am Vermögen kam die Familie ebenfalls nicht herum, denn seine Frau hatte kein Testament gemacht und deshalb stand ihm der gesetzliche Pflichtteil aus dem Erbe zu, sogar in bar. Die Kinder haben zwar versucht, gerichtlich gegen ihn vorzugehen, aber ohne Erfolg.“

Sie nahm einen weiteren Schluck aus ihrer Kaffeetasse und beendete ihre Erzählung: „Irgendetwas war mir immer merkwürdig an dem Mann vorgekommen, aber manchmal ist man einfach zu blöd. Nur gut, dass ich nie über Geld mit ihm gesprochen habe, obwohl er es hin und wieder probiert hat!“ Das war aber mal eine Geschichte, sie sprachen wild durcheinander, bis Martha den Aufruhr mit den Worten beschwichtigte: „Regt euch doch nicht so auf! Wenn man auf Freiersfüßen ist, muss man mit Überraschungen rechnen!“

Plötzlich rief die Münchnerin: „Ach Gott, es ist fast sechs Uhr! In einer halben Stunde fängt das Kapitäns-Dinner an. Ich muss mich vorher umziehen!“ Sie beeilten sich alle wegzukommen. Jede wollte schön sein für das Dinner und jetzt war man so spät dran! Leni,die Münchnerin, rief zum Abschied: „Übermorgen ist wieder Seetag. Nicht vergessen, da treffen wir uns zum Frühstück wieder, gell?“

ILSE VERSTÄRKT DIE RUNDE
LENIS „BEICHTE“

Nach dem gestrigen Besuch auf den beiden wunderschönen Inseln mit interessanten Führungen, einem netten Kaffeehausbesuch und etwas Regen war wieder ein „Seetag“ und das Kreuzfahrtschiff stampfte weiter gegen Norden durch das aufgewühlte Meer, die Wellen waren ganz schön hoch mit weißen Schaumkronen. Es regnete, aber es war mehr so ein Nieseln: jeder war froh, gut unter Dach zu sein. Nicht einmal die obligatorischen Deckspaziergänger gingen hinaus.

Wie verabredet traf man sich wieder beim Frühstücksbuffet, nur die Berlinerinnen fehlten. „Eine der Schwestern hat sich erkältet und bleibt lieber im Bett, die zweite wollte alleine nicht kommen! Sie haben in der Kabine gefrühstückt.“ berichtete die Münchnerin, die nur zwei Kabinen weiter auf dem gleichen Deck „zu Hause“ war. So saß man nur zu dritt, erzählte über den gestrigen Tag, was jede so erlebt hatte.

„Verzeihen Sie bitte.“ sagte plötzlich eine ältere Dame „darf ich mich zu Ihnen setzen?“ „Selbstverständlich gerne!“ war die Antwort. Sie freute sich über die nette Einladung und stellte sich vor: „Ich bin Ilse Ernstlinger, ich komme aus Salzburg und mache zum ersten Mal in meinem Leben eine Kreuzfahrt“. Die Freiburgerin richtete das Wort an den

Neuzugang: „Wie kommen Sie denn zu recht, Sie sind sicher alleine hier? Gefällt es Ihnen auf dem Schiff? Heute ist der Seegang etwas rauer, der Steward hat gesagt Windstärke 5!"

„Danke der Nachfrage, mir geht es gut! Ich bin doch ein >Landei<, aber ich hätte nie gedacht, dass mir eine Seereise so viel Spaß macht. Ich bin ganz allein hier und es ist eigentlich schwierig, Anschluss zu finden. Vorgestern habe ich Sie alle, auch später am Nachmittag im Café, so herzhaft lachen gehört. Wie ich gesehen habe, dass die zwei anderen Damen fehlen, da habe ich jetzt allen Mut zusammengenommen und gefragt, ob ich bei Ihnen Platz nehmen darf. Sie haben sich so nett unterhalten und viel gelacht, ich brauch eine Aufmunterung…". Sie schwieg und sah ein wenig ängstlich in die Runde.

„Nur keine Bange", beruhigte sie die Münchnerin, „Sie sind herzlich willkommen. Wir duzen uns und nennen uns bei den Vornamen: ich bin die Leni aus München!" - „Guten Tag in unserer Runde! Mein Name ist Heike aus Stuttgart und das ist meine Freundin Ulla aus Freiburg!" Heike hakte gleich nach: „Auch Single?" - „Ja leider bin ich Witwe. Mein Mann ist schon vor neun Jahren nach langer Krankheit gestorben, für ihn war es eine Erlösung! Für mich dagegen ist es jetzt schwer, zumal unser Freundeskreis ohnehin sehr geschrumpft war. Nach der Beerdigung haben sich sogar die letzten sogenannten guten Freunde zurückgezogen." Ilse klang traurig.

„Willst du darüber sprechen? Wir sind nicht unbedingt neugierig, aber manchmal hilft es, wenn man darüber sprechen kann!" ergriff die Münchnerin nach einer kurzen Stille das Wort. Schüchtern fragte die Salzburgerin: „Interessiert euch das denn?" Die anderen nickten eifrig und Ilse begann zu erzählen: „Bei der Verabschiedung nach dem Leichenschmaus – Gott was für ein ekliges Wort – hat mir jeder versichert, sie wären für mich da, Pustekuchen! Die Frau von seinem besten Schulfreund zum Beispiel schrieb eine Ansichtskarte von den Malediven: Ich wäre eine starke Frau, man bräuchte sich nicht um mich zu sorgen, ich würde schon alleine meinen Weg gehen! Danach habe ich nie mehr von Ihnen gehört! Andere, mit denen wir früher sehr viel wandern waren, haben sich auch schäbig benommen! Es war Pfingsten und ich rief an bei den alten Wanderfreunden. Ich wusste, dass sie sicher etwas unternehmen würden. Ehe ich fragen konnte, wohin sie gehen wollten, ob sie mich mitnehmen, hieß es: >Ja, wir gehen wandern, aber wir sind schon zwei Ehepaare! < Da war ich bestimmt nicht willkommen.

Wo immer ich mich meldete, wurde ich abgewimmelt: man war so beschäftigt mit den Enkeln, andere wollten gerade weggehen oder verreisen, die Handwerker wären da; heute ginge es nicht wegen Besuch, aber man würde morgen zurückrufen und viele Ausreden mehr. Habe ich nach Tagen oder auch Wochen wieder angerufen, wurden mir neue Ausreden aufgetischt. Es war richtig widerlich! Wenn man verwitwet und ohne Kinder ist, gehört man zu den Untermenschen!

Ich war in der Vergangenheit karitativ tätig, habe ehrenamtlich im Krankenhaus im Besuchsdienst gearbeitet, besonders bei krebskranken Kindern, war bei diesem Verein im Vorstand – selbst eines der Gründungsmitglieder – sogar da haben sie mich „elegant hinaus gedreht“, wie meine Freundin in Wien es bezeichnet hat! Sicher lebten wir während der Jahre durch die Erkrankung meines Mannes sehr zurückgezogen Wir sind wenig ausgegangen, höchstens anfangs mal in ein Konzert! Gesunde Leute haben keine Ahnung, was es bedeutet, schwer krank zu sein!“ Die Enttäuschung war ihr anzuhören, doch dann war sie wieder kampfeslustig: „Mein Mann hat drei Kinder aus erster Ehe, die nur zur Beerdigung kamen, weil sie das Erbe wollten. Die ganze Zeit seiner Krankheit haben sie sich kaum um ihn gekümmert! Gott sei Dank hat mein Mann sehr klug für mich vorgesorgt! Ich habe es allen gezeigt: Ich habe mir ein neues Auto gekauft, meine Wohnung schick renoviert, fahre jedes Jahr zur Kur und jetzt habe ich das Meer für mich entdeckt!“

„Bravo!“ lobte die Münchnerin, „so ist es richtig! Ich war vier lange Jahre verlobt. Wir wollten erst heiraten, wenn wir uns das Haus mit den zur Auszahlung genehmigten

Bausparverträgen hätten leisten können. Vieles haben wir uns nicht gegönnt und gespart. Aber es kam ganz anders: er hat eine andere geheiratet, weil sie von ihm schwanger war! Und was glaubt ihr, wer das war? Meine älteste und beste Schulfreundin – er hat nämlich ganze drei Jahre auf zwei Hochzeiten gleichzeitig getanzt, bloß ich Depp habe nichts davon gewusst!"

Sie holte tief Luft und fuhr fort: „Einige Jahre später dann habe ich einen Mann kennengelernt, der getrennt von seiner Frau lebte. Sie hatte einen anderen, weil man aber katholisch ist, wollte sie sich nicht scheiden lassen! Ich habe ihn geliebt und zehn lange Jahre alles erduldet – bis sie eine Erbschaft in Aussicht hatte, unter der Bedingung, dass sie wieder mit ihrem Mann zusammen lebt! Was haben die zwei gemacht? Für viel Geld sind sie wieder zusammen gekrochen und haben sogar noch ein Kind bekommen! Ich bin auch katholisch und glaube an Gott. Aber ich lebe im 21. Jahrhundert und bin aufgeklärt! Ich könnte ein Buch über Heuchelei, männliche Unverfrorenheit und Gemeinheit schreiben, ihr könnt mir das ruhig glauben!" Man sah ihr an, dass sie am liebsten mit der Faust auf den Tisch geschlagen hätte.

„Besonders schlimm war aber meine Familie, mir haben sie die Schuld an allem gegeben, vorne dran meine Mutter, die Tanten und der restliche Anhang! Dazu habe ich noch einen Pfarrer als Cousin, der wollte mit mir auf dem Jakobsweg auf Pilgerreise gehen - zur Verbüßung aller meiner Sünden! Von wegen! Könnt ihr euch das vorstellen?"

Lenis Augen funkelten zornig. „ Aber ich habe mir gesagt: >Leni, mir packen des! Und i hab's packt!" Vor lauter Aufregung verfiel sie in ihren Dialekt. „Ich habe im Lotto gespielt und ein Jahr später 250.000 Mark gewonnen! Ich bin gelernte Bankerin, das nur nebenbei. Das Kapital habe ich klug vermehrt und gut angelegt. Von meiner Rente und den Zinsen lebe ich jetzt recht gut. Dann ist meine staubige Verwandtschaft auf die Idee gekommen, dass ich für meine Familie, die lieben Nichten und Neffen, was springen lassen sollte! Aber der Zug war raus! Sie wollten mir sogar einen total vergreisten Witwer schmackhaft machen, nicht zu glauben!" Alle sahen sie gespannt an, als sie eine Pause einlegte. „Und was hast du gemacht?" fragte Ilse, die Neue ganz aufgeregt.

„Ich?" Leni hatte hochrote Backen vor Aufregung. „Ich hab mich im Internet herumgetrieben, außerdem gibt es genügend Date – Möglichkeiten in München. Ich war erst 46 Jahre alt damals! Wenn mir einer gefallen hat, na bitte! Manchmal war es nur ein sogenannter One – Night - Stand, wie des auf Neudeutsch hoaßt, manchmal hat's a Wochen dauert, manchmal länger. I bedauer' nix, ich hab mein Leben genossen! Und jetzt mach i mir die Gaudi, im Internet auf Partnersuche zu gehen.... Ehrlich gesagt, eigentlich brauch' i koa Mannsbild net mehr, aber die Schreiberei im Internet macht mir furchtbar viel Spaß! Gelegentlich beißt auch einer an, den treffe ich und mir ham a nette Zeit. Wenn er mir nicht gefällt, dann wird er wieder abserviert - weil fest binden will ich mich nimmer!"

Sie sah das neue Mitglied Ilse um Verzeihung bittend an: „Ilse, ich bitte um Entschuldigung für die Unterbrechung und mei boarisch , aber ich hab das jetzt raus lassen müssen!" Die anderen Damen klatschten plötzlich - ohne dass es abgesprochen war - in die Hände und ließen Leni hochleben. „Kein Problem, Leni! Jeder darf hier mal Dampf ablassen und auch dir tut es gut!" war der tröstende Kommentar von Heike.

Ilse hob die rechte Hand und meldete sich wieder zu Wort: „Was das Internet und diese anderen Partnervermittlungen betrifft, da kann ich einiges dazu beisteuern!" Sie lachte spitzbübisch. „Wollt ihr das hören?" Ulla sah auf die Uhr: „Meine Güte, es ist Mittag! Aber weil wir so brav in der hintersten Ecke sitzen, hat uns der Kellner gar nicht verscheucht! Da bleiben wir gleich hier, es gibt gleich Mittagsbuffet! Nach den anstrengenden Berichten brauch ich jetzt was Handfestes!"

Die Stuttgarterin Heike saß so, dass sie in Richtung Buffet sehen konnte: „Du siehst das vollkommen richtig, meine Liebe! Die ersten Hyänen sind bereits da. Ich hol mir eine Kleinigkeit, aber dann gehe ich in die Kabine und leg mich aufs

Ohr." „Morgen ist noch ein Seetag, ehe wir um Island fahren. Lasst uns morgen weitermachen, sonst wird es zu viel!" schlug Ilse nach dem Essen vor. Alle waren einverstanden und man trennte sich, mit der freudigen Aussicht auf weitere Geschichten.

LUISES SCHRECKLICHE GROTESKE LIESELOTTE - DIE NR. 7

Diese Seereise sollte insgesamt 21Tage dauern, man war erst am Tag 5, was bedeutete, dass noch einige Erlebnisse und Geschichten erzählt werden konnten….. Der Tisch hinten in der Ecke war zum Stammtisch der Damen geworden. Einer der Kellner, ein Italiener mit Namen Alfredo, hatte den Tisch gerade verteidigt, als die beiden Freundinnen Ulla und Heike zum Frühstück kamen. Heike steckte ihm heimlich ein kleines Dankeschön zu, worauf er sich bedankte: „Thank you, Madame! This service will go on!“ Er grinste und verschwand zu seiner weiteren Arbeit.

„Bin schon neugierig, wie es heute weitergeht.“ Ulla setzte sich. „Du musst dir doch noch etwas vom Buffet holen!“ Heike erinnerte die Freundin, dass hier nur Selbstbedienung war. Als die beiden mit vollen Tabletts zurückkehrten, war Ilse bereits am Tisch eingetroffen, von der anderen Seite des Raumes winkte Leni. Es dauerte ein Weilchen, bis alle eingetrudelt waren, Martha war schon da, nur Luise kam völlig abgehetzt als letzte: „Entschuldigung, aber mir ist die Schlüsselkarte hinuntergefallen, unterm Bett habe ich sie dann gefunden! Gibt’s schon was Neues?“

„Ja, darf ich bekannt machen: Ilse aus Salzburg! Sie hat uns gestern gefunden, schade dass ihr nicht da wart! Aber wir werden euch beide später alles nacherzählen!“ Heike machte die Honneurs. „Wir sind erst kurz da und zuerst frühstücken wir. Erzählt wird nachher!“ Alle nickten Ulla zu und man widmete sich den Leckereien vom Frühstücksbuffet. „Das Essen ist wunderbar“ stöhnte Ilse, „und in der Schar schmeckt es bekanntlich auch besser!“ „Na, jetzt bin ich aber satt“ seufzte auch Luise, als sie ihren leeren Teller auf das Tablett zurück stellte. Martha sah ihre Schwester liebevoll an: „Nachdem du dich von meiner Pflege erholt, gut gefrühstückt hast und satt bist, wärst eigentlich du an der Reihe! Du hättest eine nicht alltägliche Geschichte zu erzählen, wenn du das möchtest!“

„Wieso an der Reihe? Ach so, gut, wenn du meinst, Martha! Sicher nicht alltäglich, da hast du bestimmt recht. Also, ihr wollt wissen, was sich in meinem geschiedenen Liebesleben so getan hat? Gott, wenn man euch alle so sieht – die pure Neugier steht euch ins Gesicht geschrieben! Also ich will euch was Nettes bieten!“ Sie lächelte nachdenklich vor sich hin. Nachdem sie sich eine weitere Tasse Kaffee eingeschenkt hatte, begann sie mit ihrem Bericht:

„Dass ich geschieden bin, habe ich schon erzählt. Zur näheren Erläuterung würde es sicher dienen, wenn ich den Grund dafür nenne. Wie ihr wisst, habe ich eine Tochter, Martha hat es schon erwähnt, sie lebt jetzt in Gelsenkirchen, ist verheiratet und hat ganz reizende Zwillinge, Bub und Mädchen, werden bald sechs Jahre alt. Meine Tochter heißt Lucy, war damals elf und ging das erste Jahr aufs Gymnasium. Ihr Lehrer in Mathe war ein recht komischer Typ. Lucy kam nach Hause und erzählte mir immer wieder, sie hätte den Eindruck, dass er nur auf ihr herumhacken würde, sie fühlte sich richtig >schikaniert<, wie sie es ausdrückte. Dabei war sie in Mathe echt gut gewesen in der Grundschule. Es kam zum Elternsprechtag, ich ging hin; mein Mann war für vier Wochen im Ausland auf einer Weiterbildung und wusste natürlich nichts davon.

Bei dem Mathelehrer, nennen wir ihn der Einfachheit halber Herrn Mustermann, war ich die letzte Mutter. Ich stellte mich vor, er betrachtete mich so wegwerfend, wie wenn ich ein lästiges Insekt wäre. Das ärgerte mich. Ich schenkte mir die Höflichkeiten und kam gleich auf des Pudels Kern. Ich wollte ohne Umschweife wissen, warum er mein Kind nachteilig behandeln würde.

Er lief rot an, druckste zuerst herum. Schließlich wurde er wütend und dann brach es aus ihm heraus: >Sie sind die Frau von Jens Thaler, nicht wahr? Sie und dieses Kind hindern Jens daran, glücklich zu sein. Sie sind ein Hemmschuh in seinem Leben. Er traut sich nicht, sich zu outen, weil Sie ihm alles verderben könnten. Dieser eine Fehltritt! Damit ist auch mein Leben durch Sie und dieses vorlaute Gör gestört. Lassen Sie ihm doch endlich seine Freiheit, Sie knechten ihn schon seit so vielen Jahren!<

In dem Ton ging es eine Weile weiter, bis mir endlich schwante, was ich da zu hören bekam. Ich war sprachlos. Erst wollte ich auf ihn losgehen, dann drehte ich mich um und ging einfach weg. Ich bewundere mich noch heute, dass ich so ruhig war und nicht ausgerastet bin. Immer mehr dämmerte mir die ganze Tragweite dessen, was da vor sich ging. Ich konnte es einfach nicht fassen und begreifen schon gar nicht.

Wieder daheim, versuchte ich herauszufinden, ob es denn irgendwelche Anzeichen gegeben hatte. Lag der Fehler bei mir? Ich dachte verzweifelt nach, kam aber zu keinem Ergebnis. Sicher, wir führten keine ideale Ehe, Sex war die Seltenheit, aber ich hatte gedacht, nach so vielen Jahren, außerdem war er beruflich stark in Anspruch genommen. Die Möglichkeit, mit einem Schwulen verheiratet zu sein, hätte ich als letztes in Betracht gezogen.

Vier Tage später kam mein Mann nach Hause. Ich richtete es so ein, dass Lucy das Wochenende bei meiner Schwester Martha, ihrer Patentante, verbringen konnte. Jens war sehr kurz angebunden, der Herr Mustermann hatte ihn wohl informiert. Besonders ärgerte ihn, dass ich >Lucy aus dem Feld geräumt hatte<, wie er sich ausdrückte. Es kam wie es kommen musste, es wurde ein ganz böser Streit. Endlich gab er seine Neigung zu, Mustermann und er wären seit fast sechzehn Jahren ein Paar! Ich wäre nur ein >bedauerlicher Unfall< gewesen. Auf meine Frage, weshalb wir überhaupt zusammen waren – immerhin seit zwölf Jahren – und wir, als Lucy kam, geheiratet haben, sagte er mir ganz kalt: >Na was wohl! Ich habe eine Tarnung gebraucht, es hat doch perfekt funktioniert! Glaub ja nicht, es hätte mir mit dir Spaß gemacht! Nachdem Uwe leider alles verraten hat, werde ich endlich zu ihm ziehen! Ich musste mich lange genug verstecken. Lass dich scheiden, für Lucy zahle ich, du hast ja einen Beruf.< Sprach's, nahm seinen Koffer wieder auf und ging. Bei der Scheidung hat er sich durch seinen Anwalt vertreten lassen, der bestimmt auch zu dieser Sorte gehörte."

Alle Damen hörten ihr aufmerksam zu, hin und wieder war ein Räuspern oder Seufzer zu hören gewesen. Leni lebte die Erzählung sichtbar mit: „Was war mit Lucy?" wollte sie wissen. „Mit Lucy? Ganz einfach: Ich habe sie sofort aus dieser Schule genommen, wir mussten zwar dafür umziehen, aber in der alten Wohnung wollte ich ohnehin nicht bleiben. Jens und seine Tunte haben alles übernommen, er musste mir einen Abstand bezahlen. Von seiner Rente gehört mir auch ein Teil, nicht allzu hoch der Betrag, wir waren nur knapp dreizehn Jahre verheiratet; aber besser als gar nichts. Zuerst war ich wütend, später nicht mal traurig, sondern froh. Diese Ehe war nicht glücklich, das begriff ich erst im Nachhinein. Ich habe einen guten Beruf, bin Buchhändlerin und arbeite auch als Lektorin bei einem Verlag. Später lernte ich einen jüngeren Mann kennen, wir hatten einige schöne Jahre. Er wollte heiraten, ich nicht. Irgendwann ging es auseinander.

Muss eine Frau unbedingt einen Mann haben? Meiner Meinung nach nicht. Meine Großmutter hat immer gesagt: Der erste und der zweite Weltkrieg waren furchtbar, aber eines hat es uns Frauen gebracht, auch wenn es lange gedauert hat und eine echte Gleichberechtigung bis heute aussteht: Wir dürfen wählen, können studieren, haben Zugang zu allen Berufen – selbst wenn die Entlohnung weiterhin für Männer besser ist – die Gründe dafür sind mir bis heute schleierhaft! Wir können anziehen, was wir wollen. Hosen für Frauen sind gesellschaftsfähig. Lange oder kurze Haare, Locken oder glatt, alles ist erlaubt! Es gibt die Pille – mittlerweile sogar für den Mann! Jede Frau kann sich scheiden lassen und wenn die sogenannte Gesellschaft schief schaut, wen juckt es! Ich habe meine Lucy zu einer selbstbewussten Frau erzogen. Ihr Mann sieht sie als seinen gleichberechtigten Lebenspartner, denn er weiß ganz genau, dass sie auch ohne ihn leben könnte. Gott sei Dank lieben die zwei sich wirklich und ich wünsche mir von Herzen dass es so bleibt.

Was mich betrifft. Ich habe später wieder versucht, einen Partner zu finden. Wer ist schon gerne alleine? Aber mittlerweile bin ich mit mir alleine sehr zufrieden Ich verurteile niemanden für seine Veranlagung. Du hast völlig recht, Leni! Heuchelei, Lügen und daraus resultierende Gemeinheiten finde auch ich unehrenhaft. Ich habe mir mein Leben sehr schön eingerichtet, habe einen netten Freundeskreis und außerdem – für mich sehr wichtig – meine Schwester Martha! Wenn ich zurückblicke – ich war einige Jahre verheiratet, aber heute sehe ich das alles eher als eine >schreckliche Groteske<! Ich habe viel daraus gelernt! Eigentlich bin ich stärker daraus hervorgegangen, als ich anfangs je gedacht hätte. Also Amazonen der Neuzeit, lasst uns die Tassen heben und auf schöne gemeinsame Stunden auf unserem Dampfer – selbstverständlich mit weiteren lustigen und traurigen Erzählungen, die dennoch gut ausgehen, - hoffen! In diesem Sinne Prost mit Kaffee, Tee und Fruchtsaft!“

Wie bei Lenis Geschichte vor zwei Tagen erhielt Luise den gebührenden Applaus ihrer Zuhörerinnen. Da drehte sich am Nachbartisch eine elegante grauhaarige Dame, mit Kurzhaarfrisur und sehr modischem Ohrschmuck, zu den „sechs Verschworenen“ um. Leni hatte die Damenrunde scherzhaft so getauft. „Sie sind mittlerweile zu sechst, aber beim tapferen Schneiderlein waren es >Sieben auf einen Streich<! Bei Schiller heißt es zwar: >Gewährt mir die Bitte und lasst mich sein in eurem Bunde der Dritte! < Ich würde aus dem Dritten gerne eine >Siebte< machen! Darf ich mich bei Ihnen beteiligen? Sie würden mir eine große Freude machen, bitte!“ Sie saßen in „ihrer Ecke“, da gab es eine Eckbank, die gerne einen weiteren Platz hergab. Man begrüßte die „neue Mitverschworene“ herzlich und rückte zusammen.

Leni, immer mutig und vorne dran, begann die Vorstellung:“ Ich mach das mal im Uhrzeigersinn! Also hier das ist Ulla aus Freiburg, ihre Freundin Heike aus Stuttgart, Ilse kommt aus Salzburg. Ich bin die Leni aus München und die beiden Berliner Schwestern Martha und Luise! Und wen haben wir als neues Mitglied in der Erzählrunde?“ - „Guten Tag allerseits und erst mal vielen Dank für die nette Aufnahme. Mein Name ist Lieselotte von Schüttenberg, ich bin gebürtig aus Lettland. Meine Mutter stammt aus Braunfels in Hessen, wo wir nach einer beschwerlichen Flucht liebevolle Aufnahme bei ihrer Familie fanden. Ich habe lange Zeit etwas abenteuerlich rund um den Globus gelebt. Jetzt bin ich seit mehr als zehn Jahren im Taunus zu Hause.“ Sie grüßte freundlich in die Runde: „Erzählen kann ich auch einiges, aber alles der Reihe nach.“ Sie setzte sich zu Luise, die ihr neben sich auf der Bank Platz gemacht hatte.

Luise sah den „Neuzugang“ nachdenklich an. Sehr zögerlich und verlegen fragte sie: „Ich bin mir nicht sicher, und bitte auch um Verzeihung, falls ich jetzt ins Fettnäpfchen trete. Sie sind doch die Autorin der netten Frauenromane um Adele? Ihr Pseudonym ist Conny Schütz? Wenn ich richtig liege, habe ich alle Ihre Bücher gelesen!“ Lieselotte oder „Conny“ war erst ein wenig erschrocken, dann lächelte sie jedoch und nickte: „Ja, ich bediene mich des Pseudonyms > Conny Schütz<! Aber ich bitte Sie alle sehr herzlich, das nicht weiter zu erzählen, denn sonst habe ich keine Freude mehr an dieser Seereise! Bitte nennen Sie mich daher Lieselotte.“ Alle beeilten sich zu versichern, dass man selbstverständlich Diskretion wahren würde....schon toll, wer da aller in der Runde war!

ILSE UND DIE ERSTEN ERZÄHLUNGEN ÜBER DIE PARTNERVERMITTLLUNG

Es war eine Unterbrechung in der angeregten Unterhaltung eingetreten. Ilse, die sonst so stille Teilnehmerin, brach das Eis: „Wenn es recht ist, bin ich an der Reihe?“ Sie sah fragend in die Runde„Prima!“ rief Heike, „Ilse du wolltest doch von den Partnervermittlungen erzählen!“

„Gut! Wenn ich jetzt dran bin, da gibt es eine ganze Menge! Ich bringe es, so wie es mir gerade einfällt! Da war mal der mit dem Sport, ich fand ihn im Internet, nennen wir ihn Anton. Er wohnte gleich hinter der österreichischen Grenze, sozusagen einen Katzensprung entfernt. Ich hatte ihm meine Telefonnummer angegeben und mein Foto hochgeladen, am übernächsten Tag rief er an. Unser Gespräch war sehr kurz und knapp. Meinen Vorschlag, sich in einem Kaffeehaus zu treffen, lehnte er ab; er wollte mich zu Hause abholen. Na ja, ich habe zugestimmt. Er kam pünktlich, ich wollte runtergehen, er aber bat, hochkommen zu dürfen, er müsste mal auf die Toilette. Das konnte ich ihm schlecht ablehnen.

Sehr sportlich schnell kam er die Treppe rauf. Groß und sehnig, fast mager, wenig Haare, tief zerfurchtes asketisches Gesicht, mehr als leger gekleidet, in der ganzen Erscheinung nicht sehr gepflegt – einzig allein seine Uhr schien teuer gewesen zu sein. Als er aus meinem Gäste-WC herauskam, sah er in der Küche, dass da eine volle Kanne Tee stand, die ich mir gerade für später gekocht hatte. Er wollte auch eine Tasse haben, meinte er sehr direkt. Was sagt man da? Nein, Sie kriegen nichts? Also nahm ich zwei Tassen aus dem Schrank, als ich mich umdrehte, saß er bereits bequem am Küchentisch und zog einen Ausdruck von meinem Profil mit handschriftlichen Notizen hervor. - Na toll, dachte ich, Oberlehrer nimmt es sehr genau…

Anton fing sofort zu erzählen an: Seine Frau hätte MS gehabt und war endlich nach langem Leiden vor zwei Jahren gestorben. Seit 16 Monaten trieb er sich im Internet herum, hatte aber bis jetzt nicht das für ihn Passende gefunden. Weil die Damen alle nicht umziehen wollten, wo doch ein schönes Haus mit Gartengrundstück vorhanden wäre, sogar einen Swimmingpool gäbe es. Eine Putzfrau war sehr erfolgreich tätig, eine andere kam zum Bügeln, für den Garten hatte er einen Gärtner im Ruhestand. Er betonte mehrmals, dass er es als selbstverständlich ansehen würde, die Frau, die mit ihm sein Leben teilen wollte, finanziell abzusichern. Schon wegen seiner beiden Kinder wollte er klare Verhältnisse schaffen. Geld hätte er genug, seine Eltern hätten einen Bauernhof gehabt, viele Gründe wären Bauland geworden, das hätte er gut ausnutzen können. Genauer wurde er nicht.

Von Beruf war er tatsächlich Mathelehrer an einer Gesamtschule gewesen, mit Sport als zweitem Fach. Sein Sternzeichen war Widder mit Aszendent Jungfrau (nebenbei bemerkt eine, wie ich mir später von kompetenter Seite sagen ließ, angeblich schwierige Charakterkonstellation). Als Anton Luft holen musste, kam ich endlich zu Wort und fragte, die wievielte Kandidatin ich denn wäre. Ganz cool teilte er mir mit: >Sie sind die elfte Frau!< Meine schnoddrige Anmerkung von >Na, wenigstens nicht die Dreizehnte!< bekam er gar nicht mit, denn er konzentrierte sich auf die Fragen aus seinen Notizen.

>Sie schreiben, dass Sie – also ich würde sagen, wir duzen uns ab jetzt, das ist im Club so üblich!< Er sah mich kurz um Zustimmung heischend an, da ich aber nur wortlos nicken

konnte, ging er weiter in seinem Text. Langsam fand ich ihn immer eigenartiger, was hatte ich mir da angelacht? Als erstes wollte er alle sportlichen Aktivitäten von mir wissen: Ob ich noch alpin Schi fahre, oder nur Langlauf mache, wie es mit Trekking-Touren stünde, ob ich Fahrradausflüge liebe, Tennis und Tischtennis, wie hoch mein Handicap beim Golf wäre, wo ich Squash spielen würde in Salzburg und so weiter und so fort. Ich habe nie Tennis oder Golf, auch nicht Squash gespielt, Tischtennis nur in der Familie, früher waren die Brettl meine Welt, jetzt lass ich es ruhiger angehen und begnüge mich mit Langlauf, skaten ist mir zu anstrengend, ich gehe eher auf den Langlaufschiern spazieren. Einmal die Woche gehe ich schwimmen, wenn der Warmbadetag ist.

Das war dem lieben Anton schon sehr zu wenig! Er betonte noch einmal, dass sein Leben genau eingeteilt war. Für sein soziales Engagement – er war in einer Gruppe, die sich um Asylanten kümmerte - verwendete er zehn Prozent seiner Zeit, für die in Aussicht stehende neue Lebensgefährtin waren zwanzig Prozent eingeplant und die restlichen 70 Prozent gehörten dem Sport. So nebenbei bemerkte er, dass er von seinen Nachbarn, die eigentlich Freunde sein sollten, enttäuscht und bei der Krankheit seiner Frau überhaupt nicht unterstützt worden wäre. Er hätte damals für sich und seine sportlichen Aktivitäten viel zu wenig Zeit gehabt!

Meine schüchterne Anfrage, was mit seiner Familie wäre, beantwortete er mit einer vagen Handbewegung und der Aussage, das ergäbe sich je nach Vorfall. Plötzlich sah er auf die Uhr: >Es ist gleich zwölf Uhr Mittag, wir sollten ans Essen denken!< Ich schlug ihm ein kroatisches Restaurant vor, das er gerne akzeptierte. Da es nicht allzu weit von meiner Wohnung war, gingen oder besser gesagt rannten wir dahin, bis ich Einspruch erhob und er eine normalere Gangart einlegte.

Wir fanden einen netten Platz und als der Kellner die Speisekarte brachte und wieder weg ging, stellte Anton gleich klar: „>Wir machen auf getrennte Rechnung, nicht wahr?< Wie hätte ich dieser charmanten Art eines offenbar wohlhabenden Mannes – wenn seine vorherigen Aussagen der

Wahrheit entsprachen - anders begegnen können, als mein Essen selbst zu bezahlen? Bis dahin hat er sich nicht ein einziges Mal für mich, mein Leben, meine Familie, irgendein Hobby von mir oder die geringste Kleinigkeit, die mich persönlich betraf, interessiert. Stattdessen hat er mich über die vorangegangenen >Besichtigungstouren< – genauso hat er sich ausgedrückt – und die Gründe der von ihm erfolgten Ablehnung sämtlicher Bewerberinnen informiert. Ihr könnt euch denken, dass mir der Kerl von Minute zu Minute immer sympathischer wurde!

Nachdem wir bezahlt hatten – ohne den Genuss von Nachtisch oder Espresso, das alles war schädlich und außerdem teuer, wie er bemerkte - sah er demonstrativ auf die Uhr. >Einiges haben wir geklärt<, - er war sehr sachlich! - >aber ich habe um 16 Uhr ein Tennis-Doppel, deshalb muss ich zurück. Falls ich noch Fragen habe, hörst du von mir!< Der reizende Anton stieg in seinen Range Rover und verschwand mit rauchenden Reifen. Ich brauchte dann einige Zeit, um mich von dem Erlebten zu erholen!" Ilse sah in die Runde und wartete auf die Reaktionen der anderen. „Was hast du gemacht? - Hat er sich noch einmal gemeldet? - Habt ihr euch wieder getroffen? - Mehr kam dabei nicht heraus?" Sie wurde mit Fragen bestürmt.

Die „stille Ilse", wie Leni sie bei sich nannte, lachte: „Nein, gar nichts. Ich war nur froh, dass der Alptraum vorüber war. Ich bin in meine Wohnung, habe den Laptop angemacht und diesen Kontakt verabschiedet! Anton hat sich nie mehr gemeldet. Nur eines ist mir klar: Bei dieser Art der >Werbung< wird er bestimmt die Zahlen zwölf, dreizehn, vierzehn und so weiter benötigen. Ich bin ihm nicht böse, er hat mir einen interessanten Einblick in die männliche Psyche beschert. Erinnert ihr euch an den Film >Kohlhiesels Töchter< mit Lieselotte Pulver, sie spielt darin eine Doppelrolle? Sie singt ein Lied, das ungefähr so lautet: >Jedes Töpfchen findet sein Deckelchen, jeder Sperling seinen Spatz; usw.? Ich wünsche dem Anton, dass der liebe Gott auch für ihn ein Deckelchen hat!"

Ilse erhielt den gebührenden Applaus. Wie stets war die Zeit wieder so schnell vorbeigegangen, die ersten Hungrigen strömten zum Mittagsbuffet. So blieb gar keine Zeit, das Gehörte zu diskutieren. „Seid mir nicht böse," sagte Ulla, „aber wollen wir nicht eine Pause machen?" Die Damenrunde beschloss, sich unbedingt um 15 Uhr wieder zu treffen. Zwar gab es einen Vortrag über die morgigen Ausflüge, die Erzählungen aus dem Leben waren doch viel interessanter….Alle stimmten begeistert zu und Leni erinnerte Ilse noch einmal, dass sie weitere Geschichten versprochen hatte.

ILSE PLAUDERT AUS DEM „ABC DER HERREN“

„Ilse, los, du bist die Letzte, dabei sollst du erzählen!“ Sie saßen an einem großen Tisch in der Cafeteria, mit schönem Blick aus dem Fenster. Aber die Aussicht auf das Meer war gar nicht so wichtig, alle gierten nach der nächsten Geschichte. „Wir haben dir eine Schokolade und dieses Baiser, das dir gestern so gut geschmeckt hat, bestellt!“ Der Kellner stellte gerade alles vor Ilse hin.

„Ja, Luise, lieb von euch und vielen Dank! Es geht sofort los!“ Ilse schenkte sich ihre Schokolade ein, nahm einen kräftigen Schluck und begann: „Was ich jetzt anzubieten habe, sind eher kurze Episoden, aber ich nenne sie symptomatisch! Männer ticken einfach anders als Frauen! Da ich mit A wie Anton begonnen habe, nennen wir den nächsten Bruno, einverstanden? Da ihr alle eifrig nickt, also Bruno. Wozu das Alphabet gut sein kann!

Ich habe vergessen zu erwähnen, dass in meiner Nachbarschaft eine Bekannte lebt, die eine Partnervermittlung betreibt. Ich gieße ihre Blumen, nehme Post für sie an und anderes mehr. Nach dem Tod meines Mannes war ich natürlich viel allein. Deshalb hat sie mir angeboten, für mich tätig zu werden, aber unentgeltlich so als Dank für meine Nachbarschaftshilfe.“ - „Super soft!“ ließ sich Leni vernehmen,

„echt cool! Das wäre was für mich!" Alle lachten. Lieselotte, eifrig zuhörende Schriftstellerin, bat Ilse um die Fortsetzung.

„Nun, sein Name sei Bruno! Ich kann nicht sagen warum, aber in letzter Zeit wollen alle Männer die Damen von zu Hause abholen, wahrscheinlich schon, um herauszufinden, welchen Background man hat. Ich habe auf der Straße gewartet. Er kam in einem protzigen Mercedes und wir fuhren in ein Ausflugslokal etwas außerhalb. Er war 80 Jahre – sagte er. Kein Haar auf dem Kopf, etwas dicklich, nicht sehr groß. Aber an jedem Finger einen dicken goldenen Ring, um den Hals eine dicke goldene Kette, am Handgelenk eine riesige goldene Uhr, auf der anderen Seite ein dickes goldenes Armband! Wenn alles echt war, trug er ein Vermögen mit sich herum." - Zuhälte" unterbrach Martha und Ilse fuhr fort: „Genau das war mein erster Gedanke! Bruno gab an, Generalvertreter eines großen Unternehmens gewesen zu sein. Er vertrat seine Firma in Russland und dessen Satellitenstaaten. Er sprach perfekt russisch und englisch, wie er erzählte. Er hätte auch ein Ferienhaus am Schwarzen Meer.

Seine Frau war vor einigen Jahren gestorben. Anschließend probierte er es mit einer Türkin, das war wohl nichts. Bis vor einem halben Jahr lebte er mit einer Russin zusammen. Sie wollte unbedingt geheiratet werden, was er aber seinen Töchtern nicht antun wollte. Da hat sie ihn unter Mitnahme etlicher Wertgegenstände verlassen. Jetzt wäre er wieder auf Freiersfüßen. Sein Haus wäre schön eingerichtet, mit Swimmingpool und angrenzender Sauna. Der dazugehörende Garten – nein, er sagte Park – würde von einem Gärtner betreut. Jetzt suche er eine Frau, die es ihm gemütlich mache, viel Interesse an Sex und netten Spielen wünsche er sich ebenfalls. Seine Frage, ob mir die Saunavergnügungen Spaß machen würden, musste ich leider verneinen.

Nach dem Kaffee habe ich einen kleinen Spaziergang vorgeschlagen, nach dreihundert Metern wollte er umkehren. Ich habe betont auf die Uhr gesehen und gesagt, meine Kinder und die Enkel würden gleich zu mir kommen, ich müsste nach

Hause. Er meinte entrüstet: >Aber die Frau Schlesinger hat gesagt, Sie hätten keinen Anhang?< Doch, doch, habe ich gesagt, wahrscheinlich hat sie vergessen, das zu erwähnen. Vor meiner Haustür hat er mich abgesetzt, ich habe mich artig für Kaffee und Kuchen bedankt, ihm alles Gute gewünscht und bin gegangen.“ - „Nicht zu glauben! Was es so alles gibt!“ Martha und die anderen Damen begannen eine lautstarke Diskussion.

„Soll ich mit dem ABC fortfahren?“ unterbrach Ilse ihre Mitstreiterinnen. Große Zustimmung allerseits … und Ilse berichtete weiter: „Mit diesem Herrn, ich gebe ihm den Namen Christian, habe ich nur telefoniert. Er lebt in einem Ort namens Laufen auf der bayerischen Seite der Salzach, die hier die Grenze bildet zwischen Österreich und Deutschland. Christian war Mitte Siebzig, seit kurzem verwitwet. Er fragte sofort, wann ich denn umziehen könnte. Ich habe ihn aufgeklärt, dass ich keineswegs umziehen möchte, so weit wäre die Entfernung zwischen unseren beiden Wohnorten nicht, mit dem Auto gut in Kürze zu erreichen. Ich kenne mich mit deutschen Dialekten nicht so gut aus, aber ich hatte den Eindruck, dass er aus Sachsen wäre. Er verneinte sehr, er wäre in Bad Reichenhall geboren, hätte aber lange im Ausland gelebt. Ich habe nicht weiter nachgefragt, denn er kam sofort wieder auf den Umzug zu sprechen: >Frau Schlesinger hat mir beim Abschluss des Vertrages versichert, Sie würden zu mir ziehen! Ich habe hier eine wunderschöne Vier-Raum-Wohnung, mit Bad und Balkon, zentraler Heizung, Warm- und Kaltwasser anzubieten…. <

„Keine Frage, der ist aus dem Osten!“ rief Heike. „Vier-Raum-Wohnung, heißt zu Deutsch drei Zimmer, Küche, Bad, Balkon! Zentrale Heizung! Der war Kohleofen gewöhnt!“ Alle lachten. Plötzlich meinte Martha: „Es fällt mir erst jetzt auf - wir sind alle Wessis! Schon eigenartig!“ - „Das kann ich erklären“, kam es von Lieselotte, „wir leben anders! Drüben, ich meine in der ehemaligen DDR, war man zwar in vielen Dingen freizügiger als wir. Man lernte sich bei den jungen Pionieren, im Betrieb, in der Partei, bei den gemeinsamen

Festen usw. kennen, außerdem viel früher als wir. Aber man lebte auf engem Raum, keine Wohnungen für junge Leute, da war so manches anders als bei uns. Man wusste nie, wo die Stasi zuhört. Vielleicht war deshalb FKK so beliebt. Das liegt den Leuten noch heute in den Knochen. Deshalb öffnet sich ein gelernter DDR-Bürger nie so ohne weiteres, wie wir das hier tun."

„Völlig richtig!" bestätigte Luise. „Aber lasst unsere Ilse weitererzählen!"....Und Ilse erzählte weiter: „Er hat nicht locker gelassen: >Meine Frau hat erst vor einem Jahr ein neues Schlafzimmer gekauft. Sie hat in dem Bett und der neuen Matratze wunderbar geschlafen, das hat sie immer wieder betont. Warum wollen Sie denn nicht zu mir ziehen? Ich habe eine gute Rente! < Langsam wurde es lästig. Es ist mir gar nichts anderes übrig geblieben, als ihm kurz und bündig eine Absage zu erteilen." Ilse sah nachdenklich in die Runde. „Eigentlich tragisch, nicht? Frau Schlesinger, die Heirats-Tante, wie sie mein Mann immer nannte, erscheint mir seither in etwas anderem Licht! Um das aber abzurunden, habe ich noch so eine Story!" Sie räusperte sich und trank einen Schluck.

„Der nächste war ein Lehrer für Straßenbahnfahrer aus Linz, der nach der Pensionierung nach Salzburg gezogen war wegen seiner behinderten Tochter, die hier in einem Sanatorium lebt. Nennen wir ihn Dieter. Wir trafen uns in einem Lokal in der Innenstadt, weil er sich nicht gut in Salzburg auskannte. Das erste, was er mir auf seinem Handy zeigte, war das Grab seiner Frau. Ich sollte doch mal sehen, wie schön er die Blumen gepflanzt hätte, er ginge jeden Tag auf den Friedhof und in Zukunft könnten wir beide das gemeinsam machen...."

„Was für profunde Aussichten!" entfuhr es Luise. Ilse lachte:„Ja, da staunst du Luise! Aber das ist noch nicht alles! Der behinderte Sohn, 36 Jahre alt, lebte bei ihm und heute hätte er gesagt: Papi, du kochst genau so gut wie Mutti! So etwas würde mir sicher auch Freude machen, meinte er. Wenn ich mich recht erinnere habe ich kurz erzählt, dass ich sehr viele Dinge im sozialen Bereich gemacht habe? Ich habe viel erlebt, war im Besuchsdienst des Krankenhauses, oft auf der Onkologie bei krebskranken Kindern, die genau wussten, dass sie nicht mehr lange zu leben haben. Aber ich kann euch sagen, diese knapp zwei Stunden, bis ich dem armen Mann entkam, waren fast die längsten meines Lebens. Es hat mir in der Seele leid getan, aber wer ist in der Lage, so etwas auf sich zu nehmen?"

Sie sprachen erregt durcheinander, bis Heike laut aussprach, was des Pudels Kern war: „Im Grunde ist diese Frau Schlesinger eine böse Person, Geschäft hin oder her! Man kann doch die Not der Leute nicht so ausnützen! Was denkt ihr darüber?" Man war sich einig und diskutierte noch lange weiter, bis es Zeit zum Abendessen war. Als sie auseinandergingen, einigten sie sich auf weitere Treffen in drei Tagen, da gab es wieder einen „Seetag mit Geschwätz", wie es Ulla ausdrückte.

Lieselotte, die neben Luise zum Lift ging, sagte leise: „Ich glaube, Sie werden demnächst ein Buch als Lektorin bearbeiten, das von den Erzählungen auf einer Seereise handelt!" - „Ich habe das bereits vermutet, als Sie sich zu uns setzten und ich Sie erkannte!" war Luises Antwort. „Ja, aber bitte kein Wort zu den anderen! Dann bin ich Lieselotte, liebe Luise, und ich bitte dich um das du! Ich bin sicher, wir beide werden ein sehr gutes Team sein!" Mit diesen Worten hielt sie Luise die Hand hin, die diese kräftig drückte: „Es wäre mir eine Ehre, mit dir zusammen zu arbeiten!" - „Die Geschichten sind köstlich - und tragisch!" sagte Lieselotte. „Männer sind auch nur Menschen!"

DER BESUCH BEI BJÖRN UND ASTRID

Das Wetter hatte sich wieder beruhigt, das Meer war spiegelglatt und die Sonne schien. Die Ausflügler waren am Tag 6 müde und abgekämpft, voll mit neuen Eindrücken zurück gekehrt. Morgen – es war der Tag sieben dieser Reise - sollte eine große Besichtigungstour stattfinden. Die Fahrt würde tief ins Landesinnere führen, zu den großen Wasserfällen und zu einem der Geysire, mit einem „landestypischen" Mittagessen wurde ebenfalls geworben. Der Start war auf 9 Uhr festgesetzt, die Rückkehr sollte nach 17 Uhr sein. Aus diesem Grunde gab es abends erst später Programm im Bordtheater, weil eine einstündige Informationsveranstaltung für die Ausflüge des nächsten Tages stattfinden sollte. Martha hatte für sich den Ausflug gebucht, Luise dagegen wollte nur an Land gehen und sich die kleine Stadt ansehen.

Am nächsten Tag - nach Abfahrt der Busse, es waren immerhin neun und alle voll besetzt – spazierte Luise durch die Gassen der kleinen Hafenstadt, die jedoch für die hiesigen Verhältnisse bereits als größerer Ort galt. Es gab eine Reihe kleiner Geschäfte, alle vollgestopft mit Andenken für die Touristen. Offenbar lebte man auch hier sehr von den Gästen auf den Kreuzfahrtschiffen, lagen doch seit gestern noch zwei weitere „schwimmende Riesen", wie Heike sie gestern genannt hatte, in der Bucht.

Als sie auf einen Platz kam, sah sie Lieselotte, die unschlüssig mit einem Zettel in der Hand dastand, als suchte sie eine Adresse. Lieselotte sah auf und bemerkte Luise: „Guten Tag, Luise! Ich dachte, du bist auf dem Ausflug?“ - .„Nein, mir war heute mehr nach Ruhe! Der Tag gestern war anstrengend genug. Mein künstliches Knie braucht eine Auszeit, die Operation ist erst sieben Monate her!“ Luise deutete auf ihr linkes Knie. „Ach wie nett, da sind wir ein hübsches Paar! Mein rechtes wurde vor vier Jahren operiert, also hätten wir zusammen zwei gesunde Beine!“ Lieselotte lachte. „Wohin gehst du? Wenn ich fragen darf, du hast so suchend auf deinen Zettel gesehen?“ wollte Luise neugierig wissen.

„Ich habe einen Kontakt per E-Mail bekommen, hier ist irgendwo ein Verleger zu Hause, der vielleicht meine Bücher übersetzen und verlegen möchte. Willst du mitkommen? Ich könnte dich gleich als meine neue Lektorin für das geplante Buch vorstellen. Klappern gehört zum Handwerk und wenn ich gleich mit meiner Lektorin aufkreuze, macht das immer Eindruck!“ -.„Darf ich wirklich mitkommen? Das würde mir sehr viel Freude machen! Dann hast du das neulich mit der Zusammenarbeit wirklich ernst gemeint?“ Luise war ganz aufgeregt. „Wo müssen wir denn hin? Wollen wir mal fragen? Viele Leute können hier englisch!“

Lieselotte hatte sich gerade suchend umgedreht, da kam aus einem der modernen Häuser, alle mit Flachdach und ohne Schornsteine – ein totaler Gegensatz zu den vielen Schornsteinen auf den relativ kleinen Häuschen der Shetland - Inseln – ein Herr mittleren Alters direkt auf sie zu. In etwas holprigem und langsamem Deutsch fragte er, ob er es mit Conny Schütz zu tun hätte. Auf die bejahende Antwort von Lieselotte stellte er sich als Björn Haraldsson vor und schüttelte ihr kräftig die Hand. „Ich bin sehr entzückt, sagt man so? Verzeihen für meine schlechte tüsk, ich habe es lange nicht gesagt in ihre Sprache!“

Nachdem er auch mit Luise bekannt gemacht worden

war, bat er die Damen ins Haus. Und dann erlebten die beiden Besucherinnen eine große Überraschung. Von vorne hatte man nur den Eindruck eines nicht allzu großen Einfamilienhauses, doch der Bau war in L- Form und erstreckte sich weit in den wunderschön angelegten Garten, in dem sogar ein Baum stand - in einem Land, in dem schon die Wikinger alles abgeholzt hatten, was es an Bäumen gab, eine echte Rarität!

Der Hausherr bemerkte denn auch gleich: „Wir haben diesen Baum aus Irland mitgebracht und freuen uns sehr, dass er seit 5 Jahren bei uns wächst und gedeiht!“ Er begann die Geschichte des Garten zu erzählen, sehr abenteuerlich, wenn man bedachte, wie nah der nördliche Polarkreis lag.... Da öffnete sich eine Türe und eine blonde Dame betrat den Raum – Luise schätzte sie auf höchstens Mitte der Vierzig. Sie ging auf die Gäste zu und begrüßte sie herzlich in fast akzentfreiem Deutsch. Björn – er hatte gleich anfangs darum gebeten, sich nur bei den Vornamen zu nennen, stellte seine Frau Astrid Eriksdottir vor.

Die beiden lachten, weil sie den verwunderten Blick von Lieselotte und Luise bemerkten. „Wir sind verheiratet, seit fast 20 Jahren, aber bei uns behält die Frau ihren Namen. Deshalb ist es manchmal schwierig in unserem Land herauszufinden, wer zu wem gehört!“ erklärte Astrid und bat ins Wohnzimmer, einen großen sonnendurchfluteten Raum, mit gemütlichen Polstermöbeln, schönen Lampen und vielen bunten Bildern an den Wänden. Der Fußboden war aus einem grauen Stein, der belegt mit einigen bunten, vermutlich einheimischen Teppichen; die anheimelnde Atmosphäre des Raumes vervollständigte. Auf kleinen Tischen standen Kaffee und Tee bereit, auf mehreren Platten gab es belegte Brötchen, vor allem mit Fisch, aber auch Süßes fehlte nicht.

Bald war man in ein sehr angeregtes Gespräch vertieft. Dabei erfuhren Lieselotte und Luise, dass Astrid in Mainz Germanistik studiert hatte und jetzt hauptsächlich Übersetzungen im Staatsdienst, aber auch für Firmen, machte. An ganze Bücher hätte sie sich noch nie „herangewagt“, wie sie erzählte. Aber sie kannte einige Bücher von Lieselotte und sie war es, die ihren Mann darauf aufmerksam gemacht hatte.

„Wir sind ein Volk von „Viel -Lesern“, das hängt mit der langen Winterzeit zusammen. Ich habe Björn gesagt, dass ich überzeugt bin, Ihre Bücher werden großen Erfolg haben bei uns. Immer nur Krimis, Dramen und Geschichten von Geistern, dunklen Nächten und Unheil braucht kein Mensch. Wenn es schon draußen dunkel ist, soll es im Herzen hell werden durch Lachen und Humor!“

Björn wollte wissen, ob Lieselotte gerade an etwas Neuem arbeiten würde. Als Luise verschmitzt lächelnd auf Lieselotte deutete, sah er diese fragend an. „Ja, ich bin gerade dabei, Recherchen zu sammeln. Ich habe diese Kreuzfahrt eigentlich aus einem anderen Grund gemacht, aber es hat sich etwas – wie ich glaube – ganz wunderbares ergeben. Luise ich darf doch erzählen?“ Diese nickte zustimmend: „Nur zu! Es drängt sich einfach auf, dass daraus ein Buch entstehen muss!“

„Da muss ich jetzt weiter ausholen,“ begann Lieselotte, „aber wenn ich schon erzählen soll, dann gleich richtig. Auf dem Schiff haben sich einige Damen getroffen, wir sind jetzt sieben mit meiner Wenigkeit, ich bin die letzte, die dazu kam. An den Tagen auf See nimmt man es zum Beispiel mit dem Frühstück gemütlicher, man hat Zeit. Damit auch Zeit zum Plaudern. Wir sind Damen im so genannten Rentenalter, was bedeutet; wir sind alle um die 70 Jahre und mehr. Welche Themen sind bei älteren Menschen beliebt? Alle Krankheiten, die viel geliebten Enkelkinder oder die ungeliebten Schwiegertöchter und ungehörigen Schwiegersöhne? Diese Themen haben wir nicht behandelt! Dafür ging es gleich zur Sache. Unser Thema heißt >Mann< und da ganz genau >Witwe sucht Mann<. Ich bin nicht so informiert, wie es hier läuft in dieser Hinsicht. Es gibt bei uns viele Singles, verwitwet, geschieden oder auch nie verheiratet gewesen. Jeder möchte, besonders im Alter, jemanden zum Plaudern, zum Ausgehen ins Theater oder ins Konzert, eine Begleitung zur Vernissage, ins Museum, zum Verreisen und allen anderen Möglichkeiten, die es so gibt, haben. Aber woher nehmen, wenn nicht stehlen? Da kamen findige Menschen auf Partnervermittlungen, über persönliche Kontakte von Instituten oder heutzutage modern übers Internet. Diese Art ist besonders beliebt, weil anonym, man muss nicht gleich alles von sich geben, andererseits muss auch nicht alles wahr sein, was da zu lesen steht. Vorsicht ist natürlich schon geboten.

Wie gesagt, wir sieben Damen treffen uns immer wieder an den Tagen ohne Landgang. Jede muss ein wenig „aus dem Nähkästchen" berichten und bis jetzt haben wir recht lustige – aber auch traurig - anrührende Geschichten gehört. Unsere Reise wird noch circa zwei Wochen dauern. Ich bin fest überzeugt, dass unser >Material< - lassen Sie es mich so bezeichnen - weiter anwachsen wird." Sie machte eine kurze Pause und sah zu Luise. „Luise, du kennst Ullas erste Geschichte vom Schweizer und seinem Mariele besser! Das wäre ein herrliches Beispiel, meinst du nicht?"

„Richtig, Lieselotte!" und Luise erzählte. Astrid und Björn, für den seine Frau hin und wieder leise dolmetschte, lachten Tränen. „Das möchte ich gerne übersetzen, ich glaube, das könnte gerade von der Generation, die davon betroffen ist, mit viel Spaß gelesen werden!" Astrid war ganz begeistert. Sie diskutierten und fachsimpelten weiter, es war eine heiter – entspannte Runde und niemand merkte, wie die Zeit verging. „Ist es wirklich schon 16 Uhr?" Luise sah ungläubig auf Ihre Uhr. Ich glaube, wir müssen zurück an Bord, sonst geht der Dampfer ohne uns ab!" Astrid beruhigte die Gäste: „Wir bringen Sie mit dem Wagen!"

Björn vereinbarte mit Lieselotte, dass sie ihm möglichst bald ein Manuskript übermitteln sollte. Er wollte sich auch mit ihr in Deutschland treffen, um die Modalitäten des Vertrages zu besprechen und anderes mehr. „Aber da komme ich mit! Lieselotte, von Ihnen aus ist es nicht weit nach Mainz? Ist meine Annahme richtig? Ich würde gerne meine alten Freunde und die Hausfrau meiner Studentenbude wiedersehen. Ich habe nach fast zwanzig Jahren immer noch Kontakt zu ihr, auch wenn sie mittlerweile in einem Seniorenheim lebt!"

Am Pier gab es eine sehr herzliche Verabschiedung, alle hatten das Gefühl, neue und sehr liebe Freunde gewonnen zu haben. Lieselotte und Luise betraten nach den obligatorischen Kontrollen das Schiff. Es wurde immer genauestens darauf geachtet, dass alle Passagiere vollzählig zurückkamen. Lieselotte zupfte Luise am Ärmel: „Du, ich muss Dir etwas sagen. Bitte erzähle nicht, wo wir waren und was wir da gemacht haben. Wenn die anderen spitz bekommen, dass ich ein Buch über diese Reise und die Erzählungen mache, werden sie kein Sterbenswort mehr von sich geben. Im Gegenteil: dann kommt eine auf die blöde Idee und verbietet mir, ihre Geschichte zu verwenden! Dass ich alles etwas „verändern" werde ist zwar klar, aber das eine oder andere wird ein Insider sofort erkennen!"

„Du hast mein ganz großes Ehrenwort, Lieselotte! Ich will doch deine Lektorin sein, das lasse ich mir nicht entgehen! Ich mach das sogar umsonst, der Spaß allein wäre schon Bezahlung genug!" „Sei vorsichtig mit solchen Angeboten! Wer arbeitet, soll auch bezahlt werden! Meine Mutter hat immer gesagt: Umsonst ist nur der Tod und der kostet das Leben!"

EIN GEISTLICHER HERR - UND EINE INTERESSANTE DISKUSSION ERGIBT SICH

Es ist erstaunlich zu erleben, wie neugierig der homo sapiens nach vielen zig-tausend Jahren auf der Erde immer noch ist. Trieb ihn früher – vermutlich – die Suche nach Nahrung, das Erforschen seiner Umgebung, der Drang nach dem Neuen und der Wille zum Überleben dazu, seine „Neugier" voll auszuleben, so würde ich sagen, wir heutigen Menschen haben uns zwar gewandelt, aber neugierig sind wir geblieben. Tja, wollen wir doch ehrlich sein, liebe Schwestern im Glauben: wie heißt es so schön bei einem unserer großen deutschen Dichterfürsten? ..... „dein Name sei Neugier, oh Weib!"

Wen wundert es da, dass alle sieben Damen pünktlich – es war der 8. Tag der Reise - zum Frühstück zur Stelle waren! Von Anfang an war „ihr Thema" während des Essens verpönt, es durfte erst, wenn alle satt waren, weiter „gelästert" werden – so drückte es Martha aus. Das rief selbstredend einen Sturm der Entrüstung hervor.

„Wir lästern nicht! Wir erzählen nur, was jeder von uns widerfahren ist, oder aber auch, was sich zum Beispiel im Freundeskreis zu diesem Thema zugetragen hat! Aber lasst uns beginnen, wer ist heute dran, oder wer will noch mal oder hat noch nicht?“ Leni traf stets den richtigen launigen Ton. Ulla hob die Hand und meldete sich zu Wort: „Ich habe vom Schweizer und dem Mariele erzählt, aber ich hätte noch was!“

„Na, dann los! Nur keine Zeit vergeuden!“ Leni konnte es nicht lassen. Die anderen schwiegen zwar, aber die Neugierde war deutlich zu sehen. „Ich fang gleich an! Bitte Leni, du sitzt außen, würdest so lieb sein, mir einen Orangensaft zu holen?“ Leni flitzte sofort los und als der vitaminreiche Drink da war, begann Ulla.

„Ich habe erzählt, dass ich im Breisgau zu Hause bin, eigentlich eine katholische Gegend. Meine Familie ist seit Generationen evangelisch, mein Mann war katholisch, was meine Mutter - aus alter evangelischer Hannoveraner Tradition stammend - stets als eine Entgleisung meinerseits betrachtete. Meine Söhne sind katholisch getauft, aber beide haben seltsamerweise evangelisch – ich sage immer: >retour< - geheiratet! Nun gibt es bei uns neben der katholischen auch eine sehr aktive evangelische Gemeinde, wohl durch die Flüchtlinge nach 1945. Die beiden Pfarrer verstehen sich gut. Man munkelt auch, dass der unbeweibte Diener Gottes bei seinem verehelichten Kollegen gerne zum Essen erscheint, denn die evangelische Frau Pastor ist eine gelernte Köchin und dementsprechend lecker ist alles, was da auf den Tisch kommt. Ich weiß nicht, ob dies der Grund ist, warum es bei uns auch häufiger ökumenische Gottesdienste gibt als anderswo? Das nur mal vorneweg zur Erklärung.

Ich kann recht gut mit unserer Pfarrerin, wir tauschen regelmäßig unsere Kochrezepte aus. Das hat sie offenbar bewogen, mir einen neuen Mann verschaffen zu wollen…. Eines Tages treffe ich sie und sie gibt mir einen Zettel, auf dem die Adresse eines Mannes steht – er wäre Pfarrer in Ruhe, verwitwet, in meinem Alter, lebt in Hessen, ich glaube, der Ort hieß irgendetwas mit >Dill<? Dillenberg, Dillenburg oder Dillenbach?“

„Dillenburg!“ bestätigt Lieselotte, „liegt circa 50 km nördlich von Gießen!“

„Danke Dir! Man wird alt und vergesslich, aber es ist etwa fünf Jahre her! Nun also der Herr Pfarrer! Eines Tages rief er an. Sehr sonore Stimme, wir führten ein nettes Gespräch. Dabei kam heraus, dass er ein Sommerhaus in den Vogesen in der Nähe von Munstèr hat. Er wollte einige Tage dort verbringen, zusammen mit Tochter und Enkeln. Das wäre eine gute Gelegenheit, uns kennen zu lernen, meinte er. Eigentlich war ich nicht so erpicht darauf, aber ich konnte nicht gut nein sagen. Wir verabredeten ein weiteres Telefongespräch, wenn er in Frankreich eingetroffen wäre.

Nach Munstèr wäre ich keinesfalls gefahren. Das geht durch die Vogesen, teils sehr steil, nicht so gut ausgebaut wie bei uns. Und überhaupt, wenn er mich kennenlernen will, kann er sich bewegen! Wir telefonierten einige Tage später und er bot an, zu mir zu kommen, die Adresse hätte er. Seine Kinder würden am Samstag abfahren, damit könnten wir uns am Sonntag treffen. Er schlug 14 Uhr vor, er würde mich zu Hause abholen.

Am Sonntag, es war kurz vor 14 Uhr, klingelte mein Telefon, der Herr Pfarrer. Er wäre noch beim Blumen gießen und käme damit etwas später… Er kam mehr als zwei Stunden später, ich hatte gar nicht mehr mit ihm gerechnet. O la la! Was kam da auf mich zu! Etwa ein halber Kopf größer als ich, aber mindestens fünfzig oder sechzig Kilo schwerer. Die Hose hing ihm unter dem Bauch, das Hemd war nah am Platzen, ein Dreifachkinn wabbelte bei jedem Schritt und der ganze Kerl schwitzte aus allen Poren. Die Hand, die er mir zur Begrüßung reichte, war schweißnass…“

Leni unterbrach Ullas Redefluss mit den Worten: „Schon wieder ein Mann meiner Träume!“ Sie schüttelte angewidert den Kopf.

„So ähnlich habe ich gedacht! Er walzte einfach ins Wohnzimmer, sank in unseren bequemsten Polsterstuhl, der ob der Belastung leise quietschte, zog mit wohligem Gestöhn seine Schuhe aus, legte die Füße auf einen Hocker und forderte: >Jetzt brauch ich unbedingt etwas zu trinken, Cola, Limo oder so, möglichst kalt! Nachher einen Kaffee zum

Munterwerden!<

Ich war sprachlos.... Nachdem ich mich gefangen hatte, musste ich ihm sagen, dass es bei mir weder Limo oder so gab, Cola schon gar nicht. Er könnte ein Glas stilles Wasser haben, allerdings nicht aus dem Kühlschrank. Einen Kaffee würde ich jetzt gleichfalls vertragen... damit ging ich in die Küche, ohne seine Kommentare abzuwarten.

Eine Flasche >labbriges Mineral< trank er fast in einem Zug aus. Dem Kaffee sprach er ebenfalls schnell und reichlich zu. Meinen Kuchen hielt ich unter Verschluss, stattdessen öffnete ich eine Packung Kekse, wo er sich per handvoll bediente. Die Unterhaltung bestritt er fast alleine, immer wieder durch französische Brocken wie >bien sur< oder <je le sais< darauf hinweisend, wie gut sein Französisch war. Er teilte mir mit, dass er unbedingt zum Eisessen gehen wollte, mit mir. Leider konnte ich dem nicht entkommen...

Wir gingen in die Eisdiele am Ende unserer Straße, weiter wollte er keineswegs laufen, ich würde eher sagen: mehr war ihm zu beschwerlich. Ich hatte arge Befürchtungen, denn hier kannte mich jedermann! Es kam, wie es kommen sollte: Als erstes bestellte er eine große Cola, dann den größten Eisbecher, den es hier gab. So zwischendurch orderte er noch ein großes Spezi – was immer das auch war. Mich wunderte seine Leibesfülle nicht mehr, bestimmt war er Diabetiker.

Wenn ich nur gewusst hätte, wie ich ihn los werden könnte! Als er anfing, über seine geschiedene Frau zu schimpfen – sie hatte ihn wegen eines um neun Jahre jüngeren Mannes verlassen und lebte wohl in einer sehr glücklichen Beziehung mit ihm - war es mir einfach zu viel und ich fragte ihn gerade heraus: >Frau Pfarrer Vollmer hat mir gesagt, Sie wären verwitwet?<

Nun ging es erst richtig los. Ich wollte mir dieses Geschwätz absolut nicht anhören und sagte abrupt, mit Blick auf meine Armbanduhr: >Ich bedaure, dass ich unsere interessante Unterhaltung jetzt unterbreche. Leider sind Sie zwei Stunden zu spät gekommen. Ich habe für den frühen Abend einen Krankenbesuch zugesagt. Sie als Pfarrer werden sicher verstehen, dass man da im Wort bleiben muss. Kommen Sie gut nach Hause oder besuchen Sie Vollmers? Die werden sich sicher freuen, bitte grüßen Sie herzlich von mir!< Ich nahm meine Handtasche und ging. Die Rechnung für meinen Erdbeerbecher würde er zu begleichen haben.

Die Pfarrersfrau war sehr empört über mich, dass ich diesen netten Mann so wenig passend fand. Na, mittlerweile hat sie sich wieder gefangen! Aber mir war es eine Lehre, nie mehr auf derartige >Angebote< einzugehen!" Ulla trank den Rest ihres Orangensaftes in einem Zug aus und sah fragend in die Runde.

„Du meine Güte!" Ilse machte ganz große Augen. „Das war ein Erlebnis! Ein Paradebeispiel von einem Macho!" Damit löste sich der Bann und es begann eine erregte Diskussion.

„Wir haben bisher nur >von< den Männern gesprochen. Mich würde interessieren zu ergründen, warum diese Machos so reagieren!" meldete sich Heike zu Wort.

„Eine gute Frage!" Lieselotte rückte ihre herab gerutschte Brille wieder nach oben. „Meiner Meinung nach ist das alles ein Produkt der Erziehung Die Altersklasse der Männer, mit der wir es hier zu tun haben, sind alle meist von Müttern und Großmüttern erzogen worden, die Nur - Hausfrauen waren, heißt Haushalt, Kinderkriegen, sticken, stricken, häkeln und - last but not least - den Herrn Gemahl bedienen, Betonung auf bedienen. Da, wo die Frauen auch einen Beruf ausüben mussten, waren sie meist Kriegerwitwen, das heißt den Familienvater gab es nicht; die Rolle des >Mannes< in der Familie oblag daher mit zunehmendem Alter dem Sohn oder dem ältesten Sohn. Was natürlich zur Folge hatte, dass das sogenannte >Macho Gehabe< geradezu >gezüchtet< wurde. Früher waren alle männlichen Mitglieder eines normalen Haushaltes – es sei denn aus sehr armen Verhältnissen, ohne Frau und Mutter zum Beispiel – nie genötigt, einen Handstreich in puncto hauswirtschaftlicher Tätigkeit zu leisten. Sie wurden genau so erzogen, wie es im islamischen Religionsbereich heute noch ist – wir Frauen sind für Küche und Kinder zuständig, die Bauersfrauen hatten zusätzlich ihren Gemüsegarten, mussten aber auch in Feld und Stall mit anpacken. Die ehelichen Pflichten nicht zu vergessen! Übrigens nur als informative Zwischenbemerkung: der Beruf „Hausfrau“ ist erst seit den späten siebziger Jahren als solcher anerkannt in Deutschland!“

„Na ich weiß nicht, ich war immer als Partnerin anerkannt,“ Martha schüttelte ihren Kopf, „mein Mann, eigentlich kann ich sagen beide Männer, haben immer zu Hause angepackt! Ich gebe zu, dass ich immer berufstätig war, meist mehr als die vorgeschriebene Stundenzahl. Kurt starb zwei Jahre nach unserer Heirat durch einen Motorradunfall. Friedrich, den ich drei Jahre später geheiratet habe und der der Vater meines Sohnes Heiko ist, hat oft eingekauft, Staubsaugen war seine Arbeit, er hat beim Gardinenaufhängen geholfen und vieles mehr. Nur Kochen, das wollte er nicht, aber als Heiko älter wurde, hat der seine Leidenschaft dafür entdeckt. Vielleicht ist er deshalb Bäcker und Konditor geworden!“

Leni meldete sich: „Ich hatte nur ein eheähnliches Verhältnis, so nennt man das wohl. Aber ich denke, dass gerade die Männer, deren Frauen immer zu Hause waren, nicht nur durch die Erziehung, wie Lieselotte sagt, sondern auch durch die eigenen Frauen geprägt sind. Manche Frauen sind offenbar >zum Dienen geboren<, ich habe das in der Bank erlebt. Meine beiden Sekretärinnen waren grundverschieden! Die eine, eine graue Maus, hat ihren Mann vergöttert und ihm jeden Wunsch von den Augen abgelesen, dafür hat er sie auf jeder seiner Geschäftsreisen, er war irgendetwas im Vertrieb, hintergangen. Später hat sich herausgestellt, dass er auch in München eine Freundin hatte. Roswitha, die andere meiner Damen, genannt Rosi, war ein total anderes Kaliber. Die hat ihren Alessandro, einen Italiener, voll im Griff gehabt – und er hat sie dafür angebetet.“

„Ich muss dir in einem Punkt widersprechen, Leni! Es gibt auch Frauen, die unbedingt alles alleine machen wollen und jede Hilfe, besonders die des eigenen Mannes ablehnen!

Das fördert die Bequemlichkeit des Göttergatten!" wollte Ilse wissen. „Die Männer, über die jede von uns erzählt hat, waren alle verwitwet. Das heißt, sie haben eine – oft langjährige – Verbindung hinter sich. Die Geschiedenen sind weniger stur. Ihre Erlebnisse liegen länger zurück und sie haben auch daraus ihre Erfahrungen gemacht. Geschiedene können meistens kochen! Bei den Witwern ist das anders!"

„Ganz genau!" Leni unterbrach Ilse. „Ich habe aus der Erfahrung mit Internet-Bekanntschaften in den letzten Jahren folgendes gelernt: Witwer wollen immer, dass man alles aufgibt und sofort zu ihnen zieht. So wie Ilse erzählt hat von dem Telefonat mit dem Ostmenschen. Viele Männer suchen nur wenige Wochen oder Monate nach dem Tod ihrer Frau nach Ersatz, weil sie angeblich >nicht alleine bleiben können< – was im Klartext heißt: wer kocht für mich, wer macht meine Wäsche, wer macht sauber, wer umsorgt mich? Bei manchen Männern gibt es ein weiteres Kriterium – sie brauchen etwas >fürs Bett<!"

„Was ich gar nicht verstehen kann, diese Witwer trauern wohl gar nicht um ihre verstorbenen Gattinnen? Wie anders wäre das zu erklären? Die Kerle sind gerade mal wenige Wochen nach der Beerdigung schon wieder auf der Pirsch? Und du sagst >was fürs Bett<? Dass ich nicht lache, die alten Knacker! So etwas wie Empathie oder gar Liebe scheinen völlig unbekannte Begriffe zu sein" Heike klang sehr empört, aber auch traurig.

„Ach Gott, Martha, wir haben einen Friseurtermin gebucht! In zehn Minuten geht es los!" Luise war plötzlich ganz aufgeregt. „Ja dann müssen wir gehen!" Martha erhob sich. „Wir sollten aber weiter tagen, oder? Mädchenrunde, ab 15 Uhr in der Cafeteria?"

Die anderen bestätigten und die beiden Schwestern verschwanden zur „Verschönerung"….Nach der abrupten Unterbrechung wollte keine rechte Stimmung mehr aufkommen und sie trennten sich.

...ZWEI AUTOS SIND ZU TEUER...

„Wenn man diese beiden da drüben betrachtet, fragt man sich, welche Gemeinsamkeiten da noch vorhanden sind!“ Lieselotte hatte sich zu Martha gebeugt und deutete verstohlen auf ein Paar einige Tische weiter. „Sie schaut nach links, er nach rechts, es fällt kein einziges nettes Wort! Vorhin hat er sie richtig angepfiffen, sie hat zurück gekeift, aber wie! Eine glückliche Ehe!“

„Ich will euch nicht die Freude am >Leute hecheln<, wie man bei uns im Schwäbischen sagt, nehmen! Falls die Damen aufnahmefähig sind, ich hätte etwas zu unserem Thema beizutragen!“ meldete sich Heike.

„Du hast bisher nichts erzählt, oder?“ Leni bemerkte diese Tatsache erst jetzt. „Stimmt! Gab Heike unumwunden zu. Aber dafür habe ich fast so einen Knaller wie den Herrn Pfarrer! Also, wollt Ihr etwas hören?“ Sie saßen wie stets auf ihrem Stammplatz in der Cafeteria. „Was für eine Frage! - Endlich meldest du dich – Ich dachte du hast gar nichts erlebt! – Los, erzähl die Story!“ - Sie sprachen wieder einmal alle zugleich.

„Bitte sehr, es geht los! Ulla, kannst du dich erinnern, ich habe mir vor einem Jahr die Hand gebrochen? Einen Drehbruch der Speiche, ziemlich kompliziert und sehr schmerzhaft; ich hatte sieben Wochen Gips! Es war in dieser

Zeit recht langweilig, ich konnte nicht hinaus, es war kalter und nebliger Herbst. Mit dem Gips kam ich nicht einmal in warme Kleidung. Die Morgentoilette zwischen 7 und 9 Uhr bezahlte meine Unfallversicherung. Abends wollte der Pflegedienst keine genaue Zeit angeben, das heißt ein Mitarbeiter wäre zwischen 16 und 21 Uhr gekommen! Wer will schon am Nachmittag ab vier Uhr im Pyjama herumrennen! Deshalb habe ich eine andere Lösung gewählt. Für alles brauchte ich Hilfe, nur gut, dass meine Olga eine solche Perle ist. Sie kam jeden Tag, kochte für mich, brachte mich zu Bett, sie sorgte wirklich vorbildlich für mich und das ohne Geld zu verlangen! Ich habe mich anderweitig revanchiert, das nur nebenbei.

Jetzt aber zur eigentlichen Geschichte: Der Herr Pfarrer brauchte keinen Namen, der sprach für sich selbst. Ilse hat bei ihren Erzählungen das ABC bis zum D aufgebraucht, ich werde meinen Helden >Emil< nennen!

Ich musste immer wieder mit dem Gips zum Arzt zur Kontrolle. Ich saß mit noch zwei anderen Patienten im Wartezimmer, da kam eine Dame zur Tür herein. Sie sah sich um, erkannte mich und fand in mir ein dankbares Opfer zu ihrer Unterhaltung. Sie wollte wissen, ob ich immer noch alleine wäre nach der Scheidung. Ich musste das leider bejahen. Frau Sokolski – mittlerweile ist mir der Name wieder eingefallen – war vor etwa dreißig Jahren eine Nachbarin in unserer letzten Mietwohnung. Nach der Scheidung habe ich mir die Eigentumswohnung gekauft. Sie fragte mich, ob ich mich an einen Herrn >Emil< erinnern könnte. Er hätte gegenüber von uns gewohnt. Ich verneinte das, sie aber sagte, er wäre jetzt verwitwet, suche eine neue Partnerin; er könne sich gut an mich erinnern… Da wurde ich ins Arztzimmer gerufen und war heilfroh, der alten Tratsche endlich entkommen zu können.

Drei oder vier Tage später meldete sich besagter >Emil< am Telefon. Er wüsste ganz genau, wer ich wäre! Er hätte schräg vis à vis von uns gewohnt, später hätten sie in der Parallelstraße ein Reiheneckhaus gekauft, das mit der dunkelgrünen Eingangstür und dem Rosenbogen, den man von der Straße aus sehen konnte. Er wüsste ganz genau, wer ich bin – er wiederholte es mehrmals. Im Winter hätte ich immer eine Pelzmütze aus >Waschbär< getragen…... Nein, ob ich mich denn wirklich nicht erinnern könnte? Ich konnte nicht und kann es bis heute nicht.

Emil war seit zwei Monaten verwitwet, er war allein und er wollte mich unbedingt wiedersehen. Ich erklärte ihm, dass mit meinem Gips an ein Ausgehen nicht zu denken wäre. >Das macht nichts<, erklärte er sofort, >ich komme zu Ihnen! <

Meinen Einwand, dass ich ihm zwar eine Tasse Tee oder Kaffee anbieten könnte aber keinen Kuchen dazu, wischte er einfach hinweg: >Den Kuchen bringe ich mit, ich backe einen Apfelkuchen! Also ich komme am Sonntag, sagen wir 15 Uhr? Ich denke, das ist in Ordnung. Also dann bis Sonntag, auf Wiederhören!<

Ich hielt immer noch den Hörer in der Hand, als ich die Unterhaltung >rekapitulierte<. Bis ich mit meinen Gedanken zum Angebot des Kuchenbackens kam, das fand ich irgendwie süß – bis jetzt hatte noch kein Mann für mich einen Kuchen gebacken! Mir war ohnehin langweilig, also Besuch! Emil kam pünktlich und hielt einen Teller in der Hand, wie sich herausstellte, lag darauf ein halber Apfelkuchen!"

Auf Lieselottes ungläubige Frage: „Ein halber?" antworte Heike: „Ja, ein halber Apfelkuchen! Ich bat ihn ins Wohnzimmer, wo mir die Pflegerin vom Morgen den Tisch vorbereitet hatte. Nachdem wir Platz genommen hatten und der Kaffee eingeschenkt war, fand ich es richtig, ihm zu kondolieren, der Tod seiner Frau lag immerhin erst knapp zwei Monate zurück, wenn die Information aus dem Wartezimmer meines Arztes stimmte. Er nahm meine Anteilnahme sehr kühl entgegen und bemerkte so nebenbei: >Sie hatte Eierstockkrebs und wollte eben nicht mehr leben! Aber die Zeit läuft weiter und ich bin jetzt allein, was ich ganz bestimmt nicht bleiben will und werde!<

Jeder andere Besucher hätte mich sicher gefragt, wie ich

zu meinem Gips gekommen bin, Emil interessierte das überhaupt nicht.

Ich war über den Kommentar zum Tod seiner Frau schockiert, dann eher neugierig. >Wie stellen Sie sich denn Ihr Leben in Zukunft so vor?< wollte ich wissen. Zuerst sprach er über seine finanziellen Verhältnisse: das Reihenhaus hätte er jetzt vermietet, den Bungalow vor 8 Jahren gebaut, außerdem besäße er mehrere Eigentumswohnungen. Seine Frau wollte den Bungalow zwar nicht, aber ihm gefiel das Grundstück, es war auch als weitere Kapitalanlage gedacht. Beruflich war er im höheren Dienst als Beamter bei der Bundesbahn gewesen, hätte demnach eine gute Pension. Dann entwickelte Emil seine Pläne: >Als erstes ziehen Sie zu mir, denn ich kann nicht alleine sein! Mir fällt die Decke auf den Kopf!<

Bitte zu beachten, wir sahen uns zum ersten Mal! Meinen Einwand, wir würden doch gerade mal drei Kilometer Luftlinie voneinander entfernt wohnen, wischte er vom Tisch: >Ich kann es nicht leiden, beim Aufwachen und beim Frühstück allein zu sein.<

>Was machen Sie tagsüber? < fragte ich. Er sah mich überrascht an und dann legte er los: >Ich habe fast dreitausend Quadratmeter Grund, da steht der Bungalow drinnen, mit einer im Souterrain befindlichen Einliegerwohnung, die steht aber leer. Im Garten sind viele Obstbäume, Sträucher und der Gemüsegarten, außerdem muss ich Rasen mähen, also mehr als genug zu tun. Zudem habe ich zwei Enkelkinder, das Mädchen ist 15, der Junge ist elf, sie gehen in der Nähe in die Gesamtschule. Ich hole sie ab, manchmal essen wir gemeinsam, ich fahre Arabella zum Reiten und den Kleinen zum Tennis, er macht seit neuestem auch ein bisschen Kampfsport. Einmal in der Woche spiele ich Volleyball, einmal Squash. Jeden Donnerstag haben wir Chorprobe und am Freitag ist unser Skatabend. Ich bin im Verwaltungsbeirat in den diversen Eigentümergemeinschaften, da gibt es einiges zu tun, meist sind die Sitzungen am Montag.<

Da entfuhr mir die Frage: >Wozu brauchen Sie eine Frau? Nur für den Haushalt? Kochen, Waschen, Bügeln,

Putzen? Sie sind doch voll beschäftigt!< - >Nein,< er wurde ganz giftig, >ich helfe selbstverständlich auch – falls nötig - im Haushalt mit!< Na ja, wer's glaubt, dachte ich. Meine nächste Frage: >Und wie stellen Sie sich das in finanzieller Hinsicht vor?< beantwortete er mit einer Gegenfrage: >Sind Sie hier in Miete?< Als er hörte, dass es mein Eigentum wäre, meinte er ganz gelassen: >Sie ziehen zu mir, die Wohnung hier können Sie vermieten, das bringt Geld dazu. Wie ich hier so sehe - die Möbel, die Bilder, die Teppiche - scheinen Sie >was an die Füße zu haben<, demnach sind Sie nicht ohne Vermögen. Ihre Witwenrente ist bestimmt nicht schlecht, Ihr Mann war doch Ingenieur. Wir geben die beiden Renten zusammen und sehen mal, wie das so geht. Wenn nicht, müssen wir eine andere Lösung treffen. Was ich fragen wollte: Haben Sie ein Auto?<

Als ich bejahte, nickte er: >Das verkaufen wir sofort, denn zwei Autos sind zu teuer! Ich habe einen BMW, und wenn ich wegfahre, können Sie gelegentlich mit mir mitfahren!< - Dann fügte er noch erklärend hinzu: >Übrigens, meine Tochter und ich haben alles besprochen und auf dieser Basis ist sie mit allem einverstanden! <“

„Der spinnt doch! Gelegentlich darfst du mit ihm mitfahren und seine Tochter ist auf dieser Basis einverstanden!“ rief Leni aufgebracht….. „Wo lebt dieser Mann? Der ist eine echte Romanfigur!“ kam es von Luise.

Lieselotte, aufmerksame aber sonst meist schweigsame Zuhörerin, fragte nach: „Seine Tochter? Was ist das für eine Familie? Jede Frau muss da sofort schnellstens davon laufen!“

„Beruhigt euch, Ihr Lieben! So erstaunt war ich auch! Der beste Teil kommt allerdings noch!“ Heike versuchte die Wogen zu glätten. Marthas Stimme überschlug sich: „Noch besser? Das geht fast nicht mehr!“

„Ich wollte ihn so schnell wie möglich loswerden,“ fuhr Heike in Ihrer Erzählung fort, „deshalb sagte ich, dass ich jetzt meine Tabletten nehmen müsste, sein Besuch würde mich sehr anstrengen. Er meinte, dass ohnehin alles besprochen wäre. Dann fügte er nachdenklich hinzu: >Sie sind natürlich nicht die einzige, die ich mir anschaue. Sie haben allerdings den unbedingten Vorteil, so nahe bei mir zu wohnen, die anderen sind alle weiter weg. Ich werde mir die Sache überlegen und Sie hören dann von mir.< Damit stand er auf, nahm den Rest von seinem Kuchen und blickte nachdenklich darauf. Zu meiner großen Verwunderung sagte er: >Ach, wissen Sie was, ich lasse Ihnen diese beiden kleinen Stücke da< Damit ließ er die Kuchenstücke auf meinen Teller gleiten. Seinen mitgebrachten Teller steckte er wieder in den Transportbeutel."

Heike machte eine Pause, die Reaktion der Zuhörerinnen ließ nicht lange auf sich warten. Man war sich einig, hier ein ganz besonderes Exemplar der Gattung Mann vor sich zu haben…

„Das Beste vom Guten kommt noch!" Heike schmunzelte. „Etwa sechs oder sieben Wochen später, ich hatte bereits den Gips weg und konnte wieder Autofahren, läutete eines Tages das Telefon. Es war Emil! Emil wollte mich noch einmal sehen. Ich gab zu bedenken, er hätte doch noch andere „>Feuer im Eisen<: warum gerade ich? Seine Antwort verblüffte mich: >Ja, das schon, aber bevor ich eine endgültige Entscheidung treffe, würde ich Sie gerne sprechen. Bei der Auswahl meiner Frau waren ebenfalls mehrere Mädchen im Rennen, bis ich mich für Gerda entschieden habe. Sie sind ihr in vielem sehr ähnlich, das gefällt mir.<

Was für ein schmeichelhaftes Kompliment! Ich antwortete ihm: >Ach ja, Sie waren ja bei der Eisenbahn, da fährt man mehrgleisig!< Mein Sarkasmus prallte vollkommen ab an Emil. Ich glaube, er war zu blöd, um die feine Spitze zu verstehen." Die Damenrunde lachte herzhaft über Heikes Ausdruck vom „mehrgleisig fahren".

„Der Emil, er konnte es einfach nicht lassen! Immer wieder betonte er, dass ich einen einzigen wirklichen Vorteil gegenüber den anderen hätte, nämlich dass ich so nahe wohnen würde. Und das mit dem Umzug müsste in meinem Fall dann nicht sofort sein. >Also wissen Sie,< sagte ich ihm, als ich endlich zu Wort kam, >mir ist das für eine eventuelle Beziehung zu wenig! Viel Vergnügen weiterhin!< Damit beendete ich das Gespräch. Ich habe nie mehr von ihm gehört."

Du meine Güte!" Lieselotte lachte herzhaft: „Wenigstens war seine Tochter mit allem einverstanden!" Martha konnte es einfach nicht fassen: „Was es für Leute gibt!" murmelte sie ein ums andere Mal.

„Ach so, das muss ich nachtragen!" Heike meldete sich wieder: „Durch eine der Turnerinnen aus unserem Kurs, Gattin eines Bankangestellten, erfuhr ich – ihr wisst, die Welt ist manchmal ganz klein und nicht verschwiegen – dass der liebe Emil noch beträchtliche Schulden auf dem neuen Bungalow hat. Die monatlichen Rückzahlungsraten waren vor dem Tod seiner Frau durch ihre Rente gut zu begleichen. Emils Eisenbahner - Pension ist aber für die Zahlung einer Witwerrente zu hoch, er bekommt also nichts von der Rente seiner verstorbenen Frau. Deshalb braucht er eine neue Frau, die bei ihm die Rente abgibt, alle Arbeiten macht etc. und die sich sogar an der Bezahlung seiner Schulden beteiligt. Und ganz wichtig: seine Tochter ist auf >dieser Basis< einverstanden, das wusste die Mitturnerin auch!"

„Eine Frage hätte ich noch," meldete sich Lieselotte, was sollte mit deinem Hausrat, sprich Möbel, Bilder, Teppiche, Geschirr und so weiter geschehen? So leicht zieht es sich nicht um, wenn man einen alten, besser gesagt über lange Jahre vorhandenen Hausstand hat? Wollte er deine Sachen auf den Müll werfen? Aber nach deiner Schilderung glaube ich eher, dass er alles Gewinn bringend verkauft hätte!"

Heike machte große Augen: „Mein Gott, Lieselotte, du bringst da einen Gedanken, an den ich noch gar nicht gedacht habe! Das stand gar nie für mich zur Debatte, da ich nie und nimmer zu diesem Menschen gezogen wäre!"

Erst war es still, doch dann ging der Sturm los und sie beteiligten sich alle sehr rege an der Diskussion der von Lieselotte aufgeworfenen Frage. - „Ich muss Euch leider unterbrechen! Abendessen ist angesagt, meine Damen!" Ilse zeigte mit der rechten Hand auf die Uhr an ihrem linken Handgelenk.

„Schade, morgen ist Landgang. Wollen wir uns vielleicht

heute nach dem Essen an der Bar treffen? Ich werde uns einen Tisch in der schummrigen Ecke reservieren, es gibt noch so viele freie Plätze im Alphabet! Lasst es euch schmecken! Bis dann!“ Leni winkte allen und ging in Richtung Fahrstuhl davon.

Lieselotte ging neben Luise. Diese sah sich nach den anderen um und fragte dann ganz leise: „Lieselotte, machst du den Ausflug morgen mit? Ich will lieber hier bleiben, Martha fährt aber.“

„Nein, es ist schlechtes Wetter angesagt und ich wollte meine Notizen ein bisschen vervollständigen. Wollen wir gemeinsam arbeiten? Nur solltest du dann auf meine Kabine kommen! 9024 habe ich! Ich will vorsichtig sein, sonst verbietet noch eine die Verwendung ihrer Geschichte!“ Luise nickte zustimmend: „Gut, so machen wir es!“

„Aber du weißt, wir müssen das sehr geheim halten! Ich habe den Verdacht, dass vor allem Leni, dieses gescheite Mädchen, Lunte gerochen hat!“

„Ich habe das auch schon bemerkt, Lieselotte! Doch von Leni droht – meiner Meinung nach – keine Gefahr, denn die ist immer für Überraschungen aufgeschlossen. Ich glaube eher, dass es Leni sogar Spaß machen würde!“

„Da kannst du richtig liegen! Ilse stimmt bestimmt zu, die hat ja auch mit Feuer und Flamme erzählt! Sie ist eigentlich der Motor dafür gewesen, dass wir so viele Geschichten erfahren haben. Na, lassen wie uns überraschen, nichts wird bekanntlich so heiß gegessen, wie es gekocht wird. Schlaf gut, Luise, bis morgen!“

EIN ABEND IN DER BAR, LIESELOTTE ERZÄHLT VON SICH UND VON „PROFESSOR FRIEDRICH“

Wer hätte etwas anderes erwartet – alle sieben Damen fanden sich pünktlich an dem von Leni vorbestellten Ecktisch in der schummrigen Bar ein.

„Wie hat euch das Abendessen heute geschmeckt?“ wollte Ulla wissen. „Mir war der Braten zu fett, ich brauche einen ordentlichen Schnaps zu Verdauung!“ und als der Kellner kam, bestellte sie einen Fernet, Underberg hatten sie nicht.

„Sag mal, Lieselotte, du hörst bloß zu, aber eine Geschichte hast du uns nie zum Besten gegeben?“ Leni, die stets Wissbegierige, fühlte Lieselotte auf den Zahn.

„War wohl nur eine Frage der Zeit, bis du mich erwischt hast, Leni!“ lachte Lieselotte. „Ihr sollt eure Geschichtchen haben!“

„Darf ich noch etwas fragen, ohne sehr neugierig zu erscheinen?“ Ulla sah Lieselotte treuherzig an. „Du hast gesagt, du hättest ein etwas abenteuerliches Leben gehabt? Willst du uns davon erzählen?“

„Aber gerne. So als Einleitung! Ich brauche noch ein Mineralwasser!“ Und dann bestellte Lieselotte bei dem Kellner, dem aufgesteckten Schild an seinem Jackett nach sprach er spanisch, englisch und französisch, in fließendem Spanisch, was ihr eine weitere Bewunderung der anderen einbrachte.

„Jetzt bin ich gerüstet und es geht los!" Lieselotte setzte sich bequemer hin und begann ihren Bericht: „Wie ich schon erzählt habe, die Familie meines Vaters waren Deutsche, die im Baltikum lebten. Meine Mutter war zu Besuch bei einer Tante in Riga, wo sie meinen Vater kennenlernte. Er war seit mehreren Jahren Witwer und hatte bereits zwei erwachsene Söhne, ich war also ein sogenannter Nachzügler, leider verstarb mein Vater sehr früh, ich war erst drei Jahre alt. Ein Halbbruder ging später nach Argentinien und ist da bereits vor Jahren gestorben. Leider hatte er keine Kinder. Der andere fiel im Krieg in Russland. Zu seiner einzigen Tochter Beate, sie ist nur 4 Jahre jünger als ich und lebt in Aachen, habe ich ein sehr nettes Verhältnis, wir sind uns sehr zugetan. Beate hat drei Kinder, einen Haufen Enkel und ich bin die in Aussicht stehende Erbtante, was mir aber gar nichts ausmacht, denn sie sind alle ein ganz liebenswertes Völkchen!

Ich habe Deutsch, Englisch und Geschichte in Frankfurt studiert, einige Semester war ich in Tübingen. Da habe ich meinen späteren Mann getroffen, er war Chilene mit einer deutschen Großmutter, sprach auch gut Deutsch und hat Jura studiert. Nach unserer Heirat, er war in der Zwischenzeit in den chilenischen Staatsdienst gegangen und an der Botschaft seines Heimatlandes in Washington tätig, bin ich zu ihm in die Staaten gezogen. Mit meiner Ausbildung hatte ich keine Probleme, Arbeit zu finden, was einer der ersten Stolpersteine in unserer Ehe war. Sein Frauenbild war sehr konservativ, was sich erst in der Ehe herausstellte. Ich bin evangelisch, er katholisch. Er wollte unbedingt katholisch heiraten, ich war so verliebt, dass es mir egal war. Ich will es abkürzen: Diese Ehe war alles andere als glücklich, wir lebten aneinander vorbei. Ich wollte mich scheiden lassen, er aber nicht; es hätte seiner Karriere geschadet! So bin ich mit ihm in Holland, dann in Südafrika, später in Österreich, Venezuela und Neuseeland gewesen. Ich hatte mehrere Fehlgeburten, er dafür außereheliche Beziehungen, die manchmal nicht ohne Folgen blieben.

Nach 20 Jahren, ich war Mitte vierzig, habe ich ihn dann verlassen. Nur zwei Jahre später ist er gestorben, ich bekomme immer noch seine Pension aus Chile, auch wenn es nach unseren Vorstellungen nicht allzu viel ist. Dann habe ich meinen Mädchennamen wieder angenommen. Ich habe an einer Privatschule in Schweden gearbeitet, war einige Zeit in Spanien und schließlich bin ich nach Deutschland zurückgekehrt. Eine meiner Großnichten mit Namen Vija , wir verstehen und mögen uns sehr, hat mich vor drei oder vier Jahren – ich muss betonen ohne mein Wissen - bei einer dieser Partnervermittlungen im Internet angemeldet. Ich habe nicht schlecht gestaunt, als ich das herausfand! Ich habe es mit Humor genommen – und mich selbstredend damit beschäftigt. Sie hat auch das erste Jahr gleich für mich bezahlt, es war mein Geburtstagsgeschenk. Ich kann nur sagen, mir ist es nicht anders gegangen als euch! Wenn man über 70 Jahre ist, scheint es überall dasselbe zu sein!"

Ihr „Publikum" lauschte gespannt. Martha füllte beflissen das leere Glas mit Mineralwasser, was Lieselotte dankend annahm. So gestärkt, fuhr sie fort: „Den ersten Kandidaten haben Vija und ich gemeinsam ausgewählt. Um dem ABC zu folgen, nennen wir ihn Friedrich! Er war Professor an der Technischen Hochschule in Aachen, fragt mich nicht, in welchem Fach. Wir hatten fünf oder sechs witzige E-Mails und dann gab ich ihm meine Handynummer. Friedrich rief gleich am nächsten Tag an. Er hatte eine unangenehme, krächzende Stimme, nach den lustigen E-Mails habe ich ihn mir ganz anders vorgestellt. Die Unterhaltung war eigenartig, bis ich herausfand, dass er eine Liste abarbeitete. So etwas Ähnliches wie bei Dir, Ilse! Es begann mit häuslichen Arbeiten, was und wie ich koche, meinen persönlichen Vorlieben, was ich lese, Theater, Kunst und Kultur, meine sportlichen Aktivitäten – eine lange Litanei. Auch an meinem gesundheitlichen Zustand war er interessiert. Ob ich denn nach Aachen kommen könnte. Er wollte mich einmal sehen, Treffen in einem Café? Er würde sich wieder melden, ich soll ihm dann sagen, wann ich käme.

Ich selbst hatte keine Gelegenheit, meinerseits Fragen zu stellen!

Ich hatte dieses Telefonat noch gar nicht richtig verdaut, da rief Friedrich erneut an. Er hätte zwei wichtige Fragen vergessen: Ob ich Schneeschuhwanderungen in der Nacht mit ihm machen würde und, ganz wichtig für ihn, wie groß ich denn wäre. Ich bin 172 cm, also nicht gerade klein, er war 193 cm und ich habe in meiner ersten Mail geschrieben: > … endlich ein Mann, zu dem ich aufschauen kann…<. Seine Reaktion war erstaunlich: >Was, so groß sind sie? Das geht gar nicht beim Sex! Meine Frau war 155 cm, so ein Riesenweib wie Sie kann ich nicht brauchen!< Und dann hat der Friedrich einfach aufgelegt!“

Zuerst war ein vollkommener Moment der Ruhe – aber dann! Unter viel Gelächter und passenden Kommentaren ließen sie Lieselotte hochleben.

„Kinder, wir haben morgen ab 8 Uhr Ausflug. Es ist fast Mitternacht, ich muss ins Bett, mein Schönheitsschlaf ist heute sehr kurz bemessen!“ Leni, wie immer launig, trieb die „Hühner“, wie sie sich ausdrückte, zum Aufbruch. „Übermorgen, nach dem Frühstück, geht es weiter!“

ZWISCHENSPIEL

„Herr Doktor, bitte sehr, hier ist ihr Kaffee! Ich habe nur die letzte Wochenendausgabe von der Zeit. Das heutige Tagblatt liest die Dame da drüben, wenn es frei wird, bringe ich es Ihnen sofort!“ Der ältere Herr nickte dankend, schlug die Zeitung auf und begann zu lesen.„Hallo, Lotte!“ hörte er eine helle Stimme neben sich. Schon wieder dieses Damenkränzchen, dachte er unwirsch! Was die wohl wieder zu bequatschen haben?

„Grüß Dich! Danke, Elsa, dass du gekommen bist! Annegret wird auch gleich da sein!“ Und da war sie schon: „Guten Morgen ihr zwei! Der Bus war ausnahmsweise pünktlich!“ Annegret setzte sich Lotte gegenüber. „Also, Lotte, Du bist ein Genie! Ich habe so viel Spaß an Deinem Buch gehabt….“„Nicht so viele Lorbeeren!“ unterbrach Lotte den Redefluss. „Es sind erst wenige Seiten!“

„Nein, nein, sei nicht so bescheiden! Ich habe es in einem durchgelesen! Du musst unbedingt weiterschreiben! Annegret hat recht, es ist super! Richtig aus dem Leben! Und die Sache mit dem Männer – ABC ist toll!“

Die Kellnerin hatte in der Zwischenzeit das bestellte Frühstück gebracht. Elsa nahm sich ein Brötchen und fragte: „Haben Sie wieder diese gute selbst gemachte Marmelade?“ Dann wandte sie sich an Lotte: „Ach so, ich soll grüßen von

Jenny! Sie hat deine Buchseiten an Vreni weitergegeben. Vreni hat mich gestern Abend spät noch angerufen, weil sie vorher nicht zum Lesen gekommen war. Sie ist ganz hingerissen, soll ich Dir ausrichten!“

Der ältere Herr räusperte sich laut und deutlich, was Elsa zu der geflüsterten Mitteilung veranlasste: „Pst, wir müssen leiser sein! Unser Lauscher von nebenan will nicht gestört werden!“ Diese Elsa mit dem Schwan hat ein freches Mundwerk, dachte der als „Lauscher“ bezeichnete Herr am Nebentisch. Dann steckten die Damen die Köpfe zusammen und er konnte nichts mehr hören. …. Eigentlich schade, jetzt schien es interessant zu werden, die „Frau Lotte“, wie er sie bei sich nannte, hatte wirklich angefangen, ein Buch zu schreiben! Er schrieb immer noch eine Kolumne für eine der bekanntesten Wochenzeitungen. Wenn die Damen wüssten….Schade, dass er sich so laut geräuspert hatte, jetzt konnte er nichts mehr hören. sDie Kellnerin brachte das gerade freigewordene Tagblatt und so vertiefte er sich notgedrungen in die Neuigkeiten

NOCH EIN ZWISCHENSPIEL – MIT EINER AUSSICHTSREICHEN INFORMATION

Luise klopfte an die Tür der Kabine 9024. Lieselotte öffnete sofort. „Donnerwetter, du hast ja eine tolle Suite!“ staunte Luise. „So was Feines habe ich noch nie gesehen!“

„Halb so schlimm, ich kann die Kosten für die Recherche des neuen Buches steuerlich absetzen, sonst würde ich es auch nicht ganz so nobel nehmen!“ war Lieselottes Antwort. „Komm setz dich, ich habe uns Tee bestellt. du trinkst lieber Tee, wenn ich das richtig in Erinnerung habe? Von den leckeren Canapés bringt uns der Alfredo auch!“

Es klopfte an der Tür und Alfredo brachte ein Tablett mit lauter Köstlichkeiten: „Ci sono anche qualche cose di dolce, Dottoressa!“ wandte er sich in seiner Muttersprache an Lieselotte. „Mille grazie, Alfredo!“ bedankte sich Lieselotte und steckte ihm ein Trinkgeld zu.

„Darf ich?“ Luise griff nach der Teekanne und schenkte ein. „Ich muss dir was sagen, das weiß nicht einmal meine Schwester Martha!“

„Du hast auch im Internet oder über eine Partnervermittlung gesucht, nicht wahr?“ Lieselotte lachte. „Woher weißt du das?“ Luises Überraschung war echt. „Ach Luise! Ich bin eine sehr gute Beobachterin, das bringt das Stoffsammeln für meine Bücher so mit sich. Ich habe mir angewöhnt, die Menschen genauer zu beobachten, als man dies vielleicht gemeinhin macht. Natürlich darf es nicht zu auffallend sein! Du hast einige Male erzählen wollen, dann hast du es - wahrscheinlich wegen Martha? – doch nicht gemacht!“

„Ja, Du hast recht. In der Buchhandlung, wo ich ab und an aushelfe, habe ich ein Ehepaar kennengelernt, die eine Partnervermittlung betreiben. Ich möchte sagen: klein aber etwas feiner! Klar, sie können sich die Kundschaft nicht immer aussuchen, doch jeden nehmen sie nicht. So wie die Geschäftemacherin, von der Ilse erzählt hat – zum Beispiel der Mann mit den behinderten Kindern – das würde Frau Doreely niemals machen! Wenn ich denn schon beichte, im Internet habe ich ebenfalls mitgemacht! Von wegen, was sich da alles als „Elite“ herumtreibt, nicht zu glauben. >Darlings< habe ich auch keine gefunden!“

„Ja, liebe Luise, dann hoffe ich nur, dass du uns demnächst spannende Unterhaltung bieten wirst! Martha wird es schon verkraften!“ Damit drehte Lieselotte ihren Laptop zu Luise: „Hier, lies mal und sag mir ehrlich, wie du es findest!“

Luise begann zu lesen und sagte nach einiger Zeit: „Wunderbar! Du hast die Charaktere herrlich getroffen! Einige Kleinigkeiten vielleicht noch, aber das ist dir selbst bekannt. Du hast es immer abends einfach runtergetippt, nicht wahr!“ Lieselotte bestätigte: „Ja, das ist nur ein Rohentwurf.“

„Trotzdem würde ich gar nicht mehr so viel ändern!“ Sie begannen gemeinsam zu arbeiten….. Beide merkten nicht, wie die Zeit verging, bis Luise feststellte: „Schau mal, es ist bereits nach 15 Uhr, wir haben das Mittagsbuffet versäumt, aber ich habe gar keinen Hunger! Meine Mutter nannte das“ - damit zeigte sie auf die leer gegessenen Teller – „ >die wunderbar leckeren kleinen Schweinereien<!“ Lieselotte nickte zustimmend: „Dann schmeckt uns das Abendbrot umso besser! Hast du etwas dagegen, wenn ich dich jetzt raus ekle? Ich denke, ich werde mich ein wenig hinlegen. Weißt du, Luise, die Jahre fordern manchmal ihren Tribut!“

„Selbstverständlich. Vielen Dank! Es war wunderschön und ich freue mich auf alles, was noch kommt!“

WAS NEUES MUSS HER! – HEINRICH, MIR GRAUT VOR DIR

Beim Frühstück in der bewussten Ecke – die auch am 10. Tag der Reise wieder verteidigt werden musste – ging es hoch her. Jede hatte eine Besonderheit aus den Erlebnissen des gestrigen Ausflugs zu erzählen. Da bemerkte Leni: „ Von euch beiden, Lieselotte und Luise, hört man gar nichts! Was habt ihr denn erlebt?“

Lieselotte zuckte mit den Schultern und sah Leni an: „Wir waren nicht mit an Land. Mittags haben wir uns zufällig getroffen, beim Lunch war es halb leer. Am Nachmittag habe ich – du doch auch, Luise? – ein Schläfchen gehalten. Ich hatte einen wunderbaren >Ruhetag<.“

Ilse sah neugierig in die Runde: „Wer ist heute dran mit erzählen? Wer hat noch nicht gebeichtet?“ Luise schmunzelte: „Na, ich melde mich freiwillig, ich bin gut ausgeruht! Du regst dich bitte nicht auf, liebe Martha, es gibt Neuigkeiten, die ich dir bisher nicht erzählt habe!“

Martha wollte loslegen, doch Lieselotte, die neben ihr saß, legte ihr beruhigend die Hand auf den Arm: „Lass gut sein und hör lieber zu!“

„Letztes Jahr bin ich für eine Woche in Bad Soden – Allendorf gewesen und habe eine alte Schulfreundin, die dort zur Kur war, besucht.“ Luise dachte nach: „Richtig, es war

Sommer, Ende Juli, Anfang August und Ferienzeit. Meine Schulfreundin hatte versäumt, für mich ein Zimmer zu reservieren, so bin ich in ein Hotel nach Eschwege, das ist nur ein paar Kilometer weiter, näher an die alte Zonengrenze. Hier war früher sehr viel Bundesgrenzschutz stationiert, es gab viele alte Kasernen, auch die Amis waren da gewesen. Das nur zur Erklärung. Rosemarie hatte mit ihren Anwendungen zu tun, so hatte ich tagsüber viel Zeit für mich, um die Gegend zu erkunden.

Der Hohe Meißner ist ein bekannter Berg, hier gibt es einen wunderschönen Wildpark namens >Lausebude<. Am letzten Tag meines Aufenthaltes bin ich da herumgewandert und fand ein nettes Ausflugslokal. Ich hatte Kaffeedurst und Lust auf ein Stück Kuchen, mit Sahne! Die Bude war gerammelt voll, draußen gab es gar keinen Platz mehr. Ich fand im Haus einen kleinen Tisch für zwei Personen, der gerade frei wurde. Die Kellnerin brachte meine Bestellung und fragte mich, einen anderen Gast im Schlepptau: „Darf ich den Herrn zu Ihnen setzen?“ Ich nickte bejahend.

Wir sind bei G im ABC? Nun, dann nennen wir ihn Gustav! Er war ein beeindruckend fesches Mannsbild! Groß, schlank, gepflegt, grauer Haarschopf mit militärischem Haarschnitt, braun gebrannt, angenehmes Gesicht, leger aber gut gekleidet.

Ich ließ mir meine Apfeltorte schmecken und war mir wohl bewusst, dass Gustav mich mehr als eingehend musterte. Plötzlich fragte er mich: „San Sie alaans?“ erst dachte ich, er ist Holländer, dann stellte sich heraus, dass er aus dem Odenwald stammte. Er war pensionierter Grenzschützer, welcher Dienstgrad genau habe ich vergessen, er schien aber etwas Höheres gewesen zu sein. Bei dem Gespräch musste ich manchmal drei Mal nachfragen, weil ich seinen Dialekt nicht verstand. Entweder wollte er sich nicht bemühen, oder aber er konnte schlichtweg kein anständiges Hochdeutsch. Mittlerweile hatte ich begriffen, dass er wissen wollte, ob ich alleine wäre. >Sehen Sie jemanden? < habe ich etwas unhöflich gefragt und deutete mit der Hand so rund um mich.

>Na, ich mag wissen, ob Sie alaans sind, ob Sie noch an Mo ham! < Gustav hielt mich anscheinend für schwer von Begriff. Ich tat ihm den Gefallen und erklärte, dass ich Single wäre. Das schien ihn zu erfreuen… Des besseren Verständnisses wegen erzähle ich in Hochdeutsch, Gustavs Dialekt kann ich ohnehin nicht nachmachen! Manchmal sind herrliche Formulierungen von ihm verwendet worden!"

Luise wollte sich Tee nachschenken, doch ihr Kännchen war leer. Ilse griff danach und machte sich auf den Weg um Nachschub zu holen. Nachdem sich Luise die „trockene Kehle wieder angefeuchtet hatte" – scherzhafter Einwurf von Leni – ging die Erzählung weiter.

„Gustav teilte mir mit, dass er Witwer wäre. Der Ordnung halber musste ich fragen seit wann. >Vor fünf Wochen hat sie rüber gemacht! Jetzt ist der Beerdigungstrubel vorbei. Ihre Kinder wollen weder ihre Kleider noch sonst was von ihr haben, also gebe ich alles dem Roten Kreuz, die haben Verwendung dafür. Sie war nicht meine Frau, nur meine Lebensgefährtin, nach dem Tod meiner Frau vor fünfzehn Jahren ist sie zu mir gezogen. Ich wollte damals nicht alleine bleiben.

Gestern habe ich nachgedacht und sagte zu mir: Was Neues muss her! Sie täten mir prima gefallen! Ich habe eine Wohnung, drei Zimmer, 59 Quadratmeter. Mein Sohn ist vierzig, wohnt auch bei mir. Ich bin sehr spendabel, war mit ihr in Amerika und auf den Bermudas, in Malle sowieso. Ich reise gerne, mit Schiff und Flug! Vor drei Monaten habe ich ihr ein neues Kostüm gekauft, weil es ihr gefallen hat. Sie hat nur eine kleine Rente gehabt und konnte sich nicht viel kaufen, ich habe immer für sie gesorgt! Meine Pension ist ziemlich hoch, ich kann mir allerhand leisten. Sie können gleich einziehen, wenn die Schränke leer sind!<

Erst wusste ich nicht, wie mir geschah. >Was Neues muss her!< Wie geschmacklos und Menschen verachtend! Als er weiter redete über seine >menschliche Güte und Großmut<, wurde mir immer beklommener. Meine Tasse war leer, der Kuchen aufgegessen. Ich entschied mich für die Flucht – nicht die nach vorne, sondern die zur Tür hinaus! Ich legte einen Geldschein auf den Tisch: >Ich habe total vergessen, in 15 Minuten habe ich einen wichtigen Termin! Auf Wiedersehen und alles Gute für Sie!< Dann rannte ich zu meinem Auto, stieg ein und fuhr los. Im Rückspiegel sah ich, wie er hinter mir her rannte, aber ich gab Gas, nur schnell weg!"

„Endlich mal ein toller Mann, und wenn er den Mund aufmacht, ist der ganze Charme dahin!" Lenis Kommentar fand allgemein Anklang. „Entschuldige, Leni! Ich bin noch nicht fertig! Die Story hat ein Nachspiel!" beeilte sich Luise zu sagen. Heike schüttelte den Kopf: „Noch etwas?"

„Ich fuhr am nächsten Tag zurück nach Berlin, es war Samstag. Am Sonntag habe ich länger geschlafen, dann mit Martha lange telefoniert. Als ich gerade in die Badewanne wollte, klingelte wieder mein schnurloses Telefon. Ich meldete mich, am anderen Ende war Gustav! Sicher könnt ihr euch vorstellen, wie erstaunt ich war! Eines wusste ich ganz genau: von mir hat er weder meine Adresse noch eine Telefonnummer bekommen. Der feine Gustav! Er hat mir bei der „Präsentation" seiner Person erzählt, dass er bei der Feuerwehr wäre, daran erinnerte ich mich plötzlich. Ich war stinksauer! Er war sichtlich stolz auf sich und hat zugegeben, sich meine Autonummer gemerkt zu haben und dann hat er über die Feuerwehr meine Anschrift nebst Telefonfestanschluss herausgefunden! Gustav wollte mich unbedingt wiedersehen! Meine Drohung, ihn bei der Polizei wegen Stalking anzuzeigen, hat er wohl wirklich ernst genommen, denn ich habe nie mehr etwas von ihm gehört!"

„Wahnsinn! – Was es für Leute gibt! – So was von frech! – Luxuswohnung mit 59 Quadratmeter und erwachsenem Sohn dabei! – Der darf das nicht machen, selbst wenn er bei der Feuerwehr ist; das ist verboten! - Schöne Männer sind meist doof!" ……. Die Damen waren aufgeregt. „Natürlich ist es verboten, was er getan hat!" bekräftigte Luise, „aber Gott sei Dank war das ein einmaliger Anruf, meine Standpauke hat gewirkt! Aber so kann es gehen, ich bin völlig unschuldig in diese Geschichte hineingeraten!"

„Diesen Ausspruch >was Neues muss her < fand ich ganz besonders widerlich." Man konnte sehen, dass Heike die Geschichte nahe ging. „Er hat fast fünfzehn Jahre mit dieser Frau gelebt und dann sucht er sofort einen Ersatz. Alles, was von ihren irdischen Gütern da ist, entsorgt er gleich, damit Platz für >was Neues< ist? Es gruselt mich! Wo hat der sein Herz, ich meine nicht das Organische? Was war diese Frau für den Mann? Hat er sie überhaupt geliebt?"

„Nicht so laut, auch wenn die Sache empörend ist! Die anderen Leute schauen alle zu uns her!" Ulla mahnte zur Ruhe: „Ich habe eine kleine Geschichte dazu, wie Männer – Gott sei Dank nicht alle – uns Frauen sehen! Erinnert ihr euch an unsere Diskussion nach meiner Erzählung vom dicken Pastor? Was Heike gesagt hat von wegen Empathie? Wenn ich an dieses Erlebnis denke, wird mir übel! Wenn man das alles durchdenkt, sollte man wohl besser alleine bleiben!

Ich habe euch erzählt, dass ich mit unserem Pfarrer und seiner Frau gut kann. Die Pfarrsekretärin war zur Kur und Frau Pfarrer Vollmer musste am Blinddarm operiert werden. Ich habe bereits öfters ausgeholfen und so kam der Pfarrer zu mir, ob ich nicht wieder Vertretung machen könnte. Es war nicht viel Arbeit, nur an den Dienststunden mußte ich im Pfarrhaus sein. Da kam ein Mann, wir brauchen ein H? Wollen wir ihm den Namen Heinrich geben! Heinrich mir graut vor Dir! Heinrich passt gut, denn vor dem kann ein Mensch mit Herz schon das Grausen bekommen!

Nun zur eigentlichen Geschichte: Heinrich kam wegen der Beerdigung seiner Frau. Er war sehr ungehalten, dass er sich um die Angelegenheit kümmern musste, dazu auf seine Kosten!

>Ich will kein großes Geläute, bloß die Urnenbeisetzung mit dem Pfarrer, sonst reden die Leute!< Er war sehr empört und wütend. >Da habe ich mir nach dem Tod meiner Frau vor zwei Jahren etwas Junges gesucht und dann stirbt die nach einem Jahr! Und was das alles gekostet hat und jetzt eine weitere Beerdigung! <

Zur Erklärung folgendes: Heinrich, war 72 Jahre, seine

gerade verstorbene Frau wurde nur 48 Jahre alt. Ich erfuhr, dass sie vorher im Banat zu Hause war, wo bis zu ihrer Vertreibung nach dem Krieg viele deutschsprachige Protestanten lebten. Heute ist dies ein Teil von Rumänien. Der trauernde Gatte Heinrich hat sie per Katalog bestellt, das gab er ohne Hemmungen zu! Dass er dafür einiges bezahlen musste, versteht sich von selbst. Sie war ebenfalls verwitwet, hatte keine Kinder, 24 Jahre jünger als er, sprach natürlich deutsch - wäre demnach bestens geeignet gewesen, ihn zu versorgen und bei Bedarf zu pflegen! Vor einem Jahr bekam sie eine sehr aggressive Form der Leukämie, an der sie nach 11 Monaten verstarb. Als er nach Erledigung der Formalitäten das Pfarrbüro verlassen hatte, war mir richtig schlecht! Ich habe wirklich gedacht, dass unser Herrgott die arme Frau, deren Beisetzung nun anstand, geliebt und sie von diesem Kerl befreit hat! Was Gutes hatte sie bei diesem Heinrich wahrlich nicht gehabt. Ich hoffe, dass es ihr dort, wo sie jetzt ist, besser geht als hier auf der Erde!" Ulla hatte Tränen in den Augen. Man merkte, dass sie den Vorfall noch einmal durchlebte.

Keine sprach ein Wort und in die Stille hinein vernahm man die leise Stimme von Luise: „Wir haben bis dato über jede Story lachen können, doch diese Geschichte sollte man öffentlich machen. Ich bin überzeugt, die Dunkelziffer ist gar nicht so klein. Drum habe ich meine Lucy sehr stark und selbstbewusst erzogen, damit sie sich wehren kann und nie so erniedrigt wird wie diese arme Frau!" Schweigend, nachdenklich und in sich gekehrt saßen sie da, alle waren erschüttert.

Lieselotte fand als erste den Mut zu einer Aussage: „Grauenhaft! Sicher gibt es unter unseren Geschlechtsgenossinnen welche, die einen erbärmlichen Charakter haben; ich hoffe jedoch, dies ist eher die Ausnahme. Genauso bin ich der Überzeugung, dass es sehr nette anständige, aufrechte Männer gibt, die treusorgend für ihre Frauen da sind. Ist der Unterschied zwischen Mann und Frau wirklich so gravierend bei der Partnersuche als Verwitwete, Geschiedene oder wie immer geartete Singles? Ich bin kein

Psychologe, wenn ich die Geschichten nehme, die wir uns hier erzählt haben, würde von meiner Seite die Benotung der Männer an sich nur negativ ausfallen. Haben wir noch andere Geschichten, die das entkräften könnten?“

Martha schüttelte den Kopf: „Ich mache euch einen Vorschlag. Es ist schon fast 13 Uhr, Buffet ist angerichtet und wir sollten uns stärken. Wir machen eine Seereise zum Vergnügen – gewiss, das andere ist auch Teil des Lebens. Ich denke, es wäre gut, ein wenig Abstand zu gewinnen! Wollen wir uns am späteren Nachmittag wieder treffen? Heute ist noch einmal Captains – Dinner!“

LENI SORGT FÜR HEITERKEIT – „DAS GEBISS“

Lieselotte wollte sich eigentlich hinlegen, doch die Geschichten von Luise und Ulla ließen ihr keine Ruhe. Heute Abend war wieder „Eleganz“ angesagt, da konnte sie doch gleich die schwarze Hose und das Oberteil mit den Pailletten anziehen, die schwarze kleine Pelzstola würde sie warm halten. So herausgeputzt ging sie ins Bordcafé, wo Leni ganz allein den großen Tisch mit der weiten Aussicht aufs Meer bewachte. Sie hatte den gleichen Gedanken wie Lieselotte gehabt und war bereits „schön“ Lieselotte begrüßte Leni. Gleich hinter ihr kamen Martha und Luise, bestens vorbereitet auf die Ereignisse des Abends in „Galakleidung“.

Stets vorne dran mit einem launigen Spruch, war von Leni zu hören: „Hallo, ihr Schönen! Was werden die alten Weiber wieder über uns zweibeinige Wunder zu rätseln haben!“ Martha erwiderte trocken: „Mach halblang, Mädchen! Die Falten kann man leider nicht mit Strass und Pailletten zudecken!“

„So arg ist es nicht mit uns, für unser Alter sind wir noch recht gut vorzeigbar!“ besänftigte Lieselotte. Leni musste aber unbedingt noch eine Bemerkung über „Stutenbissigkeit“ machen.

„Ende mit >Fishing for compliments!< Wir sind sowieso

die Stars hier!“ Luise lachte. „Ob ihr es glaubt oder nicht – die Seeluft macht hungrig! Zwar spannt meine Hose gewaltig, aber von den wunderbaren Erdbeertörtchen muss ich jetzt was abhaben!“

Unter munterem Geplauder sprachen sie den Köstlichkeiten des Konditors zu, bis Lieselotte die rechte Hand hob, um auf sich aufmerksam zu machen: „Wie wäre es Leni, wenn du heute aus dem reichen Schatz deiner Erfahrungen plaudern würdest? Schau mich nicht so an, Luise! Ich weiß, >wenn ist würdelos<, so haben wir es in deutscher Grammatik gelernt!“

„Nette Geschichten erzählen, nicht in Grammatik machen, bitte! Deswegen habe ich so große Schwierigkeiten, eine Fremdsprache zu lernen, weil die deutsche Grammatik schon in der Schule für mich die größte aller Plagen war!“ Martha machte ein gewollt grämliches Gesicht.

„Ich will dich erhören, Martha! Muss aber dazu vorher etwas klarstellen!“ Leni sah jede der Reihe nach an: „Mein Ausbruch damals, als Ilse zu uns kam, war sicher ein wenig übertrieben. Im Übrigen bin ich gar keine so große >femme fatale< wie es vielleicht den Anschein hat! Ich will gerne einige von meinen Kabinettstückchen zu Gehör bringen! Lieselotte du schaust so fragend? Du warst damals noch nicht in unserem Kreis, richtig?“ - „Aber ich saß am Nebentisch, mit dem Rücken zu euch, habe unverschämt mitgehört und sofort beschlossen: da musst du mitmachen, das macht die Reise erst schön!“

Alle lachten. „Also erwischt, immer diese heimlichen Zuhörer!“ Leni schmunzelte und begann: „Gar nicht so leicht, wo soll ich anfangen? Eines meiner ersten Erlebnisse war der Autonarr, er war aus Niederbayern, drum soll er Ignaz heißen, in unserem Dialekt wäre er der >Nazi<, aber das ist anrüchig! Ich traf den Ignaz in München. Es gab vor Jahren ein nettes Tanzlokal mit Telefon an den Tischen, so etwas Ähnliches wie der >Ball der einsamen Herzen<. Dem Alter nach war alles vertreten, dreißig, vierzig bis ohne Ende! Es gab Handwerker, Intellektuelle, >künstlerisch Angehauchte<, Herren und

Damen aller Coleurs, sogar bis hin zur >Demi-monde<, große und kleine Leute, Dicke und Dünne, von dichtem Haarwuchs bis hin zur Totalglatze! Lach nicht Luise, ich will nur das Kolorit beschreiben!

Ignaz saß am Nebentisch von meiner Freundin Gerti und mir. Er kämpfte mit dem Telefon, man konnte sich da die entsprechende Partnerin oder den Partner anwählen. Wie es den Anschein hatte, muss er sich verwählt haben, denn eine kolossale Matrone schleppte ihn aufs Tanzparkett. Ignaz kam mit ihr nicht zu Rande und die Erlösung stand in seinem Gesicht, als er sie, völlig erschöpft, nach >erfolgreichem Kampf< wieder an ihren Tisch begleitete.

Ignaz wollte gerne Tanzen, aber vor dem Telefon scheute er zurück. Noch einmal so ein Fiasko wollte er nicht erleben. Er machte es recht clever: Er stand einfach auf, kam auf mich zu und sagte in echtem niederbayerisch: >Gengans, mir kenna des a aso! < Auf Hochdeutsch etwa so zu übersetzen: >Hören Sie, wir brauchen das Telefon nicht, wir können das auch so!< Gemeint war: gemeinsam aufs Parkett zum Tanzen gehen! Ich tat ihm die Freude, er war eigentlich recht nett, etwa Mitte bis Ende fünfzig, sah sympathisch aus, leichte Halbglatze, sehr ordentlich gekleidet.

Gerti saß in der Zwischenzeit mit einem ihrer Anbeter an der Bar, so setzte Ignaz sich nach dem Tanz mit an unseren Tisch. Er war Inhaber einer Autowerkstatt, hatte mehrere Mitarbeiter und wie er selbst sagte: >ein Autonarr<; er hatte sein Hobby zum Beruf gemacht. Er vertrat eine bekannte Automarke, seine besondere Spezialität war das Tunen. Zweites Thema war die Krebserkrankung seiner Frau, an der sie nach mehreren Jahren des Leidens vor 2 Jahren verstorben war. Ich konnte ihn einfach nicht davon abbringen, mir alle Einzelheiten einer Onkologie-Station im Krankenhaus zu schildern. Das war der weniger angenehme Teil der Unterhaltung.

Ignaz wollte mich unbedingt wieder treffen. Er war total hartnäckig, so gab ich schließlich nach und wir verabredeten uns für den nächsten Sonntag. Ich wollte es möglichst kurz und neutral halten, er aber wollte mich abholen, mit mir eine >Überraschungs-Spritztour< in einem tollen Schlitten machen.

Es war Herbst und ich hoffte nur, dass er nicht in einem offenen Sportwagen daherkam! Nein, es war eine sehr gepflegte Limousine. Pünktlich um 10 Uhr starteten wir. Auf der Fahrt erklärte er mir alle Instrumente in seinem Auto, was für ein tolles integriertes Navi mit GPS er hätte und vieles mehr. Ich bin in technischen Dingen eher eine Niete, ich kann zwar Autofahren, aber der Rest ist Schweigen! Dann kam wieder das Thema vom Krebs seiner Frau. Diesmal versuchte ich ihn davon abzubringen, aber so leicht ging das gar nicht. Dann war vor uns ein Stau durch einen Auffahrunfall, was ihn an eine Reihe von Unfallgeschichten der bei ihm reparierten Autos erinnerte. Immer noch besser als die Krebsgeschichten!“

„ Warum erzählen alle Männer immer von den Krankheiten ihrer Frauen?“ wollte Martha wissen.„Das, liebe Martha, ist eine Frage, die ich dir nicht beantworten kann! Aber weiter mit meinem Ausflug. Ich merkte bald, wir fuhren Richtung Chiemsee. Ignaz wollte mich zum Mittagessen ausführen, in ein Hotel namens Malerwinkel!“

„Das war aber spendabel! Ich kenne das Haus Malerwinkel, sehr nobel und gepflegt!“ warf Ilse ein, die sich in der Zwischenzeit ebenfalls eingefunden hatte.

„Bis dahin war alles in Ordnung!“ Leni fuhr fort in ihrer Geschichte. „Aber dann! Leicht schmatzend erklärte er mir, die Suppe wäre vorzüglich, und er hoffe, dass es mir genauso >mundet<. Er hatte sich Champignonschnitzel mit Kroketten und Salat bestellt, ich glaube ich hatte Lamm. Er nuschelte plötzlich so komisch herum und auf einmal war seine obere Brücke – etliche Zähne – in der Champignonsauce! Erst dachte ich, der arme Mann, so ein Malheur! Ich nahm an, dass er sich diskret samt Zahnersatz entfernen würde, aber nein! Er griff seelenruhig in die Pampe, nahm das Gebissteil in die Finger, versuchte die Pilze abzuschütteln, schleckte und schlabberte dran herum, dabei murmelte er: >Ich muss doch wirklich mal zum Zahnarzt gehen<! Endlich hatte er das Teil so weit frei, dass er es gut einsetzen konnte und schmatzte einige Male

kräftig, bis alles wieder festsaß. Dann wischte er sich die klebrigen Finger an der Stoffserviette ab und aß vollkommen ruhig weiter.

Der Chef de salle hatte ihm genau wie ich gebannt zugesehen. Unsere Blicke trafen sich und er sah, dass ich kurz davor war, mein bisheriges Mittagessen unfein los zu werden. Geistesgegenwärtig trat er an den Tisch und sagte: >Gnädige Frau, darf ich Ihnen behilflich sein und die Örtlichkeit zeigen!< Ich nickte stumm und rannte hinter ihm her – ich habe es, ohne mich – entschuldigt den Ausdruck – vorher voll zu kotzen bis in die Toilette geschafft. Mir war so was von übel, ich kann euch das gar nicht beschreiben! Als ich zurückkam, habe ich mein Besteck auf den Teller gelegt und der hilfreiche Geist hat alles sofort entfernt. Ich hätte keinen einzigen Bissen mehr hinuntergebracht. Ignaz wollte unbedingt, dass ich einen Nachtisch esse, ich schüttelte nur ablehnend den Kopf. Er konnte nicht verstehen, was ich denn hätte? Mir hat so gegraust, ich konnte ihn gar nicht mehr anschauen.

Er wollte noch rund um den See fahren, mit mir irgendwo >schön Kaffeetrinken<. Ich hatte großes Glück mit meinem Schutzengel, denn Gerti rief mich auf dem Handy an. Ich ließ sie kurz reden und sagte dann: >Um Gottes Willen, das ist schrecklich? Wie geht es ihr? Ja, ja, ich komme so schnell als möglich nach Hause! Du bleibst da, nicht wahr? Vielen Dank und bis bald!< Ich erzählte irgendeine Geschichte von der plötzlichen Erkrankung meiner Tante, Ignaz fuhr mich im Eiltempo zurück nach München. Ich bedankte mich und bat um Entschuldigung, ich würde mich melden bei ihm! Er hat es mehrfach versucht, aber ich habe nie abgenommen!"

Leni trank ihren mittlerweile kalt gewordenen Cappuccino in einem Zug aus. „Eigentlich war es schade um den Ignaz, denn er war an sich ein netter und wie es den Anschein hatte, auch großherziger Mann – abgesehen von den schauerlichen Krebserzählungen! Aber glaubt es mir, Champignonschnitzel ist ein Gericht, das ich mir bis heute noch immer nicht bestelle!"

„Du gestattest, dass wir lachen, obwohl es für Dich ganz schlimm war? Aber du hast so herrlich anschaulich erzählt! An dir ist ein Schreiberling verloren gegangen!“ Luise lachte und drückte Leni, zum Ausgleich des gehabten Schreckens liebevoll an sich. Lieselotte, die auf der anderen Seite saß, sagte: „Du hast das herrlich dargestellt, vielen Dank!“

„Auf, auf!“ rief Martha, „die Eisbombe wartet auf uns! Die Leute sind schon alle beim Sekt!“ „Sehen wir uns nachher in der Bar? Ein Absacker tut immer gut!“ fragte Ilse.

„Ilse, du wirst ja unseriös! Na klar, ich habe in weiser Voraussicht den Tisch in der bekannten Ecke bereits heute Nachmittag bestellt!“ kam es von Leni. Man war sich wieder einmal einig: Leni war Spitze!

Martha war die „Fürsorgliche“ des Teams: „Wir dürfen nicht vergessen, es Ulla und Heike zu sagen! Lenis Geschichte müssen wir auch berichten, wäre zu schade, wenn die beiden da nicht mitlachen könnten. Aber wenn wir jetzt nicht schleunigst ins Restaurant gehen, sehe ich schwarz für unser Festessen! Ihr seid heute eine Trödel-Bande!“

Leni ging voran und rief übermütig: „Alle Damen bitte mir nach! Bitte achten Sie auf den Gleichschritt! Martha hat Hunger!“ und lachend folgten sie ihr im Gänsemarsch.

HEIKES KUSINE DÖRTHE UND DER „JEAN AUS DER PFALZ"

Das Dinner war vorbei, wohlig satt und zufrieden saß der Damenflor am bereits reservierten Tisch in der Bar. Alle waren auf etwas anderes „hungrig" – nämlich die nächste Geschichte!

Heike rief den Kellner herbei und bestellte Champagner, alle wunderten sich: „Ich habe heute eine Erinnerung zu feiern – an meine vor mehr als einem Jahr verstorbene Kusine Dörthe! Heute wäre ihr 80. Geburtstag! Zu ihren Ehren werde ich eine Geschichte erzählen, die Dörthe widerfahren ist. Ich weiß, dass sie wunderbar in unsere Runde gepasst hätte. Sie sitzt vielleicht da oben auf ihrem Wölkchen und freut sich mit uns!"

In der Zwischenzeit stand der Champagner auf dem Tisch, die Gläser waren eingeschenkt, man prostete sich zu und ließ Heike und ihre Kusine Dörthe hochleben.

„Ich will die Story neutral erzählen, aus Dörthes Sicht! Ich habe sie sehr gemocht, Ulla kannte sie auch. Also es geht los: Im Fernsehen war immer von diesen „Partnervermittlungen" die Rede, alle 13 Minuten würde sich ein Paar verlieben? Ob das auch etwas für sie wäre?

Dörthe hatte sich an das Alleinsein gewöhnt, aber manchmal vermisste sie einen anderen Menschen; ein netter Gedankenaustausch, jemanden zum gemeinsamen Spaziergang, für erbauliche Genüsse in Kunst und Kultur, ein schöner Museumsbesuch, bisschen ausgehen, einfach mal wieder umsorgt zu werden – all das wäre schön. Vor allem fehlte ihr entsprechende Gesellschaft zum Verreisen. Hin und wieder ein Tagesausflug, ganz individuell gestaltet, würde ihr schon genügen.

Vor neun Jahren war Hugo ganz plötzlich innerhalb weniger Wochen gestorben. Mit zunehmendem Alter wurde der Freundeskreis immer dünner. Von den älteren Freunden lebten etliche nicht mehr, andere waren im Seniorenheim. Einige waren in die Nähe ihrer Kinder gezogen, um später nicht ganz allein zu sein. Auch die vierzehntägige Kartenrunde war mangels an Mitspielern aufgelöst worden.

Ihr Sohn Carsten war mit 23 Jahren an Leukämie gestorben. Sie trug heute noch schwer daran, ihr einziges Kind verloren zu haben. Doch wenn sie die Sorgen und Nöte hörte, die die diversen Kinder und vor allem die Enkel bereiteten….. Es hat alles Vor- und Nachteile im Leben!

Es gab etwas, davor graute ihr: Wenn sie einmal nicht mehr für sich selbst sorgen könnte! Dann müsste sie in ein Altersheim. Wie lieblos das Pflegepersonal war, oft ungelernte Kräfte, sogenannte „Umschuler", schlecht ausgebildet und höchst unlustig an der zugewiesenen Arbeit. Das hatte sie erst kürzlich bei ihrem Besuch bei einer alten Dame in so einer Institution erlebt! Frau Gerstner hatte vier Mal nach einer Flasche Wasser geklingelt, dann kam eine Pflegerin und sagte ihr, sie hätte heute bereits eine Flasche gehabt, das würde genügen….. Dabei sollten alte Menschen viel trinken!

Herr Peters von gegenüber hatte eine sehr nette Partnerin übers Internet gefunden. Taten sich Herren leichter? Sie war unschlüssig. Ob sie es versuchen sollte? Sie war immerhin 76 Jahre alt! An einem regnerischen Sonntag fasste Dörthe ganz spontan den Entschluss und meldete sich im Internet bei der Partnersuche an. Sie wählte den billigsten Tarif, dafür musste man aber ein ganzes Jahr mitmachen. Zu ihrem großen Erstaunen hatte sie in kürzester Zeit über zehn Anfragen von Interessenten, drei schrieben sogar ein paar Zeilen. Man machte ihr weitere 14 Angebote – Dörthe war echt beschäftigt.

Zuerst ging sie recht blauäugig an die Sache heran. Sie schrieb eifrig an die vorgestellten Herrn, hatte hin und wieder ein Echo, manchmal nicht einmal eine Antwort. Bald aber merkte sie, nirgends wird so viel geschummelt und gelogen, wie bei diesen Foren im Internet! Fazit: ich lüge auch!

Dörthe lernte schnell, dass die meisten Männer „Schreibmuffel" sind, sie ans Telefon zu bekommen, war leichter. Auch war klar, dass alle an ihrem Bild interessiert waren, selbst jedoch nicht mit dem eigenen Foto herausrücken wollten.

Gott sei Dank, Hugo hatte vor Jahren eine zweite Telefonnummer beantragt, die nicht im Telefonbuch stand, was ihre Anonymität gewährleistete. Sie führte mehrere Telefongespräche, die immer dann zu Ende waren, wenn Dörthe keine Bereitschaft zeigte, sofort umzuziehen und die Stelle der verstorbenen Gattin in Küche und Garten sowie Haus und Hof einzunehmen, nicht zu vergessen im Bett! Einige fragten ganz unverblümt: „Du bist noch an Sex interessiert? Ohne will ich dich nicht!"

Die „Geschiedenen" waren wieder auf andere Art merkwürdig, fand Dörthe. Sie hatten oft wahnsinnige sportliche Aktivitäten – so dies denn stimmte. Sie schwärmten vom Segelturn auf irgendwelchem Teil der Weltmeere, von Golf, Tennis, Schi alpin, nächtlichen Schneeschuhtouren, Wanderungen von Gletscher zu Gletscher, Mountainbiking, Trekkingtouren quer durch den Himalaya und ähnlichen „kleinen Ausflügen", nur Kochen konnten die meisten!

Da gab es auch eine dritte Gruppe: die sogenannten >getrennt Lebenden<. Dörte wunderte sich immer wieder, wie viele Männer „getrennt lebend" angaben. Lebten sie tatsächlich getrennt von Tisch und Bett oder waren sie verheiratet und wollten nebenbei ihren Spaß haben? Leider –zu ihrem größten Bedauern – gelang es ihr nie, das wirklich herauszufinden. Das hätte sie wirklich interessiert!

Mit einem der Herren Witwer schrieb sie lustige Mails hin und her. Er war ganz anders, als alle, die sich bisher gemeldet hatten. Sein Bild zeigte einen sympathischen, weißhaarigen Mann mit >toller Mähne<, der jünger aussah, als das angegebene Alter vermuten ließ. Schließlich gab sie ihm ihre Telefonnummer vom Handy, am nächsten Tag rief er abends an.

Eine Zwischenfrage: Wenn ich nicht irre, ist jetzt der Buchstabe Jot wie Juli dran? Geben wir ihm den schönen Namen „Jean".

Also der Jean! Er lebte in der Südpfalz, sie wohnte am Stadtrand von Koblenz – die Entfernung betrug um die 200 km. Sie hatten viele interessante Abendunterhaltungen per Telefon, fanden eine ganze Reihe von Gemeinsamkeiten. Jean interessierte sich sehr für Musik, der Lieblingskomponist war Wolfgang Amadeus Mozart – von beiden! Er las gerne gute Krimis, sie auch! Ein weiteres Hobby von Jean war Geschichte. Darin war Dörthe schon immer gut, ihr Vater war Oberstudienrat im Fach Geschichte am Gymnasium gewesen.

Sie telefonierten fast vier Wochen jeden Abend. Dörthe freute sich stets, seine sehr sonore Stimme zu hören. Ausnahme war eine Hochzeit im Freundeskreis von Jean. Dörthe war einmal im Konzert und an einem weiteren Abend im Theater.

Er jammerte immer wieder, dass er nicht kochen könnte – seine vor vier Monaten verstorbene Frau fehle ihm so. Wenn das so weiterginge, falle er vom Fleisch! Neulich hätte er sich im Spiegel betrachtet und festgestellt, dass sein Bäuchlein völlig verschwunden wäre – er käme sich so rank und schlank vor - wie Adonis! Irgendwann kam die obligate Frage, ob Dörthe zu ihm ziehen würde? Er könnte ihr versichern, seine vier Söhne – alle verheiratet, insgesamt 7 Enkelkinder - würden sie mit offenen Armen aufnehmen. Sie hätte eine Familie und wäre geborgen.

Er hatte sie geschickt ausgefragt, ob sie ein Haus oder eine Mietwohnung hätte. Dörthe besaß weder noch, sie lebte in der eigenen wunderschönen Eigentumswohnung, 125 Quadratmeter groß, oberstes Stockwerk mit kleiner Dachterrasse, abgeschlossener Tiefgaragenplatz fürs Auto.

Selbstverständlich gab es einen Lift im Haus. Sie erzählte ihm das ohne Arg und dazu meinte er: „Das ist gut, dann hast du genug Geld, wenn du mal pflegebedürftig wirst oder in ein Heim musst!“ Dörthe fühlte sich von diesen Worten peinlich berührt – sah so die Geborgenheit in dieser Familie aus?

Jean war siebzehn Monate älter als Dörthe, was ihn aber nicht hinderte, die Sex-Frage zu stellen. Er versuchte es zwar etwas charmanter als die anderen: „Du bist eine sehr warmherzige Frau! Sicher warst du sehr glücklich in deiner Ehe. Bist du weiterhin an der Sexualität interessiert? Ich hatte eine Woche, bevor meine Frau starb, das letzte Mal mit ihr Sex!“

Dörthe war empört und schwieg. Was sollte sie darauf antworten? Wie geschmacklos, sie war am Eheleben mit seiner Verblichenen nicht interessiert! Was bildete sich dieser Mensch ein! Sie war doch keine Nutte, mit der man am Telefon Terminvereinbarungen traf! Sie schwieg und dachte nach.

„Hallo, Dörthe, bist du noch da? Was sagst du dazu?“ kam es fragend aus dem Telefonhörer.„Ja, ich bin da! Also weißt du, grundsätzlich finde ich das eine sehr schöne Sache, doch mit jemandem, den ich nicht einmal von Angesicht kenne? Wer weiß denn, ob man sich persönlich sympathisch ist – so nett E-Mails und Telefongespräche sein mögen, den Kontakt, so richtig gegenüber von Mensch zu Mensch und sich dabei in die Augen sehen können, ersetzt das nicht!“ Am liebsten hätte sie aufgelegt, aber sie wollte die „Contenance“ behalten.

Also dann meinst du, wir sollten uns kennenlernen?“ Jetzt wird er konkreter, fand Dörthe. „Willst du mich in der Südpfalz besuchen? Ich habe ein schönes Haus, der Garten ist jetzt wunderbar in der Herbstfärbung, du kannst meine Familie kennenlernen und bleibst gleich da, weil es dir gefällt!“ Weil es mir gefällt – aber schon so was von gar nicht! Dörthe versuchte, ihm klar zu machen, dass sie ein schönes Zuhause habe, welches sie keinesfalls gewillt wäre aufzugeben – nicht heute und nicht morgen! Der Sinn stand ihr gar nicht nach einem Besuch in der Südpfalz und sie beendete das Gespräch unter Hinweis auf die fortgeschrittene Zeit – sie telefonierten immerhin seit über einer Stunde.

Am nächsten Tag hatte Dörthe mit einer ihrer Freundinnen eine Einladung zu einer Vernissage, auf die sich die beiden schon lange freuten. Damit war sie an diesem Abend für Jean nicht erreichbar.<

Lieselotte hatte in der Zwischenzeit dem Ober ein Zeichen gegeben - bitte nachschenken und eine neue Flasche, auf meine Rechnung. Als Heike nach ihrem Glas griff und merkte, dass es leer war, kam der Ober gerade mit der neuen Flasche an und schenkte ein. Gestärkt vom perlenden Champagner erzählte Heike weiter:

>Jean nannte sich „Verkaufsingenieur", was immer das heißen sollte. Schließlich kam heraus, der Ingenieurtitel war „firmenintern", das bedeutete Titel ohne Studium. Er hatte die Hauptschule besucht, eine Lehre gemacht, nach seiner Zeit beim Bund - er hatte länger gedient als sogenannter Zeitsoldat - war er in diese Firma gekommen und dort geblieben, bis er in Rente ging. Niemand sollte auf einen anderen herabsehen, aber sich Federn an den Hut stecken, die einem nicht gehören?

Dörthe selbst hatte ein Doktorat in Medizin und eines in Philosophie (als Anmerkung: mit summa cum laude), sprach aber nie darüber, sie hatte bis zu ihrer Heirat an einem Forschungsinstitut in Berlin gearbeitet, nach der Eheschließung half sie ihrem Mann in seinem Schulbuchverlag.

Im Grunde war der Jean im Vertrieb oder Verkauf eines Unternehmens tätig gewesen – Verkäufer sind meist von der schnellen Truppe. So auch Jean!

Dörthe hörte zwei Tage nichts. Beim nächsten Anruf – es war ein Dienstag - teilte Jean ihr Inklusive Zug- und Wagennummer mit, dass er am Donnerstag um 15 Uhr 47 in Koblenz ankommen werde! Da sie nicht zu ihm kommen wolle, käme eben er! „Der Berg kam nicht zu Mohammed, deshalb ging Mohammed zum Berg…." Es wäre doch klar, dass sie ihn am Bahnhof abholt? Ein Hotel hätte er sich ebenfalls bestellt, er bliebe zwei Nächte! Ob sie ihm ein Gulasch kochen könnte? Das hätte er schon lange nicht gegessen – mit Knödel, bitte sehr!

Dörthe war völlig überrumpelt! Nach dem Gespräch überlegte sie: vielleicht war es ganz gut, ihn kennen zu lernen. Es gibt bekanntlich immer zwei Möglichkeiten – war er nett, könnte es eine Freundschaft werden; falls nicht, hatte sie die Option, die Verbindung gleich abzubrechen. Sie war gespannt auf diesen Adonis…

Dörthe erwartete am Donnerstag jemanden, der dem Foto möglichst ähnlich war. Es kam ein Herr – die Größe stimmte – aber von den Haaren war nicht mehr allzu viel vorhanden. Der spärliche Rest war zur Vertuschung über die kahlen Stellen gelegt, was irgendwie peinlich wirkte. Jean ging sehr gebeugt und erklärte, er hätte seit kurzem mit dem Rücken zu tun, näher ließ er sich nicht darüber aus, Dörthe ihrerseits fragte nicht genauer nach. Im Gesicht hatte er viele Falten, richtige Hängebacken – die waren auf dem Foto nicht vorhanden gewesen…. Wo war der angekündigte Adonis?

Das Gulasch schmeckte ihm, was er mit der Bemerkung: „Kochen kannst du wohl!" zum Ausdruck brachte. Dazu trank er zwei Flaschen Bier. Später plauderten sie im Wohnzimmer, wo er zwei weitere Flaschen Bier benötigte. Dörthe meinte, er hätte heute eine lange Reise hinter sich und fuhr Jean bald ins Hotel. Übrigens: der Adonis namens Jean hatte ihr nichts mitgebracht, weder Blumen noch ein paar Pralinen oder ein Buch.

Am Freitag war schönes Wetter. Dörthe holte den sogenannten Gast zur vereinbarten Zeit vom Hotel ab, doch Jean ließ sie fast eine halbe Stunde warten. Er wollte die Festung Ehrenbreitstein sehen. Anschließend fuhren sie in Dörthes Auto ein Stück die Mosel aufwärts, machten in einem hübschen Restaurant Rast, Jean lud Dörthe mit großzügiger Geste zum Essen ein. Am späteren Nachmittag kamen sie wieder zurück. Jean wollte „zu Hause" gerne Kaffee trinken und ein Stück Kuchen haben - Dörthe hatte ihre berühmte Kirschtorte gebacken.

Auf der Fahrt belehrte er sie über die geschichtlichen Ereignisse der Region. Dörthe lebte seit fast vierzig Jahren hier und wusste viel mehr als er, doch sie schwieg. Wo war die Fortsetzung der netten Gespräche am Telefon? Jetzt und persönlich präsentierte er sich als totaler Macho, der nur bedient werden wollte und Kritik an allem äußerte. Im Übrigen behauptete er, dass ihr Bild im Internet „geschönt“ wäre, er fand ihr Aussehen dem Alter „an die achtzig“ entsprechend, keineswegs jünger! Seine Lisi hingegen wäre so schön gewesen, ihre Haut so zart... Sein Charme war umwerfend im wahrsten Sinn des Wortes!

Von mir als Nebenbemerkung: Dörthe sah um mindestens zehn Jahre jünger aus, hatte bloß ein paar Lachfältchen um die Augen, aber sonst einen makellosen Teint!

Jean fand die Kirschtorte „passabel“, seine Frau hätte sie anders gemacht... Er erzählte von seiner fabelhaften Lisi, immer wieder von ihrer wunderbaren weichen Haut – Dörthe hätte ihn am liebsten geohrfeigt!

Als lautes Krachen zu hören war, stand Dörthe auf und sah zum Fenster hinunter, um die Ursache des Lärms zu ergründen. Plötzlich wurde sie von hinten umarmt und zwei Hände legten sich an ganz bestimmte Stellen ihres Körpers. Dörthe machte sich sofort frei und verbat sich vehement derartige Belästigungen. Es war zu merken, dass Jean beleidigt und böse war: „Warum nicht? Du hast dich letzthin am Telefon so vage .ausgedrückt bei meiner Frage nach dem Sex! Deswegen bin ich doch da, um herauszufinden, wie es mit dir wäre!“

Dörthe sah ihn nur an, worauf er sich genötigt sah, weitere Erklärungen von sich zu geben: „Ich bin deswegen hierher nach Koblenz gefahren! Du brauchst nicht glauben, dass ich nicht mehr kann! Eine Woche vor dem Tod meiner Frau....“

Dörthe unterbrach seine Bekenntnisse: „Das interessiert mich nicht und geht mich nichts an!“ „Aber ich will das erklären: sicher geht es nicht jede Nacht, aber so alle drei oder vier Wochen! Ich habe die Lisi in 52 Jahren Ehe nicht betrogen und sie war immer mit mir zufrieden!“ beharrte er und wollte weitersprechen.

Wie sollte sie ihn loswerden? Dörthe griff zu einer merkwürdigen Methode: „Alle drei oder vier Wochen? Nicht sehr viel! Damit willst du angeben? Das ist wohl ein wenig dürftig, meinst du nicht? Ich glaube, ich fahre dich in dein Hotel oder willst du lieber ein Taxi nehmen?“

Auf eine derartige „Ansage“ war Jean nicht vorbereitet, doch er fasste sich schnell und wurde streitlustig. Jean war katholisch, das hatte er gleich am Anfang erzählt. Er war wohl sehr beleidigt und gekränkt, weil Dörthe seine Avancen nicht gebührend honorierte. Er wollte sich rächen und es fiel ihm nichts Besseres ein, als zu sagen: „Du bist eben protestantisch verklemmt!“

Das war unter der Gürtellinie und ein ganz arger Fehler! Selbst für eine Frau, die nicht sonderlich religiös war und alle Menschen und ihre jeweilige Religionszugehörigkeit tolerierte, war das zu viel. Dörthe beschloss, ihn sofort hochkant hinauszuwerfen, ohne persönliche Taxifahrt zum Hotel! Sollte der Mensch doch sehen, wo er blieb! Zu Dörthes Glück klingelte in dem Augenblick Ihre Nachbarin und wollte sich zwei Eier ausborgen.

Dörthe kam das sehr zu Pass! Damit hatte sie durch die Nachbarin das richtige „Publikum“, um Jean sofort wortreich zu verabschieden. Ihm blieb nichts anderes übrig, als zu gehen. Dann schloss sie sehr betont hinter ihm die Tür und wendete sich der Nachbarin zu.

Sie hat ihn wirklich hinausgeworfen. Wie er ins Hotel und am nächsten Tag nach Hause gekommen ist, wusste Dörthe nicht. Nachdem die Nachbarin wieder weg war, hat sie sofort alles am Computer gelöscht, damit war die Geschichte für sie zu Ende! Als Nachtrag: An weiteren Abenteuern dieser Art war Dörthe nicht mehr interessiert und: sie hat es tatsächlich über ein ärztliches Attest geschafft, aus diesem Internet – Partnervertrag raus zu kommen, das heißt, sie musste nur für 3 Monate bezahlen.“

„Da reden die Leute immer vom schwachen Geschlecht!“ lachte Martha. „Eine tolle Geschichte! Deine Kusine hatte

Zivilcourage!" Heike schwieg und wartete auf die Reaktionen der anderen. Von Ilse kam die spitzbübische Bemerkung: „Angeblich soll das männliche Gehirn schwerer sein als das weibliche – aber ausschlaggebend ist doch die Qualität und nicht die Quantität! Und was die Qualität betrifft, liegen wir ganz besonders im vorderen Feld, richtig?"

„Deine Kusine Dörthe hat völlig recht gehabt! Aber warum nur verlieren Männer immer den Verstand, wenn es um Sex geht? Wo bleibt die Romantik und das was man Liebe nennt?" fragte Ulla fast verzweifelt. „Es macht richtig traurig. In keiner Geschichte findet sich der Begriff Empathie, von Liebe ganz zu schweigen – immer bloß Sex, wie im Tierreich kommt man sich vor!"

Leni nickte bestätigend zu Ullas Worten: „Mir ist nie klar geworden, warum Männer nicht warten können! Sympathie, Zutrauen, auch Vertrauen, Annäherung, vorsichtige Zärtlichkeit – ich weiß nicht, wie ich mich genau ausdrücken soll - sind doch Voraussetzung für eine intimere Beziehung! Wie soll sich denn Liebe entwickeln, wenn gleich auf Zuruf beim allerersten Telefonkontakt zum Halali geblasen wird?" Heike fügte hinzu: „Und dann sind die Herren der Schöpfung so überaus erstaunt, wenn sie einen Korb bekommen, und wissen nicht einmal, warum!"

„Na ja, vielleicht hat eben keine von uns das Glück gepachtet und wir haben immer das falsche Objekt oder den falschen Mann erwischt?" Luise wollte weiter sprechen, doch da kam der Kellner an den Tisch und sagte, dass die Bar jetzt schließen würde, es war weit nach Mitternacht!

„So lange haben wir es bis jetzt noch nie ausgehalten! Aber Heike, diese Geschichte war sehr interessant. Du hast nur die >markanten Teile< erzählt. Ginge man da in die Einzelheiten, wäre der Jean für drei Kapitel gut!" Aus Lieselotte sprach die geübte Schriftstellerin.

„Wer geht morgen mit auf diese Gletschertour?" Sie standen vor dem Fahrstuhl, als Ulla fragte. Es stellte sich heraus: alle bleiben auf dem Schiff! - „Prima!" jubelte Martha, „dann geht es morgen nach dem Frühstück weiter im ABC!

Gute Nacht und angenehme Träume wünsche ich euch allen!“

„Wobei aber die Träumereien für die Herren A bis Jot nicht zu empfehlen wären!“ Leni konnte es einfach nicht lassen….

NIEMAND GEHT AN LAND – DAS ABC GEHT WEITER – K, L, M

Am Tag 11 hatten sie das Deck, wo jeweils Frühstücksbuffet und Lunch im „Self – Service“ stattfanden fast ganz für sich alleine, Alfredo verteidigte jeden Morgen „ihre“ Ecke und freute sich über Heikes „Obolus“.

Nachdem er geholfen hatte, die Tabletts wegzuräumen, kam er noch einmal an den Tisch. In seinem etwas gebrochenen Englisch ließ er die Damen wissen, es gäbe noch Eis! Er müsste die Eismaschine neu befüllen, aber vorher sollte das Eis von gestern – er betonte, dass es keineswegs schlecht wäre – entfernt werden. Das musste er nicht zweimal sagen! Alle stimmten freudig zu und Alfredo brachte alsbald sieben Schälchen und eine große Schüssel voll Eis, die er in einen dafür vorgesehenen Kühlbehälter gestellt hatte. Und dann zauberte er eine weitere Schüssel mit frisch geschnittenem Obst hervor! So viel Fürsorge verdiente ein ordentliches Trinkgeld, das dieses Mal von Martha übernommen wurde.

„Kinder, ich bin aber so etwas von satt!“ stöhnte Ulla. „Hätte ich das gewusst mit dem Eis, hätte ich kein zweites Brötchen gegessen!“ - „Für Eis habe ich immer Platz!“ Leni schleckte sehr undamenhaft den letzten Rest von ihrem Löffel. „Wir sind ordentlich gestärkt und es kann los gehen. Wer meldet sich freiwillig?“

„Ich habe einen kalten Bauch, deshalb muss ich jetzt eine >heiße Rede< halten!“ Luise streckte wie ein Schulmädchen den Finger in die Höhe. - „Moment!“ Heike sprang auf. „Ich habe einen Vorschlag! Heute sind viele Leute nicht da, besonders die Clique, die immer die schönen Plätze auf dem Sonnendeck mit Beschlag belegt hat. Wie wäre es, wenn wir draußen weiter machen? Alle zur To, damit es keine Störungen gibt! Die ersten suchen uns einen netten Platz; etwas zum Schnabulieren können wir uns draußen besorgen! Seid ihr alle einverstanden?“

„Kluges Kind!“ sagte Martha, „wir sollten aber die windgeschützte Seite nehmen und uns zur Sicherheit was Warmes zum Anziehen holen! Ich gehe gleich nach oben, um die Plätze zu besetzen. Luise, bring mir bitte die blaue Jacke und die Decke mit, vielen Dank!“

Nachdem alle wieder vereint, die notwendigen Vorbereitungen getroffen waren und man sich häuslich eingerichtet hatte, begann Luise mit ihrer >heißen Rede<: „Ich helfe gelegentlich in einer Buchhandlung aus, in Stoßzeiten oder wenn sonst Not am Mann ist. Eines Tages habe ich ein nettes Ehepaar kennengelernt mit Namen Doreely. Ein eigenartiger Name, ich weiß nicht, woher sie stammen, aber wie gesagt, es sind reizende Leute. Und wir haben uns ein wenig angefreundet.

Frau Doreely hat eine kleine aber feine Partnervermittlung, bevorzugt für ältere Menschen, die eben wie wir nicht gerne allein bleiben wollen. Eines Tages – wir hatten uns auf eine Tasse Kaffee verabredet in meiner Mittagspause – hat sie mir folgendes erzählt: Ein Kunde rief an, wollte von ihr gemanagt werden und sie vereinbarten einen Termin. Wir sind bei welchem Buchstaben? Ah ja, gut, dann ist K dran! Wie wäre es mit >Konrad<?

Die beiden trafen sich in einem Café. Konrad war klein, fast zierlich, mit Halbglatze, dafür großer Schnurrbart, starke Brillengläser. Ganz unerwartet hatte dieser Mann eine sehr tiefe und dazu laute Stimme – offenbar wollte er trotz seiner geringen Größe Aufmerksamkeit erregen. Es stellte sich folgendes heraus: Konrad war Privatdozent an irgendeiner Uni in NRW gewesen, nie fix angestellt, sondern immer auf Honorarbasis. Er hatte stets gut verdient, aber keinen Cent zurückgelegt oder in eine Altersversorgung eingezahlt, lediglich eine private aber minimale Krankenversicherung für sich und seine Frau abgeschlossen. Seine Gattin war gelegentlich in einem Minijob beschäftigt, jedoch immer ohne Steuerkarte und ohne gesetzliche Sozialversicherung. Dadurch hatte sie ebenfalls keinerlei Rentenansprüche. Da sind die zwei auf eine tolle, ich würde sagen ganz schön hinterhältige Idee gekommen: sie haben sich scheiden lassen! Da keine Rentenansprüche vorhanden sind, gibt es auch keinen „Versorgungsausgleich“, das heißt sie bekommt keinen Anteil aus der Rentenkasse von seiner Rente und umgekehrt. Also ist das Sozialamt gefragt! Das bedeutet, jeder von Ihnen – da geschieden siehe vorherige Erklärung - bekommt den vollen Satz der Sozialhilfe! Seiner Frau ist es gelungen, sich einen vermögenden älteren Herrn zu angeln, bei dem sie jetzt lebt und hofft, dass er sie später einmal gut versorgt zurücklässt!“

Die Damenrunde hörte Luise gespannt zu. „Und was macht der feine Herr Konrad?“ Leni fragte im Namen aller Damen.

„Konrad wurde durch ein Inserat auf Frau Doreely und ihrer Vermittlungstätigkeit aufmerksam. Als Akademiker, der er unzweifelhaft ist, will er natürlich nicht unbedingt eine – es soll nicht abwertend klingen - >Putzfrau<, stattdessen brauche er vor allem eine Dame mit >Moos, Kies, Moneten, Penunze oder Zaster.“ Lieselotte warf lachend ein: „In Österreich nennt man das etwas unfein >Diridari<!“ Ilse nickte bestätigend dazu.

„Na, hab’ ich wieder etwas Neues gelernt, schönes Wort: Diridari! Wie gesagt, die entsprechende >Finanzunterstützung< sollte ihm von Frau Doreely besorgt werden. Konrad bot ihr sogar an, ein Erfolgshonorar zu bezahlen, sollten die Bemühungen zum Erfolg führen!

Ansprüche an die Dame im Bezug auf Alter, Haarfarbe

blond oder schwarz oder grau, Größe, Figur und Aussehen stellte er keine. Bildung usw., das wäre alles vollkommen egal! Genug Geld sollte sie eben haben, das allein wäre wichtig! Er brauchte - ganz brutal ausgedrückt - für den Rest seines Lebens eine entsprechende finanzielle Versorgung!" Luise schwieg und das Damenkränzchen gab vernichtende Kommentare über die Schlechtigkeit der Männerwelt ab.

Martha wurde richtig böse: „Nicht die Männerwelt an sich ist schuldig! Es ist dieser Mann, dazu noch Vollakademiker und seine geschiedene Gattin hat mitgemacht. Diese zwei Menschen sind im Grunde Betrüger: Sie haben gut verdient, ihr Geld verprasst, nie in die staatlichen Versorgungen eingezahlt und fallen jetzt der Allgemeinheit zur Last, indem sie Stütze beziehen können. Aber das sind unsere Gesetze, in denen auch Schmarotzer sogar legal ihr Heil finden! Ich bin sehr für das soziale Netz, das unverschuldet in Not gekommene Mitbürger auffängt. Wir haben dazu eine Reihe von pflichtigen Versicherungen: für die Rente, Krankheit, Arbeitslosigkeit, Unfälle, die Pflege im Alter und anderes mehr. Leute wie diesen Konrad und seine Frau würde ich liebend gerne außen vor lassen, aber leider geht das nicht, obwohl sie es wirklich verdienen würden!"

„Was hat deine Bekannte gemacht?" wollte Heike wissen. Luise antwortete: „Frau Doreely hat abgelehnt, eine derart unseriöse, beinahe schon unsittliche Beauftragung zu übernehmen. Konrad hat daraufhin wütend das Lokal verlassen, ohne seine Zeche zu bezahlen! Na ja, Frau Doreely meinte, das wäre ohnehin als Werbekosten steuerlich absetzbar."

Sie diskutierten sehr kontrovers weiter und Martha, die ehemalige Betriebsrätin, war voll in ihrem Element. Luise wusste, dass jetzt ein Eingreifen dringend notwendig war....

„Hallo, meine Lieben! Ich habe noch eine Geschichte!" Luise meldete sich etwas lauter zu Wort, atmete tief durch und setzte ihre Erzählung fort: „Wenige Tage später traf Frau Doreely einen Herrn, Alter Mitte bis Ende sechzig. Er war Bayer, drum soll er den Namen >Ludwig<, so wie der ehemalige König Ludwig von Bayern, bekommen – nur so schön war er nicht! Vom Aussehen her mittelgroß, Glatze und Bierbauch, die gesamte Erscheinung wenig gepflegt. Er war mit einem nicht mehr ganz frischen T-Shirt und Jeans bekleidet, denen eine Wäsche nicht geschadet hätte. Als er lachte, waren seine Zahnlücken nicht zu übersehen. Auf die Frage nach seinem Beruf drückte er sich sehr vage aus. Er hätte alles Mögliche gemacht, am Ende wäre er bei einer Reinigungsfirma angestellt gewesen. Frau Doreely hatte den wahrscheinlich nicht unbegründeten Verdacht, dass er gelegentlich „verreist" war hinter „Schwedischen Gardinen", im Klartext: er war ein alter Knastbruder! Ludwig suchte eine >mollige Dame mit etwas dran<, höchstens Mitte bis Ende vierzig, mit gutem finanziellem Auskommen, mit Haus und Garten, wenn möglich ohne Kinder oder Enkelkinder – die wären immer so störend - aber ein Hund oder eine Katze dürften schon sein!

Ludwig wollte natürlich zu seiner neuen Gefährtin ziehen, er hatte nur eine Einzimmer-Sozialwohnung und lebte ebenfalls von >Stütze<. Frau Doreely sollte ganz besonders auf seine Bereitschaft zur Gartenarbeit und anderen Hilfsleistungen hinweisen. Außerdem betonte Ludwig mehrmals, dass er noch >ein ganzer Mann< wäre und die Dame bestimmt zufrieden stellen könnte!"

„Haussa!" Leni's Aufschrei brachte die Runde zum Lachen. „Ich verstehe gar nicht, weshalb wir alle alleine sind, bei dem Überangebot an potenten Traummännern!" - „Hat deine Bekannte ihn als Kunden akzeptiert?" wollte Ulla von Luise wissen.

„Natürlich nicht! Sie hat das sehr klug gemacht; es würde ihr sehr leid tun, aber derart junge Damen hätte sie nicht in ihrer Kartei. Was sie anbieten könnte, wäre eine ehemalige Hausangestellte, Mitte sechzig, aber ohne Vermögen. Die Damen mit Vermögen wären alle über siebzig Jahre alt und älter!"

Ludwig wollte keine >alten Schachteln<, wie er sich ausdrückte, und verabschiedete sich alsbald. Aber eines muss man ihm zu Gute halten: er ging beim Hinausgehen zum Kellner und bezahlte den Kaffee von Frau Doreely mit!"

„Ein verborgener Gentleman!" Lieselotte lächelte. „Fast so ein verkanntes Genie wie mein >unedler Schöngeist<, meine Nichte Vija hat ihn so getauft!" Das war ein Stichwort! Sie bestürmten Lieselotte, die Geschichte zu erzählen.

„Eigentlich keine schöne Erzählung, die ich zu bieten habe, auch nicht lustig. Vielleicht jedoch was ganz anderes, als wir bisher erfuhren... Wir sind beim M in unserer Reihe? Seid ihr mit >Moritz< einverstanden? Passt so schön zu Konrad à la Wilhelm Busch!

Die Partnervermittlung im Internet teilte mir mit, ich hätte wieder einige Interessenten und neue Herren als Vorschläge. Was da alles war! Doch einer erschien mir ganz nett und ich schrieb eine Mail, mit Bild und Telefonnummer vom Handy. Er antwortete sofort per Mail und gab an, Schriftsteller, Journalist und Theatermann zu sein. Sein Name wäre Moritz, er hätte einen schweren Schicksalsschlag gehabt vor Jahren und daraufhin eine Stiftung gegründet. Derzeit lebe er in der Nähe von Limburg in einem Seniorenheim, wo es ihm sehr gut gefallen würde. Er wollte sich aber eine kleine Wohnung in Mainz nehmen, da er in Verhandlungen mit einer Zeitung dort stehen würde, eine größere redaktionelle Tätigkeit zu übernehmen. Moritz öffnete auch sein Bild und meinte, wir sollten besser unsere private Mailadresse austauschen, denn er hätte den Eindruck, man würde mitlesen in der Partnervermittlung."

„Womit er wahrscheinlich nicht ganz Unrecht hat!" kam ein Zwischenruf von Leni.

„Moritz hat mir seinen Namen, die persönliche Mail-Adresse etc. genannt, was ich sehr nett fand. Denn mit anderen schrieb man sich hin und her und blieb doch voll in der Anonymität! Ich denke, wenn man sich treffen und kennenlernen will, muss man auch das „Pseudonym", diese blöde komische Nummer, aufgeben, sonst ist das alles sinnlos. Da ich im Taunus lebe, wäre Mainz für mich keine große Entfernung gewesen, dachte ich.

Das Bild von Moritz kam mir irgendwie bekannt vor. Da ich nun seinen Namen wusste, recherchierte ich im Internet und fand meine Annahme bestätigt – ich habe ihn vor fast vierzig Jahren getroffen, als ich mit meinem Mann in Neuseeland war. Moritz hatte ein Theaterstück geschrieben, er führte Regie und es wurde anlässlich eines europäischen Festivals in Wellington gezeigt. Wir waren, ebenso wie in Neuseeland akkreditierte Diplomaten anderer Staaten, zu den Feierlichkeiten und Events eingeladen. Es fiel mir auch ein, weshalb er diese Stiftung für Querschnittgelähmte gegründet hatte – demnach müsste er selbst im Rollstuhl sitzen. Ich wusste es nicht genau, aber ich glaube, dass er auch seine Stimme durch diesen Unfall verloren hatte; was ein Grund sein konnte, warum er nicht telefonieren wollte. Aber wie kann man jemand so etwas fragen?

Er machte mir laufend Komplimente: was für eine tolle Frau ich wäre, klug und gebildet (wir hatten uns über ein Buch ausgetauscht, das wir beide zufällig gerade lasen), so voll Herzenswärme, kein Typ mit >husch-husch<, wie er sich ausdrückte. In jeder Mail wimmelte es nur so voller Nettigkeiten – ohne mich zu kennen, schon eigenartig! Er betonte immer wieder, wie herrlich unsere gemeinsame Zusammenarbeit in Zukunft seine Pläne fördern werde. Er wäre von unserem gemeinsamen Erfolg total überzeugt. Mehrfach bezog Moritz sich auf meinen Schreibstil und äußerte, dass ich ohne weiteres in der Lage sein müsste, schriftstellerisch tätig zu sein.

Diese Aussage fand ich sehr interessant – na klar, dass ich der Sache etwas mehr auf den Grund gehen wollte! Ich habe ihm daraufhin gestanden, dass ich gerne Bücher schreiben würde, bereits eines geschrieben hätte, es aber nicht veröffentlicht habe, obwohl mehrere Verlage ein Angebot gemacht hätten.

Zu meiner großen Verwunderung schien ihn das wenig zu interessieren. Um auf den Busch zu klopfen, habe ich ihn gefragt, ob er vielleicht einmal lesen wollte, was ich geschrieben habe? Seine Meinung wäre mir wichtig. Es wäre ein Leichtes, ihm alles per Mail zu schicken, ich hätte es noch auf dem Computer. Er hat geantwortet, ich sollte das machen, wenn er Zeit fände, könnte er meine „Ergüsse“ – so hat er es wortwörtlich bezeichnet – kurz mal quer lesen!

Mehr und mehr kam mir das alles komisch vor. Ich wollte wissen, ob er in Mainz arbeiten und wohnen werde. Ich fragte auch, ob er selbst Autofahrer wäre, denn die Entfernung von meinem Zuhause nach Mainz wäre ein Katzensprung. Er ging gar nicht auf meine Fragen ein. Ich konnte mir keinen Reim darauf machen.

Irgendwann schrieb Moritz so nebenbei, dass er nicht mehr selbst chauffieren würde. Immer wieder berichtete er über irgendwelche >Projekte<, schickte mir ganze Abhandlungen über ähnliche - wie sagte er doch? - ach ja, dieses blöde Wort: >Performances<, worunter man sich alles Mögliche vorstellen kann. Dabei fiel sehr oft der Name einer Frau, die er als >junge, begnadete und sehr begabte Künstlerin< über den grünen Klee lobte.

Für mich bedeutete der Kontakt zu diesem Mann lediglich so etwas wie eine >intellektuelle Brieffreundschaft<, dessen überschwängliche und meiner Meinung nach unbegründete Lobhudeleien begannen, mich peinlich zu berühren. Langsam wurde Moritz für mich zu einer Art Psychopath.

Plötzlich wollte Moritz wissen, wann ich zu ihm ziehen würde – er hätte jetzt vor, nach Koblenz oder Trier zu gehen, weil er dort verschiedene Projekte im Rahmen seiner Stiftung initiieren wollte. Die junge Dame, die er zur Mitarbeit gefunden habe, eine wunderbare Person, die tolle Ideen hätte, würde übrigens in das Haus, welches er ausgesucht habe, mit einziehen. Ich sollte ihn so rasch als möglich wissen lassen, wann er mit mir rechnen könnte. Wir wären uns doch einig gewesen! Es sollten nun die gemeinsamen Projekte in Angriff genommen werden, dazu müssten die finanziellen Aspekte – also mein Anteil daran - jetzt genau abgeklärt werden. Ich wollte es nicht glauben und las seine Mail noch einmal. Finanzielle Aspekte? Damit war für mich der Zeitpunkt gekommen, ein Ende zusetzen. Ich teilte ihm mit, dass ich nicht die Absicht habe, meinen Wohnort zu wechseln. Schon gar nicht für einen Menschen – ich schrieb absichtlich nicht Mann – mit dem ich weder ein Wort am Telefon gesprochen, noch den ich persönlich kennen gelernt hätte.

Nebenbei bemerkt: interessant ist er allerdings für mich als Charakter gewesen, vielleicht etwas für das nächste Buch! Auf irgendwelche >finanziellen Aspekte< ging ich gar nicht ein.“ Als Lieselotte schwieg, bestürmten sie alle mit Fragen nach der Fortsetzung der Geschichte.

„Ihr werdet es nicht glauben, Moritz antwortete nur ganz kurz: … er sei schwer erkältet und warte auf den Arzt … mehr nicht. Ich habe mich daraufhin in Schweigen gehüllt!

Es verging eine Woche, eine zweite Woche. Irgendwann saß ich am Computer und bereinigte den – ich nenne es >angebotenen Männermüll< oder auch die >Schreibleichen<, das heißt ich löschte alles, was erfolglos erschien oder bereits erfolglos war. Demnach flog auch das Profil von Schöngeist Moritz hinaus. Ihr kennt die Möglichkeiten, die man bei einer Absage hat. Ich habe ihn ganz cool wissen lassen, dass ich mir für mich eine andere Person als Mann wünsche.“

„Au weh! Diese Mitteilung bekam der Moritz bestimmt, wenn sein Profil gelöscht wird!“ bemerkte Leni, „Hat er darauf geantwortet? Auch wenn du ihn gelöscht hast, er kannte deine private Mail-Adresse!“

„Ganz recht, Leni! Er hat mich wissen lassen, dass ich überhaupt nicht seinen Vorstellungen entspräche und er hingegen in der jungen Künstlerin – mit der er bisher angeblich nur freundschaftlich auf künstlerischer Ebene verbunden gewesen wäre – die richtige Partnerin gefunden hätte!“

„Das ist typisch überheblich Mann!“ Ilse kniff ärgerlich die Lippen zusammen. „Ein Mann kann nicht verlieren! Ich glaube, der war total abgehoben und nicht ganz gescheit – umziehen, wenn man sich weder persönlich gesprochen noch gesehen hat. Dann lässt er am Ende die ach so netten finanziellen Aspekte heraus!“

„Auch nicht anders als alle die, die gleich am Telefon –

sechs Wochen nach dem Ableben der Frau Gemahlin – annehmen, dass man zu ihnen zieht! Besonders apart finde ich immer die Bemerkung: >Ich weiß ganz genau, meine Frau ist völlig damit einverstanden, dass ich nicht allein bleibe…<“ Heike schüttelte sich. „Es wird kühl! Lasst uns Pause machen. Nach dem Abendbrot in der Bar?“

„Einen Augenblick noch, bitte! Wer hat sich für die Eskimo-Siedlung morgen angemeldet? Ich will mir das gerne ansehen. Aber diese Wal-Geschichte mit den Booten, davor habe ich Angst!“ - „Du hast recht, Martha!“ war Lieselottes Kommentar. „Man muss nicht von allem haben!“ Aber das können wir heute Abend besprechen, Leni, du waltest wieder Deines Amtes und bestellst den Tisch?“

„Ich bin ein kluges Kind und habe den Tisch für jeden zukünftigen Abend bestellt, denn ich weiß mittlerweile, dass es hier Damen mit dem Wunsch nach >Absacker< gibt!“ war die launige Antwort. - „Du bist aber ein vorlautes Mädchen! Komm du mal nach Salzburg, dort lass ich dich über die Klinge springen!“ lachte Ilse.

“Nehmt es mir bitte nicht übel, aber der Tag war heute schon lange! Wenn ich morgen auf den Landgang mitgehe, dann sollte ich heute früher ins Bett!“ ließ sich Luise vernehmen. Ihre Schwester Martha nickte zustimmend mit dem Kopf.

„Ich würde mich auch lieber zurückziehen“, sagte Lieselotte. Ilse meldete sich ebenfalls: „Seid ihr einverstanden, wenn wir den Abendplausch heute ausfallen lassen? Morgen ist ein großer Ausflug, da sollten wir wirklich fit sein! Dann gute Nacht allerseits!“

Sie gingen gemeinsam zum Fahrstuhl, der Reihe nach stiegen sie in den entsprechenden Etagen aus.

„Aber vielleicht können wir morgen Abend ein Schwätzchen halten?“ Leni – wie immer unverwüstlich - wollte mal wieder planen….. „Ich glaube, wenn ich wieder zu Hause bin, muss ich mich von der Reise erholen!“ murmelte Ulla……

LAGEBESPRECHUNG – UND DER „FEIND“ HÖRT MIT

Es war erst kurz nach 8 Uhr in der Früh, nur wenige Stammgäste waren anwesend. Die Kellnerin eilte beflissen mit einem großen Tablett zu Dr. Ullrich, der wie immer in seiner Ecke saß.

„Bitte sehr, Herr Doktor! Die Croissants sind ganz frisch und unsere Chefin schickt Ihnen die selbstgemachte Aprikosenmarmelade, die Sie so gerne mögen! Wünsche guten Appetit!“

„Vielen Dank! Könnte ich bitte heute ausnahmsweise noch ein weiches Ei haben, Frau Huber?“ - „Selbstverständlich, Herr Doktor! Kommt sofort.“

Der ältere Herr widmete sich mit Genuss seinem Frühstück und man hatte den Eindruck, dass es ihm wirklich schmeckte. Er sah erst kurz auf, als sich „Frau Lotte“, wie er sie getauft hatte, an den Nebentisch setzte. Das bedeutet, dachte er, meine Ruhe ist wieder einmal dahin....

Auf die Frage der Kellnerin bestellte Lotte ebenfalls Frühstück: eine Portion Früchtetee, 2 Eier im Glas, Brötchen mit Butter, gekochten Schinken und Käse. „Kommen die anderen Damen auch? Dann bringe ich gleich mehr Brötchen! Möchten Sie auch Croissants?“ wollte die aufmerksame Bedienung wissen. Lotte nickte bestätigend und da ging bereits die Tür auf, Jenny kam schwungvoll durch die Türe, in Begleitung von zwei jungen Frauen. „Hallo, Tante Lotte! Gut schaust du aus! Schicker Blazer, die Farbe steht dir! Hast du einen neuen Haarschnitt? Sehr flott!“ sprudelten die Damen heraus, man begrüßte sich herzlich.

„Na“ dachte Dr. Ullrich so bei sich, „da komme ich heute wirklich nicht zum Zeitung lesen! Aber vielleicht sprechen sie über den Roman, das würde mich interessieren. Schau’n wir mal!“

„Wer kommt denn noch?“ wollte Jenny wissen. „Ich hoffe, du bist nicht böse, Lotte, aber Vreni und Vroni wollten unbedingt mitkommen, als sie hörten, dass wir heute gemeinsam Frühstücken.“

„Im Gegenteil, ich freue mich sehr, dass das ganze Dreimäderl-Haus da ist! Vreni, ich habe dich sehr lange nicht gesehen! Wie war es denn in England, Vroni?“ Die Unterhaltung plätscherte so dahin, bis sich - wie immer völlig außer Atem - die Dame Elsa zu der Gruppe gesellte. Vreni fragte sofort: „Elsa, was ist den schon wieder mit dem Lohengrin sein Schwan? Dieses unpünktliche Vieh würde ich abschaffen!“

Alle lachten und Elsa erwiderte den auf ihre Kosten gemachten Scherz mit einem fröhlichen Lachen: „Weißt du, liebes Kind, der ist halt genau so altersschwach wie ich! Was ist mit Isolde, kommt die noch? Übrigens soll ich alle herzlich grüßen von Annegret! Karlchen bekommt die Kur gut und sie hätte bereits 2 Kilo abgenommen! Sie haben mir eine Karte geschrieben, der Kurpark dort muss wirklich sehr schön sein!“

„Vielen Dank Elsa für die guten Nachrichten! Nein, Isolde hat leider abgesagt. Sie hat >Therapie<, ich glaube Krankengymnastik. Aha, da kommt unser Frühstück. Lasst es euch gut schmecken.“ Nachdem man sich gestärkt hatte, und nochmals eine Kanne Kaffee aufgetragen war, kamen die Damen endlich zur Sache, als Jenny erklärte: „Lotte, dein Buch ist Klasse! Ich habe es mit viel Vergnügen nicht nur gelesen sondern verschlungen!“

„Dem kann ich mich nur anschließen! Ich habe Tränen

gelacht, diese Geschichte von der Leni und dem Gebiss hat mich sehr erheitert! Woher um alles in der Welt hast du das, Tante Lotte?" Vreni sah Lotte fragend an. „Entschuldige bitte, aber ich habe diese Geschichte bei uns in der Redaktion erzählt – natürlich ohne Angabe woher ich sie habe – und meine Kollegen haben sich kaputt gelacht!"

Vroni, die jüngere der beiden Stieftöchter von Jenny, hob die Hand und meldete sich zu Wort: „Tante Lotte! Du brauchst sicher noch ein bisschen Material und da ich in England einiges erlebt habe – meine Hausfrau Mrs. Walters, Anfang 70, noch recht rüstig und unternehmungslustig, war auch im Internet auf Suche. Ja, Elsa, auch in England gibt es >partner research<! Sie hat mir immer alles gezeigt und erzählt. Manchmal haben wir gemeinsam zurückgeschrieben und hatten eine Mordsgaudi dabei! Sie ist eine typische Engländerin, mit Blumenhüten und bunt wie ein Paradiesvogel! Grelle Farben liebt sie, lila, hellgrün und wenn es geht dazu ein schreiendes Pink! Ich habe dir zwei Episoden aufgeschrieben, die ich besonders köstlich fand. Vielleicht kannst du die Storys verwenden!" Sie reichte Lotte einige Blatt Papier über den Tisch.

„Vielen Dank, Vroni! Ich werde es natürlich ein wenig umarbeiten, aber gute Ideen braucht ein Schreiberling immer! Um auf deine Frage zurückzukommen Vreni, ich habe doch meine Schiffsreisen gemacht in den vergangenen Jahren und da hat sich einiges an Geschichten angesammelt!"

Die Kellnerin war auf einen Wink an den Nachbartisch getreten. „Darf es noch etwas sein, Herr Doktor? Wir haben heute wunderbare Cremeschnitten, ganz frisch aus der Backstube!"

„Nichts mehr, vielen Dank! Ich habe gleich einen Termin. Ab Morgen bin ich nicht da, falls Sie mich vermissen sollten! Erst am Freitag bin ich wieder zurück! Was schulde ich Ihnen?" Er beglich seine Rechnung, bedankte sich nochmals für die gute Aprikosenmarmelade, grüßte mit Kopfnicken zur Damenrunde nebenan und ging.

„Heute muss er seinen Termin wahrnehmen, dann kann

er uns wenigstens nicht wieder belauschen! Jetzt können wir noch ein wenig diskutieren!" Elsa sagte es nicht gerade freundlich. Vreni fragte denn sofort: „Magst du Dr. Ullrich nicht? Das ist doch ein ganz reizender Mensch!"

„Woher kennst du diesen Mann, Vreni?" Jenny war sofort hellwach. „Aber Jenny, das ist doch Dr. Klaus Ullrich, der Fernsehjournalist! Er hat immer diese tollen Reportagen gemacht, war auch eine Zeitlang Auslandskorrespondent in den Staaten, später in Paris und in Südafrika. Als seine Frau schwer krank wurde, kamen sie vor zwei oder drei Jahren zurück. So viel ich weiß, ist sie auch bald verstorben. Er hat sich wohl zur Ruhe gesetzt, schreibt nur mehr Kolumnen für eine Sonntagszeitung!"

„Woher weißt du das alles?" Alle sahen Vreni erstaunt an. „Ich habe doch Germanistik und Journalismus studiert und einer unserer Professoren ist mit ihm befreundet gewesen. Er konnte Dr. Ullrich für einige Vorträge gewinnen. Ich habe alle seine Bücher gelesen, er schreibt sehr kurzweilig, aber auch unheimlich informativ! Ich borge euch gerne etwas, falls jemand Interesse hat. Neueres aus seiner Feder kann ich auch bei mir in der Redaktion besorgen. Hat die Frau Huber nicht etwas von Cremeschnitten gesagt? Die muss ich unbedingt essen, selbst wenn es Hüftgold ist!"

Diese Idee wurde sofort aufgegriffen und Frau Huber erhielt die entsprechende Bestellung. Es dauerte nicht lange und die Damen konnten sich selbst von der Güte der ganz frischen Cremschnitten überzeugen. Vronis Kommentar: „Phantastisch lecker! Das gibt es in England leider nicht! So gerne ich diese zwei Semester in England war, die englische Küche lockt keinen hinter dem Ofen hervor!"

„Mein Gott! Schon nach 11 Uhr!" Elsa war richtig erschrocken. „David, mein ältester Enkel ist hier und kommt heute Mittag zum Essen zu mir. Ich muss noch ein paar Kleinigkeiten einkaufen! Seid nicht böse, ich verschwinde schnellstens! Alles Liebe für euch alle! War schön mit euch, bis zum nächsten Mal! Lotte, wir telefonieren!" und weg war sie.

Man unterhielt sich weiter über Dr. Ullrich, Lottes Buch

und ein bisschen Tratsch aus der Stadt. Jedoch war nach Elsas Weggang irgendwie „der Faden gerissen“ und es wollte keine rechte Stimmung mehr aufkommen. Sie trennten sich bald – nicht ohne sich zu versprechen, so ein schönes Frühstück – sobald Lotte wieder einige Kapitel zu Papier gebracht hätte – zu wiederholen.

Lotte ging nachdenklich zu ihrem Auto. Das war der Dr. Ullrich! Irgendwie war ihr der Mann bekannt vorgekommen. Sie hatte jedoch nicht so recht auf ihn geachtet, vielleicht hatte sie ihn deshalb nicht richtig einordnen können. Bücher hätte er einige geschrieben, sagte die Vreni, interessant… Bei ihr zu Hause lagen zwei fertige Manuskripte und warteten darauf, publiziert zu werden. Berühmt wollte Lotte nicht werden, sie hatte bis jetzt nur so als Zeitvertreib geschrieben Allerdings hatte sie sich seit einigen Wochen - eigentlich seit ihr „das Buch“ so gut von der Hand ging - überlegt, auf welche Art und Weise man an einen Verleger herankommen könnte…… Buch schreiben ist gut und schön – aber einen Verleger dazu braucht der Mensch ebenfalls!

ERSTER AUSFLUG AUF DIE GRÖSSTE INSEL DER ERDE / NICO – ANGEBER ODER HOCHSTAPLER?

Man traf sich wie verabredet wieder zum Frühstück in der „Stammecke“. Der Landausflug gestern war sehr interessant gewesen – andererseits aber auch traurig. Die Menschen, die sie auf Grönland trafen, waren arm – gemessen an den Verhältnissen die man aus Mitteleuropa kannte. Sie hatten sich mit einem jungen Mann unterhalten, der den Sommer über wieder zu Hause war, ansonsten aber in Dänemark studierte. Er sprach sehr gut Deutsch und natürlich Englisch. Er verdiente sich nebenbei ein wenig Geld als Fremdenführer. Er sprach mit so viel Freude und Liebe über seine Heimat, über die Geschichte des Landes, die Menschen, woher sie gekommen waren, ihre Sprache und einige ihrer Bräuche. Grönland, so hatten sie erfahren, war ein Teil von Dänemark, zwar autonom im Innern, mit eigenem Parlament, das auch den Premierminister wählte. Nur die Außenpolitik und die Verteidigungspolitik wurden von Dänemark allein wahrgenommen. Es waren so viele neue Informationen auf alle eingestürmt, die mussten erst mal „verdaut“ werden. Was hilft da besser als eine gute Diskussion, bei der jeder seine Meinung äußern, Ansichten ausgetauscht und das Erlebte wieder hervorgeholt werden konnte….

Leni, die oft – zu ihrer Ehrenrettung sei gesagt: meist unbewusst - in der Runde die Richtung vorgab, war aufrichtig begeistert: „Wenn die anderen Sachen auf dieser Seereise nur halb so schön gewesen wären, hätte sich trotz allem die Fahrt wegen gestern gelohnt! Ich bin total begeistert. Der junge Erik, schade dass er dunkelhaarig ist, sonst hätte ich sagen können >der Nachfahre des roten Erik< hat eine tolle Führung hingelegt! Aus dem wird mal was! Leider wird wahrscheinlich keine von uns lange genug leben, sonst könnten wir in zwanzig oder mehr Jahren sagen, dass uns der derzeitige Premierminister von Grönland – wer weiß, dann sogar ein eigener unabhängiger Staat - einmal eine wunderbare Inselführung gemacht hat." Leni bekam ganz verträumte Augen, offenbar beschäftigte sie der junge Mann Immer noch.

Alle stimmten ihr zu und Lieselotte meinte: „Du hast recht. Ich habe sicher eine ganze Menge von der Welt gesehen, aber bis Grönland war ich noch nie. Mich haben neben den Menschen auch die Landschaft, die Tiere und die Pflanzen unerhört beeindruckt. Auf diesem schmalen Küstenstreifen sich niederzulassen, sich zu behaupten und den oft widrigen Elementen zu trotzen, das ist bewundernswert. Wenn man bedenkt, was die Umweltschäden auch hier schon alles angerichtet haben, gruselt es mich."

„Ich bin auf mich selbst böse, dass ich so lange gewartet habe, bis ich mich auf ein Schiff gewagt habe! Was habe ich alles versäumt!" Ilse schüttelte den Kopf. Sie unterhielten sich noch eine ganz Weile, bis Heike fragte: „Ist noch eine Geschichte aus unserem ABC gewünscht? Der nächste Ausflug beginnt erst um 14 Uhr heute Nachmittag."

„Na und ob! Heute ist der Tag 15 unserer Reise und wir haben noch eine Menge Buchstaben abzuarbeiten. Auf los geht's los!" - „Liebe Schwester Martha, so kenne ich dich gar nicht, du bist richtig sensationslüstern!" Luise lachte.

Alle sahen zu Martha, die ob Luises Ausspruch richtig rot geworden war. Bevor die so nett Errötete sich verteidigen konnte, sagte Heike: „Lasst die arme Martha in Ruhe! Ich hab noch eine Geschichte! Helft mir mal, welchen Buchstaben haben wir als nächsten?"

„Wenn ich mich recht erinnere, dann war der Moritz von Lieselotte das letzte Opfer!" antwortete Leni und lächelte verschmitzt. Dieser Ausspruch reizte Lieselotte sofort: „Opfer! Bei der Geschichte war doch eher ich das Opfer!"

„Schluss jetzt mit dem Geplänkel, sonst verliere ich die Lust am Erzählen!" Heike setzte sich gemütlich zurecht und begann: „Ich hatte vor einigen Jahren eine blöde Darmgeschichte, nicht bösartig, aber langwierig. Es war zwar nur eine sogenannte >kleine OP<, aber ich kam einfach nicht schnell auf die Füße. Zu Hause war mir natürlich langweilig und so trieb ich mich im Internet herum. Da traf ich auf einen Schweizer, nennen wir ihn Nico, damit das N dran ist. Wir schrieben uns täglich eine oder zwei Mails, wenn ich mal erst am nächsten Tag antwortete, geriet er fast aus dem Häuschen. Er wollte unbedingt ein Bild von mir, aber ich habe es nicht frei gegeben. Ich erinnere mich nicht mehr warum, es war mir einfach nicht danach. Dann haben wir telefoniert, meist am Wochenende, weil da der Tarif aus der Schweiz billiger war.

Die Operation war mittlerweile fast zwei Monate her, es war Anfang April. Mein Arzt meinte, ich sollte an eine Luftveränderung denken und verreisen. Wir könnten auch versuchen, eine Kur bei der Krankenkasse zu beantragen, aber das würde unter Umständen lange dauern. Ich habe Ulla angerufen und sie gefragt, ob sie mit mir fahren würde, denn alleine fühlte ich mich immer noch ein wenig wacklig. Außerdem ist es schöner zu zweit. Ulla hatte dankenswerter Weise Lust und Zeit und wir beschlossen, an die Ostsee zu fahren. Es gab da so vieles, was wir noch nicht kannten. Wir entschieden uns für die Insel Rügen und fanden im Internet eine kleine Pension in Binz, dem Hauptort der Insel. Sie hatten ein freies Appartement mit zwei Schlafzimmern, Wohnzimmer mit Küchenblock, Bad und Balkon zur Sonnenseite hin. Außerdem lag die Pension sehr günstig, nicht weit von der Strandpromenade entfernt. Wie wir auf dem Plan im Internet sehen konnten, lag das Zentrum ebenfalls nahe. Es war zwar nicht ganz billig, trotz Vorsaison, aber wir entschieden uns sofort dafür. Zwei Wochen später sollte die Reise starten, dabei kamen wir uns vor wie Entdecker, die zu ganz neuen Ufern wollen, nicht war Ulla?

Wir hatten die Bahnfahrt gewählt, weil der Weg per Auto zu anstrengend war. Unterwegs hätten wir übernachten müssen, was wir beide nicht wollten. Ulla wollte einen Tag vor Abfahrt herkommen und am nächsten Tag sollte es los gehen.

Das alles habe ich natürlich diesem Nico in aller Unschuld geschrieben und ihr könnt euch nicht vorstellen, der war plötzlich total verrückt. Er wollte mich doch sehen und besuchen, jetzt würde ich mit einem anderen Mann verreisen und ihn betrügen. Ich dachte, der spinnt! Er schrieb mir manchmal sogar mehrere Mails an einem Tag, ich hab ihm gar nicht geantwortet. Und ob ihr es glaubt oder nicht, vier Tage vor unserer Reise stand dieser Mensch tatsächlich vor meiner Tür.

Er war gerade mal so groß wie ich, sehr schütteres, graues Haar, keine Brille, viele Falten. Auf einem Bein hinkte er leicht – angeblich stammte die Verletzung von einem Flugunfall....“ Ulla zeigte mit der Hand, wie Nico seinen Fuß abrollte.

„Das dürfte eine Lähmung des Peroneus gewesen sein!“ meldete sich Ilse, die Krankenschwester. -„Du hast gar nicht gesagt, wer und was der Nico war!“ unterbrach Lieselotte.

„Oh Verzeihung! Du hast gut aufgepasst! Er war nur sechs Tage älter als ich, seit etwa zwei Jahren verwitwet, zwei Kinder, ein Sohn und eine Tochter. Mit dem Sohn, dessen Frau und den beiden Enkeln war er oft beisammen, doch zur Tochter hatte er keinerlei Kontakt – später habe ich mir gedacht, dass es wohl an ihm gelegen hat. Er lebte irgendwo in einem kleineren Ort im Thurgau, also Deutschschweiz. Seine Wohnung war in der Mansarde eines Hauses, das der Schwester seiner Frau und ihrem Mann gehörte. Wenige Kilometer von seinem Wohnort entfernt war ein bekannter Segelflugplatz der Schweiz und Segelfliegen war sein großes Hobby.“

„Was war er denn von Beruf?“ wollte Leni wissen. -„Tja,

das war dann so eine Sache mit dem Eidgenossen Nico! In der Schweiz hat jeder „Krieger“ sein Gewehr zu Hause. In regelmäßigen Abständen werden diese Reservisten wieder zu den Waffenübungen gerufen. Nico hat behauptet, er wäre Flieger gewesen, in der Schweizer Luftwaffe. Er hätte einen >Kampfjet< geflogen, bis er dann den Unfall hatte. Er wäre lange im Krankenhaus gewesen.“

Heike machte eine Pause, trank von ihrem Mineralwasser und wollte gerade weiter sprechen, als Ulla einwarf: „Ein Witz, die Schweizer Luftwaffe! Ich glaube, Sie haben sechs Flugzeuge, das andere nur Helikopter. Da gab es doch einmal eine wahnsinnige Diskussion um dieses schwedische Flugzeug, ich glaube es hieß >Draken<. Die Österreicher und die Schweizer wollten damals was Neues anschaffen, aber nur aus einem neutralen Land. Erinnert sich jemand?“

„Ich kann mich noch gut erinnern,“ Ilse war doch aus Österreich. „Bei uns gab es wochenlang unheimliche Diskussionen in der Presse und im Fernsehen. Aber was am Ende dabei herauskam, weiß ich nicht mehr! Aber sag doch, Heike, was war er denn wirklich von Beruf?“

„Nico nannte sich hochtrabend >Werkleiter< und war seinen eigenen Angaben zufolge einer der wichtigsten Männer in seinem Betrieb, so nach dem Motto: ohne mich geht gar nichts! im Internet habe ich seine Adresse gegoogelt und da stand im Telefonbuch >Werkmeister<, das ist doch ein kleiner Unterschied. Auf meine Frage, welchen Rang er denn in der Schweizer Luftwaffe bekleidet hätte, gab er >Major< an. Das wäre ziemlich oben in der Hierarchie, nicht? Wir haben uns dann einige Stunden später noch einmal darüber unterhalten, er schwafelte unheimlich viel über seine Erfolge und Kontakte. Ich habe dann ganz beiläufig gefragt, was er denn beim Militär gewesen wäre, und da war er plötzlich sogar ein Oberst.... Auch über die Wohnverhältnisse hat er allerhand Zweideutiges erzählt: mal hatte er einen Anteil an dem Haus, mal musste er Miete bezahlen. Nach dem Tod der Frau war er zuerst Alleinerbe, so etwa wie bei uns in einem Berliner Testament. Er hat das Erbe angenommen. Irgendwann kam heraus, dass seine Frau eine Bürgschaft unterschrieben hatte, angeblich über den stolzen Betrag von 500.000 Schweizer Franken. Er wusste überhaupt nichts davon. Ein Jahr später wurde ihm die Bürgschaft präsentiert, denn die sogenannten Freunde gingen Pleite. Alles in allem war der gute Mann eine sehr dubiose Figur. Obwohl er dauernd über seine Rente sprach, er hätte sehr viel, weil er nicht nur die normale Rente bekäme sondern auch die Rente vom Militär durch die Fliegerei und eine Unfallrente dazu. Dabei fuhr er einen japanischen Kleinwagen! Auf das Auto angesprochen, sagte er, der große BMW wäre ihm zu >angeberisch< erschienen. Ich habe nur mehr innerlich gelacht!

Er wohnte für die eine Nacht, die er da war, in einem Hotel in der Nähe von mir. Gott sei Dank war ihm das zu teuer, deshalb blieb er keine zweite Nacht. Nico meinte, er würde aber bei seinem nächsten Besuch hier bei mir bleiben, das wäre >angebrachter<. Der Kerl war schlicht und ergreifend ein Angeber und Hochstapler. Er wollte auch ziemlich bald wissen, wie hoch meine Rente wäre und ob ich anderes >auf der Kante< hätte, von wegen! Am Abend hat er mich groß ausgeführt in ein Restaurant. Als die Rechnung kam, hat er einhundert Euro hineingelegt und gesagt, es stimmt so. Der Kellner war ganz verblüfft, denn wir haben gar nicht so nobel gespeist. Ich habe später auf der Rechnung gesehen, dass der Rechnungsbetrag etwas über 60 Euro war, da hat er fast 40 Euro Trinkgeld gegeben – ein echter Idiot. Auf Grund der Urlaubsreise habe ich am nächsten Tag keine Zeit gehabt; er wollte bei mir essen, aber ich habe ihn abgewimmelt.

Man würde meinen, damit wäre die Sache vorbei gewesen, aber nein! Er hat mir E-Mails und Telegramme geschickt nach Binz, mich beschimpft, dass ich ihn betrüge und Ähnliches. Selbst als ich wieder zu Hause war, hat er genervt, Das ging drei oder vier Wochen so. An manchen Tagen hat er mehrere E-Mails geschrieben und wenn ich nicht gleich geantwortet habe, hat er sofort telefoniert! Ich habe mir dann verbeten, dass er mich derart belästigt. Daraufhin schrieb er, sein Psychiater hätte auch gesagt, dass ich nichts wäre für ihn. Da war mir dann Etliches klar! Ich habe ihm geantwortet: Er wäre ein Psychopath und wenn er sich noch einmal meldet, gehe ich zur Polizei – erst dann war Schluss! Das einzig Positive: er hat mir fast zwei Kilogramm Schokolade mitgebracht, beste Sorten! Ulla und ich haben im Urlaub einiges vernascht!“

Luise hatte aufmerksam zugehört: „Ich habe gleich gedacht, du bist an einen Hochstapler geraten!“ - „Nein, dafür war der viel zu blöd!“ Leni sagte es ganz unumwunden. „Aber bei zwei Kilo Schokolade, du meine Güte, da habt ihr aber Lactoberal – Tropfen gebraucht!“

Alle lachten und Ulla verteidigte sich und Heike: „Nein, nein! Wir haben nur ein paar Tafeln mitgenommen, wir waren doch mit dem Zug unterwegs!“ Heike fügte hinzu: „Außerdem waren die Koffer schon weg, wir haben sie vorausgeschickt per Bahn!“

„Meine Damen, wir müssen uns für den Landgang fertig machen, sonst geht unsere Gruppe ohne uns auf Entdeckung!“ Martha war wie immer praktisch, ruhig und besonnen. Der allgemeine Aufbruch erfolgte etwas schneller und in Hektik….

DER „DÜNNE OTTOKAR“ – EIN HOFRAT A. D.

Der Landgang war anstrengend gewesen, die Damenrunde der „Sieben Aufrechten“ hatte deshalb auf den schon fast gewohnten Absacker verzichtet. Man traf sich erst wieder am nächsten Morgen am Tag 16 in der gewohnten „Frühstücksecke“, freundlich begrüßt von ihrem Stammkellner.

„Kinder, war das eine Aufregung gestern!“ Luise war immer noch erschüttert. Ihre Worte eröffneten eine längere Diskussion.

Was war geschehen? Bei dem Landausflug hatte sich ein älteres Ehepaar in Begleitung ihrer gehbehinderten Tochter zu weit von der Gruppe entfernt. Offenbar bemerkten sie nicht, wie die Zeit verging und dann fanden sie den Rückweg nicht mehr. Das Fehlen dieser Passagiere fiel erst auf, als die Boote wieder zurückfahren sollten.

Martha hatte sich beim allerersten Landausflug dieser Schiffsreise gewundert, warum jeder bei der Rückkehr zum Schiff bereits auf dem Boot gezählt wurde. Jetzt war man klüger. Bis auf einen Mann, der beim Boot blieb, hatten sich alle Crewmitglieder an der Suche beteiligt. Einige einheimische Männer waren sofort mit Gewehren erschienen und halfen ebenfalls. Nach mehr als einer Stunde waren die Ausreißer endlich gefunden und der Ausflug nahm doch noch ein gutes Ende, wenn auch mit einer Portion Aufregung.

„Ich habe mich mit einem der Matrosen auf unserem Boot unterhalten," berichtete Lieselotte, „er ist Chilene. Er hat mir erzählt, dass es gar nicht so selten vorkommt, dass auch Eisbären zu Besuch kommen – obwohl der Ort, in dem wir waren, gar nicht klein ist. In den Ort selbst kommen sie erst in der Nacht, aber etwas außerhalb streunen sie auch tagsüber herum!"

„Deshalb waren der Bootsführer und die anderen Begleiter so aufgeregt! Furchtbar, das wäre nicht auszudenken gewesen, wenn da etwas passiert wäre!" Luise schüttelte sich. „Genug von dem Thema! Lasst uns frühstücken, ich habe echt Hunger von der Seeluft!" Martha, wie immer bodenständig, stand auf und ging zum Büffet; die anderen folgten ihr bald nach.

Sie unterhielten sich wieder und immer wieder über den gestrigen Vorfall, bis Ilse an ihr Glas klopfte: „Alle mal herhören! Wie ich sehe, seid ihr alle gestärkt und wenn man eine Reise tut, dann kann man was erzählen. Heute ist Seetag, da können wir hier länger sitzen. Wie wäre es?" - „Los, an die Arbeit! Ilse plaudert und wir hören aufmerksam zu!" – Das kam natürlich von Leni….

„Vielleicht muss ich etwas vorausschicken: Österreich ist zwar kein Kaiserreich mehr, sondern eine durchaus gestandene Demokratie – natürlich mit Stärken und Schwächen, die kleine und auch große Staaten eben so an sich haben." Ilse sah sich um in der Runde, aber alle schwiegen und warteten auf die Fortsetzung. „Geblieben ist uns unter anderem von der k. und k. – Herrlichkeit trotz Republik noch immer die Titelsucht. Soll bedeuten, dass es jetzt keinen Herrn Grafen oder die Frau Baronin mehr gibt – nebenbei bemerkt wurde der Adel völlig abgeschafft. Es gibt dafür den Herrn Doktor, den Herrn Professor und den Herrn Ingenieur und noch einige Titel mehr. Nicht zu vergessen die dazugehörigen Gattinnen werden ebenfalls mit dem Titel beehrt – selbst wenn die Dame gerade mal die Volksschule geschafft hat, ist sie durch Heirat eine

Frau Professor!“

Da unterbrach Luise Ilses Redefluss: „Du hast aber heute ein spitzes Mündchen! Natürlich hast du recht, manche Damen fühlen den persönlichen Wert gleich steigen, wenn sie betitelt werden!“

„Na, weil es doch wahr ist! Ich fahre fort: Den >Herrn oder die Frau Kommerzialrat< haben wir weiterhin für herausragende Taten in der Wirtschaft. Einen >kaiserlichen Hof< gibt es zwar nicht mehr, an dem ein verdienter Mitarbeiter mit dem Titel >Hofrat< geehrt wurde. Geblieben ist bis heute der >Herr Hofrat< als Belohnung für einen Beamten im höheren Dienst; er sollte, falls möglich, ein abgeschlossenes Studium vorweisen können. So viel als Einleitung und zum besseren Verständnis meiner Geschichte!

Lieselotte bemerkte lachend: „Das ist der österreichische Charme, die Schweizer haben auch so was Ähnliches! Ich erinnere mich an den >Herrn eidgenössischen Ingenieur<!“

Ilse räusperte sich und begann erneut: „Die in Deutschland tätigen Partnervermittler sind natürlich auch in Österreich und der Schweiz tätig. Im Internet fand sich im Sommer vor etwa drei Jahren der Eintrag eines Herrn, der als Beruf angab >Höherer Beamter, Hofrat in Pension<. Da ich natürlich, wie vorhin erzählt, österreichische Gepflogenheiten kenne, war ich nicht überrascht, aber trotzdem fand ich es affig und angeberisch. Wie war ich erstaunt, als er mir eine zugegebenermaßen sehr nette E-Mail schickte! Ich habe zurückgeschrieben und daraus entstand zu meiner eigenen Verwunderung eine unterhaltsame Korrespondenz.

Es war, wie gesagt Sommer, und schrecklich heiß. Er lebte in Bad Ischl und erzählte, dass die Feriengäste in Scharen die Straßen und Plätze bevölkerten. Mehrfach hätte er versucht, an einem der Seen oder Bäche ein ruhiges Plätzchen zu finden, wo er seinem Hobby, der Forellenfischerei, nachgehen konnte, aber es waren so viele Fischereikarten für die Urlauber wie noch nie vergeben worden. Klar, dass es den Gemeinden Geld bringt, aber die Einheimischen waren verärgert, dass ihnen alles weg gefischt wurde. Wir unterhielten uns über Musik, er war ein Fan der Komponisten Bruckner und Mahler, die ich selbst nicht so besonders liebe, diese Musik ist mir zu schwer. Es gab eine Reihe anderer Themen, über die wir uns austauschten, ich fand ihn sympathisch. Er war beim Land Oberösterreich beschäftigt gewesen, viele Jahre in Linz an der Donau. So ganz genau erzählte er nichts über sich. Ich vermutete aber, dass es eine höhere Position war, sonst hätte er nicht den Titel >Hofrat<. Wen wundert es nach all den Telefonaten und E-Mails, dass er eines Tages – es war inzwischen Ende September geworden – ein Treffen vorschlug, irgendwo in der Mitte zwischen Bad Ischl und Salzburg.

Er hatte auf meine Bitte sein Bild geöffnet – es war nur der Kopf zu sehen, charaktervolle Adlernase, wenig Haare, natürlich Brille, schmaler Mund, doch er lächelte verschmitzt. Insgesamt gesehen gar nicht so unsympathisch. Er gab an, 190 cm groß zu sein, Figur schlank. Ottokar, so wollen wir ihn nennen, lebte in Bad Ischl, ich in Salzburg. Wir wählten als Treffpunkt den malerischen Ort St. Gilgen am Wolfgangsee, das liegt ungefähr in der Mitte zwischen unseren Wohnorten. Es gibt hier ein wunderschönes, altmodisches Kaffeehaus, das ein ehemaliger Konditor der weltberühmten Bad Ischler Konditorei vor Jahren eröffnet hat. Vielleicht kennt jemand von euch die >Zaunerkipferl<? Nein? Diese Kipferl sollen angeblich schon dem Kaiser Franz Josef und der Sissi geschmeckt haben. Ich war früher sehr oft mit meinem Mann beim Perchtinger, so heißen die jetzigen Besitzer. Das Lokal war Sommers wie Winters immer bummvoll.

So viel zur Einleitung und das örtliche Kolorit. Wie gesagt, hier sollten wir uns kennenlernen, an einem Mittwoch, nachmittags um drei Uhr. Wir wollten uns erst drinnen bekanntmachen, ich trug eine rote Jacke als Erkennungszeichen.

Wie nicht anders zu erwarten, war der Parkplatz ziemlich voll, doch es gab einen Wächter, der sogar noch einen Platz für mein Auto fand. Ich stieg aus und da stand Ottokar schon vor mir, er schien auf mich gewartet zu haben: Ottokar in voller

Länge und sehr, sehr schlank, in einen legeren, aber feschen Trachtenjanker gekleidet, mit passendem Hemd und Trachtenkrawatte, so wie sich das im Salzkammergut für die Einheimischen gehört, fast ein bisserl warm für den Nachsommertag…

Sein Händedruck war angenehm und fest, er beugte sich zu einem angedeuteten Handkuss herunter und sagte mit seiner tiefen Stimme: >Ich freue mich sehr, dass wir uns endlich persönlich kennenlernen! Herzlich willkommen, Ilse!>

Ich grüßte ebenfalls, er nahm wie selbstverständlich meinen Arm und wir gingen ins Haus hinein. Das Lokal war ziemlich voll, er ging aber weiter in den Garten, wo es ebenfalls eine Reihe Tische gab. Er deutete in eine Ecke und sagte, dass wir da nach hinten hingehen müssten. Eigentlich war ich mir nicht sicher, denn an diesem Tisch saßen bereits zwei Personen, nämlich zwei ältere Damen. Die eine war vollbusig und recht kugelrund, lauter blond gefärbte, kleine Löckchen umrahmten ihr Schweinsäugleingesicht. Dazu trug sie ein großblumiges Kleid in Hemdblusenform, von dem ihr jedes gute Modegeschäft unbedingt abgeraten hätte. Die andere musste ziemlich groß sein, denn schon auf den ersten Blick erschien sie mir wie ein >Sitzriese<. Sie war ganz in dunkles Mausgrau gekleidet, mit Stehkragen am Hals. Die Haare hatten die gleiche Farbe und waren streng nach hinten gekämmt zu einem >Knödel<, wie wir sagen, bei euch heißt das vornehmer >Dutt<. Ihre Gesichtszüge glichen Ottokar. Es war offensichtlich, dass die beiden Geschwister waren. Lächelte die eine krampfhaft, ich möchte dieses Lächeln fast als Grinsen bezeichnen, so sah die andere sauertöpfisch in die Welt. Zu den verwaschenen graublauen Augen, den vielen griesgrämigen Falten und der fahlen Haut hätte eine freundlichere Miene auch gar nicht gepasst.

Diese Gedanken hören sich jetzt sehr lange und überlegt an, aber mir schoss das alles blitzschnell durch den Kopf. Außerdem muss ich wohl gezögert haben weiterzugehen, denn Ottokar tippte mich ganz sacht an und schob mich vorwärts. Mir war jetzt auch klar, dass mir der Herr Hofrat vorhin auf dem Parkplatz etwas hatte sagen wollen, aber offenbar nicht gewusst hatte, wie!

Er übernahm recht gezwungen die Vorstellung: seine beiden Schwestern – die runde Blondine war Frau Doktor Malwine, die andere Frau Professor Friederike – Nachnamen wie der Herr Hofrat, demnach waren die Damen nie verheiratet gewesen.

Ottokar bemühte sich redlich, eine Konversation in Gang zu bringen. Daraus wurde eine Examination meiner Person durch die beiden studierten Damen. Die Frau Doktor war Literaturwissenschaftlerin, die andere – wie hätte es auch anders sein können – Gymnasiallehrerin für Latein und Mathe. Als ich zugeben musste, keinen akademischen Grad mein Eigen zu nennen, war ich dann total unten durch. Mein Eis hatte ich in der Zwischenzeit eigentlich schneller als normal hinuntergeschluckt und dann fand ich es an der Zeit, das Weite zu suchen. Ich rief die Kellnerin und bat um meine Rechnung, Ottokar wollte sagen, dass ich eingeladen wäre, aber die beiden Damen griffen rechts und links auf seine Arme und er schwieg. Nachdem ich bezahlt hatte, verabschiedete ich mich ohne viele Worte und ging, besser gesagt ich flüchtete!

Ottokar stand auf, obwohl seine Schwestern ihn daran hindern wollten und kam mir nach auf den Parkplatz. >Ilse,< begann er ganz verzweifelt, >bitte entschuldige!< Er duzte mich, obwohl wir eigentlich per Sie waren. >Ich weiß, es ist furchtbar, aber ich konnte es nicht verhindern, dass sie mitgekommen sind. Sie haben furchtbare Angst, dass ich jemanden ins Haus holen würde zu mir! Bitte lass uns telefonieren, ich rufe dich an. Wir machen uns einen anderen Treffpunkt in Salzburg aus! Ich verspreche, ich komme alleine. Ich will dich nicht verlieren, bitte!< Er klang ganz verzweifelt."

Ilse schwieg, sie hatte lange genug ohne Unterbrechung gesprochen.

„Mach es nicht so spannend! Wie geht es denn weiter? Hast du ihn noch einmal getroffen?" Alle fragten zugleich. .

„Ja, ich habe nachgegeben und ihn wieder getroffen. Um gleich eure Neugierde zu befriedigen, wir sahen uns ab und an, aber er konnte nicht so oft kommen, wie er wollte!" Ilse holte tief Luft, versuchte aus ihrer Tasse zu trinken, die war aber bereits leer. Leni schob ihr ein Glas Wasser hinüber, das Ilse dankbar annahm und austrank. Dann setzte sie ihre Erzählung fort.

„Als er pensioniert wurde vor einigen Jahren, ging es seiner Mutter sehr schlecht und sie wollte – ich glaube eher, sie hat es ihm befohlen - dass er nach Hause kommt, was heißt, dass er nach Bad Ischl in die Familienvilla zieht. Seine Frau war zwei Jahre vorher gestorben, sie waren kinderlos. So hielt ihn auch nichts mehr in Linz. Seine Schwestern waren immer in Bad Ischl geblieben, im Elternhaus, hatten auch nie geheiratet. Am Totenbett nahm ihm die Mutter das Versprechen ab, sich um die Schwestern zu kümmern, und er fühlt sich daran gebunden. Ottokar hätte sich im Traum nicht vorstellen können, wie sehr ihn die beiden vereinnahmen und unterjochen würden, behauptet er! Er wollte sich sogar eine kleine Wohnung in meiner Nähe suchen und umziehen. Ich glaube nicht daran, er ist schon einige Male umgefallen! Vor etwa zwei Monaten habe ich ihm gesagt, dass jetzt für mich Schluss ist, weil ich dieses Getue mit seinen Schwestern nicht mehr will. Er wäre ein erwachsener Mann, wenn er sich nicht durchsetzen kann, ist das seine Sache. Er war natürlich stockbeleidigt, aber ich bin nicht sein Eigentum, schon gar nicht, wenn ein Mann sich nicht zu einem bekennen will! Ich mache diese Seereise alleine und ich kann euch sagen, durch euch habe ich wieder richtig Tritt gefasst. Die ABC-Geschichten tun mir richtig gut! Danke euch allen!"

„Mach mal Pause, Ilse!" Martha bemerkte Ilses Erschöpfung: die Erzählung hatte sie offensichtlich mehr mitgenommen als sie zugeben wollte. Lieselotte kam Martha zu Hilfe: „Du musst dich nicht bedanken, Ilse! Aber wir freuen uns, dass es dir gut tut, wie wohl uns allen das Erzählen geholfen hat! Lassen wir es gut sein mit dem Plaudern, die Hungrigen stehen am Büffet an! Ich werde mir nur Salat holen und mich dann zurückziehen, ich bin heute irgendwie müde."

Der Reihe nach gingen sie zum Büffet, aber viel Gespräch kam nicht mehr zustande. Ilses Erzählung hatte alle nachdenklich gemacht; wieder einmal war es eine Geschichte, die nichts Lustiges an sich hatte, aber auch nicht wirklich traurig war. Doch nachdenklich wurde man….Sie trennten sich bald, ohne wie sonst einen Nachmittagstermin auszumachen.

KLEINE RUNDE IN DER CAFETERIA

Martha wollte liegen bleiben und ihren Roman lesen, aber Luise hatte Lust auf eine Tasse Kaffee. Sie hätte sich alles in die Kabine bringen lassen können, sie musste jedoch „unter Leute". Als Luise um die Ecke der Cafeteria trat, sah sie Ilse und Leni am gewohnten Tisch sitzen, sie waren in eine angeregte Unterhaltung vertieft. „Hallo, ihr zwei, störe ich?"

„Aber nein!" antworteten beide zugleich. „Du hast wohl auch Kaffeedurst?" fügte Leni hinzu.

Luise nickte zustimmend und bestellte beim herbeigeeilten Ober. Alle ihre Hosen waren mittlerweile „grenzwertig", wie Heike das ausgedrückt hatte, aber die Reise dauerte nicht ewig und dann war Abnehmen die vorderste aller Pflichten…

„Wir rekapitulieren den Herrn Hofrat." Ilse lächelte etwas mühsam. „Ich weiß einfach nicht, ob ich ihn endlich ganz in die Wüste schicken soll oder nicht! Sonst habe ich keine andere interessante Bekanntschaft, aber er kommt nur alle zwei bis drei Wochen, für höchstens zwei Stunden. Wir drehen bei schönem Wetter eine Runde, manchmal noch eine schnelle Tasse Tee oder Kaffee, dann fährt er wieder. Ich komme mir vor, wie wenn ich ein Verhältnis mit einem Verheirateten hätte! Ins Theater oder Konzert gehe ich alleine, vielleicht mal mit einer Bekannten. An den Feiertagen lässt er sich gar nicht blicken. Zu meinem Geburtstag hat er mir drei Wochen vorher eine riesige Schachtel Pralinen mitgebracht, die Blumen bekam ich zwei Wochen nach dem Geburtstag überreicht! Das ist doch kein Zustand auf ewiglich! Und der Gipfel ist, er ist eifersüchtig, weil ich immer noch im Internet suchen würde. Das stimmt überhaupt nicht, mir ist das Geld zu schade, es bringt ohnehin nichts!“

„Ich kann das nachfühlen Ilse! Ich hatte mal so etwas Ähnliches. Nur waren es da nicht die Schwestern, sondern die Mutter, die ihren Sohn derart mit Beschlag belegte. Eines Tages habe ich aufbegehrt und eine Entscheidung verlangt. Und was hat der Schlappi gemacht? Er hat mich fallen gelassen wie eine heiße Kartoffel! Na ja, war vielleicht gut so. Er hat nach dem Tod der Mutter geheiratet, aber die Ehe war nicht glücklich und er ist bald wieder geschieden worden. Am Ende wäre es mir gleich ergangen!“ Leni zuckte die Schultern.

Sie schwiegen und jede hing ihren eigenen Gedanken nach. Endlich fragte Luise verschmitzt: „Ilse kennt ihn sicher, vielleicht auch Du, Leni: Es gibt einen österreichischen Schriftsteller, Franz Grillparzer. Hat viele geschichtliche Stücke geschrieben.“

„Na, klar doch! Alle seine Dramen mussten wir im Gymnasium lesen!“ Ilse schüttelte sich noch in Gedanken an die Schulzeit und die wenig beliebten Lesungen. „Du willst auf >König Ottokars Glück und Ende< anspielen, nicht wahr?“ Auch Leni nickte bejahend: „In der Schule lesen mussten wir nicht, aber ich habe einmal sein Stück >Medea< in Wien gesehen, war aber wunderbar gespielt!“

Ilse war es, die wieder den Faden aufnahm: „Aber mich interessiert etwas anderes! Jetzt sind wir mal nur zu Dritt und ich bitte um Verschwiegenheit, ja? Was glaubt ihr, wird Lieselotte über die Erzählungen ein Buch schreiben oder das eine oder andere in einem ihrer Bücher verwenden?“

Luise erschrak innerlich, wie sollte sie sich aus der Affäre ziehen, ohne Lieselotte und sich zu verraten? Tauchstation war das Allerbeste - sie widmete sich ihrem Kuchen und schwieg. Leni schürzte die Lippen, nickte vielsagend und meinte bedächtig: „Ich habe auch darüber nachgedacht. So wie es aussieht, wird sie bestimmt schreiben! Unsere Geschichten sind bei näherer Betrachtung gar nicht so schlecht. Wir haben uns bisher köstlich amüsiert, gelegentlich war es haarsträubend grauslich, tief traurig, überraschend empfindsam und manches Mal unendlich komisch. Die Palette der Gefühle rauf und runter. Wie das Leben eben so spielt!“

„Wenn ich die Tage an mir vorbeiziehen lasse mit den einzelnen Geschichten, habe ich immer wieder festgestellt, dass wir alle gestandene Frauen sind, die sich nicht die Butter vom Brot nehmen lassen, wie man so sagt. Wir sind eigentlich sehr unterschiedliche Persönlichkeiten, aber eines haben wir gemeinsam – wir sind starke Frauen, die das Leben meistern! Vielleicht haben wir deshalb keinen Erfolg bei der Suche? Keine von uns ist das, was man bei uns ein >Hascherl< nennt! Wir alle hatten gute Berufe, haben selbst Geld verdient, waren verheiratet oder länger liiert, hatten einen Haushalt zu versorgen, auch Kinder. Aber wir waren nie von unseren Männern abhängig wie die >Nur-Hausfrauen<. Schon sehr eigenartig! Ich habe mir schon überlegt, ob man als Frau dumm sein muss oder so tun muss, als ob man völlig hilflos wäre? Ist es das, worauf die Herren der Schöpfung abfahren? Eine moderne Frau will doch ihren Beruf ausüben! Was hätte ich um Gottes Willen den ganzen Tag zu Hause gemacht? Keine Kinder, das bisschen Haushalt, nur Weibergetratsch im Kaffeehaus oder einmal die Woche Kartenspielen?“ Ilse schüttelte den Kopf. „Mein Mann wollte eine Partnerin zur Frau, jemand zum Diskutieren, einen Kumpel, wobei nie zu kurz kam, dass wir uns sehr lieb hatten. Wir hielten zusammen, was immer kam. Einer konnte sich auf den anderen verlassen und vertrauen, in allen Lebenslagen. Das gibt es wohl nicht mehr, oder?“

„ Gibt es sicherlich heute genau so wie zu unserer Zeit! Nur die Herren der Schöpfung, die da auf der Suche sind, suchen genau das, was sie verloren haben! Wobei ganz besonders die Äußerlichkeiten wie schlank, attraktiv, viel Busen oder wenig, groß oder klein, Haarfarbe etc. beachtet werden und der bestimmt gewichtigste Faktor die eigene gewohnte

Bequemlichkeit ist. Wir haben bereits darüber gesprochen – bei den gut verdienenden Männern waren die Frauen bei Kindern und Herd etc., der Mann brachte das Geld nach Hause und wollte dafür bedient und verwöhnt werden. Und jetzt? Das, was man Empathie nennt, zählt bei den Männern gar nicht so sehr, höchstens die Aussicht auf Sex. Aber wenn ich daran denke, dass die meisten beim ersten Telefongespräch danach gefragt haben, kann von Empathie bestimmt nicht die Rede sein. Ich glaube, wir Frauen sind pragmatischer und nehmen den anderen Menschen eher an. Unser Fehler liegt – so vermute ich – darin, dass wir uns nicht unterjochen lassen wollen, sondern so wie du sagtest, Ilse, eine gleichberechtigte Partnerin sein wollen." Luise wandte sich direkt an Ilse: „Klär mich bitte auf, was ist ein >Hascherl<?"

Leni lachte auf: „Na, wir hier sind es bestimmt nicht!" Ilse lächelte ebenfalls: „Ein >Hascherl< ist jemand, der sich ängstlich gibt, total hilflos ist, sich nichts zutraut, immer einen zur Hilfe braucht und dabei die ritterlichen Gefühle des männlichen Geschlechts so richtig hervorholt und für sich nützt! Wobei aber das alles pure Berechnung sein kann und dahinter versteckt sich ein knallhartes Weib, das ganz genau weiß, was es will! Habe ich es in etwa richtig beschrieben, Leni?"

„Ganz genau!" Leni schmunzelte amüsiert. „Da hatten wir heute ein tiefsinniges Gespräch! Was unsere Autorin Lieselotte angeht, werden wir mal zu gegebener Zeit auf den Busch klopfen! Das habe ich mir bereits heimlich vorgenommen! Kein Wort vorläufig, bitte ja?" Luise und Ilse nickten beide wortlos und Luise dachte: „Das ist besser gegangen als gedacht! Ob ich Lieselotte davon berichten sollte? Lieber nicht sich einmischen!"

Nach einem Augenblick der Stille ergriff Leni erneut das Wort: „Es wäre meiner Meinung nach aber sehr ungerecht, wenn wir nur den >Hascherln< das Recht oder die Möglichkeiten auf eine neue Verbindung oder Partnerschaft oder wie immer wir es nennen zubilligen! Sicher gibt es auch Männer, die sich etwas anderes vorstellen, aber die sind halt rar gesät. Wenn wir ehrlich sind, uns gefällt eben auch nicht jeder, das haben unsere Geschichten doch bewiesen. Vielleicht kommt eines Tages noch der richtige Kerl, den wir uns wünschen, einfach so daher…."

„Du meinst nach dem blöden Schlagwort: abwarten und Tee trinken?" Luise lächelte wissend. „Es wäre sicher besser, als mit dem Kopf durch die Wand und unglücklich zu sein, weil es nicht geklappt hat. Trotz allem denke ich, dass man seine Ideale oder Vorstellungen, die wohl jeder hat, nicht ganz über Bord werfen darf, nur um nicht mehr alleine zu sein. Dann lieber allein, als unglücklich und unzufrieden mit einem – ich will es mal bösartig sagen – untauglichen Objekt!"

Ilse und Leni bejahten Luises Meinung sofort, das wäre doch eine feststehende Tatsache! Leni fand noch einen weiteren Aspekt „Wir sind alle nicht mehr die Jüngsten, das spielt auch eine Rolle, ich würde sogar behaupten eine sehr große! Die Männer sehen sich alle höchst unrealistisch mit Glorienschein! Ich meine damit, wenn sie über 70 Jahre sind, glauben sie immer noch der knackige Verführer vergangener Zeiten zu sein und die Zeit wäre spurlos an ihnen vorüber gegangen. Deshalb suchen viele eine viel jüngere Partnerin, wohl auch wegen dem Sex, der immer noch so furchtbar wichtig ist."

Luise unterbrach Leni: „Erinnert ihr Euch an die Geschichte, die Heike erzählt hat? Alle drei bis vier Wochen? Ich fass es immer noch nicht!" Die drei lachten herzhaft in Erinnerung an diesen Abend. Sie unterhielten sich weiter, aber viele neue Erkenntnisse fanden sich nicht mehr. Leni bemerkte, dass sich die Cafeteria mittlerweile geleert hatte, es war Abendessen angesagt und die drei Damen machten sich auf den Weg ins Restaurant. Nach dem Essen trafen sie sich kurz, aber an diesem Abend wollte niemand mehr in die Bar. Für den nächsten Tag waren Ausflüge geplant, so würde man sich zwar beim Frühstück treffen, aber die Einzelheiten wollten sie später besprechen. Waren die Erzählungen schon zu viel geworden?????

ENDLICH KAM ANNEGRET ZUM LESEN VON „LOTTES BUCH“

Es war so gegen 9 Uhr in der Früh – also Frühstückszeit im Stadtcafé. Jeden Morgen kamen die Stammgäste pünktlich zum Frühstück oder auch bloß auf eine Tasse Kaffee, brachten ihre eigene Zeitung mit oder lasen die im Café angebotenen Presseerzeugnisse. Dr. Ullrich saß an seinem gewohnten Stammtisch, hatte sich gerade seine zweite Tasse Kaffee eingeschenkt und wollte seine Tageszeitung weiterlesen. Da öffnete sich die Eingangstüre, ein kalter Windstoss kam bis zu ihm und ließ ihn aufschauen.

Zuerst sah er nur einen großen, nass triefenden Regenschirm. Als dieser zusammengeklappt wurde, kam eine ältere Dame zum Vorschein, die, nachdem der Regenschirm ordnungsgemäß im dafür vorgesehenen Eimer verstaut war, sich auf den Nachbartisch zu bewegte. Umständlich legte sie ihren Mantel - ebenfalls mitgenommen vom heutigen Dauerregen - ab, verstaute ihre Tasche und setzte sich. Als die Kellnerin kam, bestellte sie noch nicht, sondern sagte: „Ich warte auf die anderen Damen, aber eine Tasse Kaffee nehme ich schon gerne!“

Schon wollte Dr. Ullrich das Feld räumen, denn das hieß, der laute Damentreff würde ihn am Lesen hindern! Wenn er sich nicht irrte, war die eben eingetroffene Dame zum ersten Mal pünktlich – Elsa mit Namen, die mit Lohengrins Schwan. Dann überlegte er es sich wieder. Warum nicht bleiben? Vielleicht konnte er heute etwas mehr über die Schriftstellerei der „Frau Lotte“ hören…

. Nach und nach trudelten die Damen ein, als letzte kam eine der jungen Frauen, die beim letzten Treffen dabei gewesen war. Sie wurde erstaunt begrüßt und musste erklären, warum sie heute ohne ihre Familie hierher kam. „Unsere liebe Stiefmama Jenny liegt mit Halsweh, Schnupfen und Husten im Bett. Wir haben Dr. Schlesinger, unseren Hausarzt bestellt, denn es geht unserer Jenny wirklich mies. Sie hat auch Fieber und wir machen uns Sorgen. Sie wollte partout mitkommen und Vroni ist zu Hause geblieben, um auf sie aufzupassen. Die würde doch glatt wieder aus dem Bett steigen! Ich bin gesandt worden, um alles zu erfahren und nachher Bericht zu erstatten! Ich hoffe, ich darf in der Runde bleiben?“ fügte Vreni fragend hinzu.

„Selbstredend! Vreni, du bist herzlich willkommen! Die Meinung der jüngeren Generation ist immer interessant! Anregungen sind stets befruchtend!“ – so kamen die Antworten. „Lotte, wie viele Seiten hast Du schon?“ wollte die eine der Damen wissen. „So um die 70 Seiten, aber ich habe euch erst bis zur Seite 50 ausgedruckt Ich muss noch ein wenig Korrektur lesen. Wenn ich schreibe, dann mache ich mal Tippfehler oder so. Annegret wir freuen uns, dass du wieder im Lande bist! Erzähl von Deinen Erlebnissen! Außerdem siehst Du toll aus, steht Dir gut die etwas schlankere Linie.“

„Danke, es war auch anstrengend und ob ich es halten kann, ist die Frage!“ kam die Antwort der so Gelobten. „Aber die Tage in dem Kurort waren trotzdem erholsam. Schon allein das verpflichtende Alltagsgeschehen ausblenden zu können, trägt zum Wohlbefinden bei! Das Wetter spielte auch mit. Diese Therme ist wunderschön und ich war eifrig schwimmen. Ich bin sehr froh, dass es Karlchen wieder besser geht. Er hatte einen sehr netten Arzt, der ihn auch von einigen Dingen überzeugen konnte, genau das, was ich nie geschafft habe bei meinem geliebten Sturkopf!“

Die Kellnerin wollte die Bestellungen aufnehmen und stand wartend am Tisch der Damenrunde. Nachdem alle Wünsche in Auftrag waren, fuhr Annegret fort: „Aber ich scheine eine Menge verpasst zu haben mit Lottes Buch! Endlich habe ich die Zeit gefunden, dein Manuskript zu lesen! Grosses und ehrliches Kompliment, Lotte! Ich habe mich so was von amüsiert wie selten bei einem Buch! Aber trotzdem hast Du auch die anderen Seiten bei einer Suche nach einem neuen Partner und ganz besonders im Internet nicht vergessen. Mein Karlchen hat mich immer wieder lauthals lachen gehört und wollte natürlich wissen, warum. Ich habe ihm gesagt, du, Lotte, würdest wieder einmal schreiben und da wollte er unbedingt auch lesen – ich hoffe, du bist nicht ungehalten, aber ich konnte es nicht verhindern! Ich soll dir ausrichten von Karlchen, dass er viel Spaß beim Lesen und ebenso bei den nachdenklichen Passagen hatte, auch wenn er sich als Mann nicht immer gut vertreten fand! Er meinte, wenn ein Verlag dein Buch ablehnen würde, wären diese Leute nicht nur doof sondern dazu geschäftsuntüchtig!“

„Mal langsam mit den Vorschusslorbeeren, mir fehlen noch etliche Buchstaben!“ beeilte sich Lotte zu sagen. „Es ist nicht einfach, die Erzählungen abzuwandeln und nur die guten Pointen zu behalten! Und von wegen Karlchens Einschätzung! Ihr wisst, dass mein erstes Manuskript über die Geschichte von meinem Helden Nettermann abgelehnt wurde, weil darin zu wenig Sex vorkam! Dabei ist es eine sozialkritische Darstellung über die Arbeitswelt! Ich gebe mich keinen Illusionen hin, denn abhängig ist der Schreiber von irgendeinem Lektor, der unter Umständen gar keinen Bezug zu dem gewählten Thema und auch kein Verständnis dafür hat. Außerdem bin ich ein unbekannter Neuling, was bedeutet, dass ich etliche Tausender zuschießen soll, wenn der Verlag das Buch annimmt, was ich nicht will. Da verzichte ich lieber auf die Ehre, ich bin nicht so geltungssüchtig, um mich unbedingt gedruckt sehen zu müssen. Aber wie gesagt, ich bin erst beim Buchstaben P wie Pankratius!“ „Lotte, hast Du ein besonderes Faible für die Eisheiligen?“ warf Elsa lachend ein.

„Ja, die Buchstaben! Deshalb hat mich Jenny zu dir geschickt. Sie meinte, du solltest ihre Geschichte mit dem Ami von vor drei Jahren unbedingt schreiben. Hiermit soll ich dir ihr Einverständnis dazu erklären; die Namen und so weiter wirst du sicher ändern, nicht wahr?" Vreni sah Lotte fragend an. „Keine Frage, das ist klar! Vielen Dank, ich wollte letztes Mal mit Jenny darüber sprechen, aber irgendwie ist es untergegangen. Am Telefon fand ich es nicht so passend. Außerdem habe ich mir erlaubt, dieses Thema bereits einzubauen." „Da wird sich Jenny freuen, das darf ich ihr doch erzählen?" „Selbstverständlich! Ich habe ihrem Amerikaner einen ganz anderen Namen gegeben und sonst Allerlei geändert," fügte Lotte hinzu. „Lotte, wie immer, von der schnellen Truppe!" kam es von Elsa.

Das war wieder die mit dem Lohengrin und seinem Schwan. Sie hat mich neulich so angepflaumt - ging es dem Tischnachbarn durch den Kopf. Sieh an, dachte Dr. Ullrich, die Frau Lotte war fleißig gewesen in den letzten drei Wochen! Langsam wurde er neugierig. Vielleicht könnte er über die junge Dame, Vreni war wohl ihr Name, an das Manuskript oder wenigstens an einen Auszug kommen? Wie war das neulich bei dem letzten Frühstückstreffen? Ja, richtig, er erinnerte sich: sie hat Journalismus studiert und arbeitet in der nahen Großstadt als Volontärin. Bei dieser Zeitung müsste er jemanden kennen - ach ja, da war Luigi Lombardi, seinerzeit Auslandskorrespondent, sie trafen sich damals in Südafrika. Jetzt war Lombardi zurückgekehrt und mittlerweile der zuständige Chef für die Sparte Auslandsberichte! Haha, alter Elefant, der er war, auf sein Gedächtnis konnte er sich noch verlassen!

„Du willst tatsächlich das ganze Alphabet durch machen?" Isolde klang ungläubig. „Das würde ich unbedingt empfehlen!" Vreni war ganz bei der Sache. „Des Lesers Interesse ist jetzt richtig geweckt, der kennt das Alphabet und zählt die Buchstaben!" „Na, ab P sind das immerhin 11 Buchstaben bis zum Z!" Isolde war noch immer skeptisch. „Für 3 Buchstaben habe ich bereits Erzählungen, es bleiben also noch acht übrig. Einiges schlummert mir noch im Hinterkopf, das, was fehlt, kommt auch noch!" Lotte schien guten Muts zu sein. Jetzt kam die Diskussion richtig in Fahrt, jede hatte etwas zu sagen. Lotte jedoch war still und hörte nur zu, dies jedoch sehr aufmerksam. Man konnte ihr ansehen, dass sie insgeheim die aufgeworfenen Fragen und Gedanken dazu speicherte und diese ganz bestimmt in dem „Buch" verarbeiten würde.

Dr. Ullrich hatte einen Termin bei seinem Kardiologen und er wollte nicht zu spät kommen. Den Luigi Lombardi würde er bestimmt anrufen oder bei ihm vorbeischauen, das nahm er sich jedenfalls fest vor. Mal sehen, da müsste doch was zu erfahren sein – der alte journalistische Spürsinn, der ihn immer ausgezeichnet hatte, kam wieder hoch.....

Als Lotte in ihr Auto stieg, fiel ihr wieder ein, was sie vorhin beim Abschied von Vroni überlegt hatte. Ob Vroni vielleicht einen Verleger für sie wusste? Alle fanden ihr Manuskript so lustig….

SCHLECHTES WETTER – GUT ZUM ERZÄHLEN

In der Nacht war es bereits zu merken gewesen, das Schiff stampfte und rollte schwer durch die See. Der Wind pfiff ganz ordentlich. Lieselottes Gefühl vom Vortag hatte sich also bewahrheitet. Den „Seetüchtigen“ machte es nichts aus, doch Martha und Heike litten, sie waren zwar zum Frühstück gekommen, wollten aber nichts essen. Ilse war daraufhin nochmals in ihre Kabine gegangen und hatte ihre homöopathischen Tabletten gegen Seekrankheit geholt, die sie den beiden nun wärmstens antrug. „Ach, ich glaube ich gehe eher ins Bett! Das nützt doch alles nichts!“ Martha, die sonst so praktische Martha, wollte aufgeben.

Die anderen Damen sahen etwas ratlos aus. Wie konnte man helfen? „Reiß dich jetzt zusammen! Nimm die Tabletten und dann solltest du wenigstens eine Kleinigkeit essen, ein Brötchen mit etwas Butter und Marmelade, ich hol dir auch einen schwarzen Tee!“ Luise wurde energisch, stand auf und ging zum Buffet.

Heike sah Ilse zweifelnd an. „Bist du sicher dass mir die Tabletten helfen werden? Mir ist ganz übel, wenn ich auf Euer Frühstück schaue!“ Leni kam Ilse mit der Antwort zuvor: „Dann schau nicht auf meine Würstchen, sondern trink deinen Pfefferminztee und nimm zwei von den Tabletten! Ich hol dir einen Zwieback, den mümmelst du dazu, damit etwas im Magen ist! Mein Vater hat immer gesagt, wenn der Magen voll ist und etwas zu tun hat, dann wird einem auch nicht schlecht! Seine Empfehlungen beruhten auf eigener Erfahrung! Er war im Krieg bei der Marine, ein U-Bootfahrer, weil er ja aus Bayern war!"

Die leidenden Mienen von Martha und Heike zeigten, dass sie heute an den lustigen Aussprüchen von Leni wenig Gefallen finden konnten. Aber sie nahmen doch die Tabletten, versuchten einige Bissen zu essen und tranken den vorgesetzten Tee. „Eine Frage", Ulla wandte sich an die Damenrunde, „wer geht mit beim heutigen Landausflug, der um 13 Uhr beginnt? Ich bleibe an Bord, bloß gut, dass ich mir keine Karte gekauft habe." Wie sich herausstellte, hatte nur Lieselotte ein Ticket, aber sie wollte es lieber verfallen lassen als bei diesem Regen und Sturm – was von Leni echt kernig als >Sauwetter< bezeichnet worden war – an Land zu gehen.

Martha war alles egal, sie wollte unbedingt ins Bett. Niemand hätte erwartet, dass ausgerechnet Lieselotte, die stets vornehm und zurückhaltend gewesen war, Martha lauthals widersprechen würde. „Jetzt hör mir bitte mal zu, Martha! Gleiches gilt bitte auch für dich, Heike! Ich und sicher alle anderen auch, wir können verstehen, dass Euch im -Augenblick nicht so wohl ist. Aber ich persönlich halte es für keine gute Idee, wenn ihr beiden euch jetzt dem >Leiden< so richtig hingebt! Aus eigener Erfahrung weiß ich, dass, wenn man mit etwas beschäftigt ist, hin und wieder einen Schluck trinkt und einen Zwieback kaut, alles viel erträglicher wird. Wartet mal ein bisschen, Ilses Pillen sind wirklich gut und werden bestimmt wirken." „Ich erzähle euch noch eine schöne Geschichte!" meldete sich Leni. Sehr widerwillig ließen sich die Unglücksraben überzeugen, nahmen die Tablette, tranken Tee und dazu gab es Zwieback. Als man mit dem Essen fertig war, erinnerte Ilse daran, dass Leni heute für die Unterhaltung sorgen wollte.

„Ich habe euch vom >Gebiss< erzählt," begann die so Aufgeforderte, „heute gibt es eine andere pikante Story! Als

Beruf gab er >Globetrotter< an, war drei Jahre jünger als ich, die Entfernung war mit mehr als 150 km angegeben. Er war geschieden, hatte drei Kinder, natürlich erwachsen und nicht mehr im Hause lebend. Von der Ausbildung her war Abitur und Fachschulabschluss angegeben, Nichtraucher, sportlich ambitioniert mit Tennis und Schifahren. Er war in meiner Liste der Interessenten aufgetaucht, hatte mich aber nicht angeschrieben. Ich weiß nicht warum, aber ich meldete mich, mit Foto. Erst einmal kam keine Antwort, doch einige Tage später rief er mich an, ich hatte meine Handynummer angegeben.

Dazu habe ich eine Nebenbemerkung: Die Anbieter dieser netten Plattformen im Internet machen Lockangebote wie zum Beispiel drei Tage umsonst >schnuppern<. Nur, wenn die Angebotsnehmer innerhalb der kostenlosen drei Tage von sich aus einen passenden Kontakt gefunden haben und diesen aufnehmen wollen, geht das nicht, dann sollen sie sich längerfristig anmelden und natürlich dafür bezahlen. Wie heißt dieses Sprichwort so nett: Mit Speck fängt man Mäuse!

Aber ich habe da einen Trick gefunden, wurde mir übrigens von einer Bekannten geraten, die es auch übers Internet versucht hat: Wenn man den ersten Kontakt aufnimmt, einfach in etwa so schreiben: >wenn Sie nicht besonders gerne schreiben und lieber telefonieren – meine Telefonnummer ist usw.< Auf diese Weise hat der Interessent, oder wie immer wir ihn nennen wollen, eine Möglichkeit, sich außerhalb der Plattform zu melden, wenn er das denn will.“ „Ganz schön tricky,“ kam es von Lieselotte, „hätte ich dir gar nicht zugetraut!“ Ilse unterstützte sie: „Siehst du, Lieselotte! Wer kennt schon sein Gegenüber, das sind die verborgenen tiefen Abgründe im Menschen!“ Alle lachten und die beiden „Leidenden“ schienen langsam die Übelkeit zu vergessen.

Leni verzog schmollend den Mund: „Bei euch muss ich vorsichtig sein, ihr schaut mir zu tief in die Seele! Also weiter im Text. Er selbst nannte sich Philipp. Wir sind beim Buchstaben P? Gut, dann passt es wenigstens. Ich war schon versucht, Philipp zu löschen, doch – wie bereits eingangs erwähnt, meldete er sich eines Abends per Telefon. Er hatte versucht, mir seine E-Mail - Adresse und Telefonnummer zu schreiben, aber diese Mail ging nicht ab an mich, siehe oben mit den >Schnuppertagen<. Er rief daraufhin bei dem Anbieter an und beschwerte sich. Da erfuhr er dann, dass er nur drei Schnuppertage gebucht hätte. >Geschnuppert< wäre genug, sagte die Dame von der Partnervermittlung im Internet. Wenn er jemanden gefunden hätte, mit dem er in Kontakt treten wollte, sollte er sich gefälligst anmelden! Falls er sich nicht anmelden würde, wird sein Eintrag wieder gelöscht, denn so wären die Geschäftsbedingungen. Da war er natürlich sauer. Er hatte sich jedoch meine Telefonnummer aufgeschrieben und konnte mich demnach anrufen."

„Das ist doch die Höhe!" Martha war empört. „Ein mieser Trick! Sicher erhalten die >Schnupperer< ganz tolle Partnerangebote, aber wenn es ernst werden soll, dann kappen die Anbieter wieder diese Kontakte. Ist das überhaupt rechtens?" „Ob rechtens oder nicht, kann ich nicht sagen. Ich habe jedenfalls herausgefunden – ich habe doch von der >Heirats-Tante<, meiner Nachbarin, der Ehevermittlerin, in Salzburg erzählt? - dass es, um Kunden zu fangen, sogar Inserate gibt, wobei der oder die in der Anzeige Genannten gar nicht existieren! Wenn jemand angebissen hat und Kontakt aufnehmen will, sagt man ihm, dass der oder die vom Charakter her gar nicht passen würde, bereits vergeben ist oder so ähnlich und schlägt jemand anderen vor! Im Grunde ist das alles ein sehr faules Geschäft! Sicher gibt es auch anständige Leute, wie deine Dame in Berlin, Luise. Außerdem bin ich auch voll und ganz deiner Ansicht," Ilse wandte sich an Lieselotte, „dass diese ganzen Anbieter mitlesen, sie partizipieren und schippern auf den Wellen sozusagen!" „Wollt ihr meine Story nun hören oder nicht?" Leni wurde langsam ungeduldig. „Natürlich! Entschuldige bitte! Erzähl weiter!" So riefen sie – wie immer alle auf einmal…..

Und Leni fuhr fort: „Wie gesagt, der Globetrotter rief an und wir unterhielten uns geschlagene zwei Stunden. Nach dem Gespräch habe ich nachgedacht, worüber wir so lang zu schwätzen hatten und kam zu dem überraschenden Ergebnis, wir hatten sehr viel über nichts, das heißt total Belangloses geredet! Das wollte ich beim nächsten Anruf – so er denn nochmals telefonieren würde – unbedingt ändern. Einige Tage später rief ich bei ihm an, moderne Frauen dürfen das, oder? Wie groß war mein Erstaunen als er sich mit >Paul Winkler< meldete! Ich habe die Nummer bei mir unterdrückt und daher wusste er nicht, wer anruft! Als ich fragte, ob er Philipp wäre, gab er es zu. Das war natürlich für mich – wie man etwas unfein sagt – ein gefundenes Fressen. Sein richtiger Name wäre Paul Winkler, na ja.

Ich habe sehr genau nachgefragt und erfuhr folgendes: Im Internet hätte er einen falschen Namen angegeben bei den Schnuppertagen, er wollte vorsichtig sein. Er war Versicherungsmakler von Beruf, hatte noch eine Firma, die er aber im Begriff war abzuwickeln. Der Sprache nach war er aus dem Kölner Raum, was er auch sofort bestätigte. Der Firma wegen wäre er vor zwei Jahren in die Bodensee-Region umgezogen, weil er berufliche Kontakte nach der Schweiz und Österreich unterhielt. Geschieden war er seit vier Jahren, hatte aber schon sechs Jahre vorher ohne seine Frau gelebt. Wer der schuldige Teil war, blieb ungesagt. Er behauptete, dass er sich nicht hätte scheiden lassen wollen, aber seine Frau wollte unbedingt die Trennung. Vermutlich hat ihn das nach so vielen Ehejahren eine Stange Geld gekostet. Habe ich erwähnt, dass er drei Kinder hatte? Offenbar war der Kontakt zu seinen Sprösslingen nicht allzu intensiv, zu den vier oder fünf Enkeln war das Verhältnis wohl um einiges besser.

Die Telefonitis ging so über mehrere Wochen, wir hatten im März begonnen und jetzt war es Ende Mai geworden. Mittlerweile wussten wir recht gut gegenseitig über uns Bescheid, dachte ich jedenfalls. Ha, ha -der Wonnemonat Mai! Es kam, wie es kommen musste – er wollte mich treffen.Wir verabredeten ein Mittagessen in einem sehr schönen Restaurant in Augsburg, mein Navi hat mich zielgenau hingeführt. Er sah wirklich prima aus! Einen Kopf größer als ich, silbergraue Schläfen, sonst noch dunkles Haar, exklusiv angezogen, aber nicht überkandidelt. Er fuhr einen großen Audi mit Ulmer Kennzeichen, was mir zuerst gar nicht auffiel.

Als es zum Zahlen kam, hat er überall nach seiner Brieftasche gesucht, aber er fand sie nicht. Dann erinnerte er sich: >Verflixt noch mal, ich habe das Ding auf dem Vorzimmertischchen liegen gelassen, jetzt fällt es mir wieder ein. Ich habe nämlich noch 250 Euro in bar eingesteckt! Gott ist mir das peinlich! Würdest du bitte so nett sein? Du bekommst es selbstverständlich zurück!< Was blieb mir anderes übrig, ich bezahlte die Rechnung. War es Absicht oder hatte er sein Geld tatsächlich vergessen? Irgendwie beschlich mich ein ungutes Gefühl.

Philipp oder Paul wollte noch ein wenig spazieren gehen, aber ich lehnte ab. Ich bemühte >die liebe kranke Tante<, die auf meinen Besuch wartete und der ich versprochen hatte, für sie einkaufen zu gehen. Falls ich nicht jetzt nach München zurückfahren würde - die Rushhour begänne bald – käme ich zu spät und die Geschäfte hätten vielleicht zu. Das würde er sicherlich verstehen, zumal meine Patentante meine einzige Verwandte wäre……Er druckste herum und gestand schließlich: >Mein Tank ist fast leer. Würdest du mir bitte noch einmal aushelfen? Sonst komme ich nicht nach Hause!<

Eigentlich habe ich ein gutes Herz, bin als großzügig unter meinen Freunden bekannt, aber irgendwie widerstrebte es mir, meine Geldtasche ein zweites Mal zu öffnen. Das habe ich ihm möglichst höflich gesagt. Was dann kam, war ein Erlebnis, das ich noch nie hatte: Paul, Peter, Philipp – wie auch immer rastete völlig aus. Er hat mich in kölschem Dialekt beschimpft und beleidigt, die Hälfte habe ich nicht verstanden, war egal. Ich bin in mein Auto gestiegen, habe Gas gegeben und das Weite gesucht." „Ein Hochstapler! Heiratsschwindler! Abgefeimter Gauner! So ein Schlawiner!" und ähnliches kam aus dem Kreis der Zuhörerinnen. Leni hob beschwichtigend die Hände: „Ich bin noch nicht zu Ende mit der Geschichte! Hört euch den Rest an! In München habe ich davon eines Tages Freunden erzählt, sie heißen Susanne und Lothar.

Die Sanna ging mit mir in die Schule, der Lothar war

etliches älter als wir, hat um die Ecke von uns gewohnt und ist Polizist geworden, am Ende war er ein Abteilungsleiter beim Betrugsdezernat irgendwo in Oberbayern, jetzt schon lange pensioniert. Die beiden haben irgendwann geheiratet und unsere Freundschaft hat über all die Jahre Bestand gehabt. Lothar wollte wissen, ob ich über einen Festanschluss mit dem Herrn telefoniert hätte? Gut wäre, wenn ich noch die Nummer wüsste, was ich bejahen konnte. Er meinte: „Dann ist es kein Problem herauszufinden, wer der Kerl in Wirklichkeit ist. Ich habe noch genügend Kontakte und mach das für dich! Vielleicht gibt es noch andere Geschädigte, mal sehen, wer weiß!“ Alfredo, der gute dienstbare Geist, hatte inzwischen einen Teller mit frischen kleinen Kuchen auf den Tisch seiner Lieblingsdamen gestellt und Leni griff ganz automatisch nach einem Leckerli. „Erzähl weiter! Es wird richtig spannend!“ Heike, die neben Leni saß, stupste sie an.

Nachdem Leni den letzten Bissen verspeist hatte, ging es weiter: „Lothar hat wirklich herausgefunden, wer dieser Mann von Staats wegen war. Er hieß – richtig kölsch – Josef Schmitz und war ein der Polizei bereits bestens bekannter Heiratsschwindler und Betrüger, der sich nach seiner letzten Haftstrafe in den süddeutschen Raum abgesetzt hatte, um sein Geschäft von Neuem zu betreiben. Von wegen Firma! Er bezog Sozialleistungen, der Wagen war gemietet, nur die feinen Klamotten waren seine. Was war ich froh über meinen Schutzengel, der mich vorBöserem bewahrt hatte.“ schloss Leni aufseufzend. Bevor die anderen ihre Kommentare machen konnten, fügte sie hinzu: „Ach das muss ich noch nachtragen! Einige Monate später schrieb mir eine Dame einen Dankesbrief. Es wäre ihr eine besondere Genugtuung, dass der Walter – so hatte er sich bei ihr genannt – endlich erwischt wurde. Zwar wären ihre fünfundzwanzigtausend Euro, die sie ihm >geborgt< hatte, verloren, aber dass er jetzt wieder hinter schwedischen Gardinen wäre, täte ihr sehr gut!“

Bei Lenis spannender Erzählung hatte keine bemerkt, dass an den anderen Tischen das Mittagsbuffet in vollem Gange war. Da meldete sich Heike: „Leni, das war wieder mal was zum Aufschreiben, du hast herrlich erzählt. Ein Glück, dass du ihm kein Geld geborgt hast, das Essen war genug! Ob ihr es glaubt oder nicht, mir ist überhaupt nicht mehr schlecht und ich habe jetzt richtig Hunger!“ Alle lachten und beeilten sich, es den anderen Reisenden gleich zu tun. „Gibt es ein wenig Mittagsruhe?“ Ilse sah fragend in die Runde. „Ich wäre dankbar dafür“, sagte Lieselotte, „aber zum Kaffeeklatsch treffen wir uns wieder! Leni, reservierst du unseren Tisch?“ - „Zu Befehl, wird gemacht! Gutes Schläfchen und bis dann!“

WER HÄTTE DAS VON MARTHA GEDACHT

Die beiden „Kranken" von heute Morgen, waren dank Ilses Pillen wieder mopsfidel und hatten dem Kuchenbuffet ebenso einen Besuch abgestattet wie die anderen Damen. Die leeren Kuchenteller waren abgeräumt, nur mehr die halbleeren Tassen waren da. Martha gab der Kellnerin einen Wink und bestellte einen großen Orangensaft.

„Was hast du noch vor?" wollte Luise von ihrer Schwester wissen. „Wie nennt man das, wenn jemand zugibt, etwas getan zu haben? Kann man das auf Neudeutsch als >outen< bezeichnen?" Martha sah etwas unsicher in die Runde. „Duuuu?" Luises Augen waren vor Erstaunen kugelrund. „Na und?" Martha wehrte sich. „Kann ich nicht mal etwas ohne dich machen oder erleben? Das steht mir nach dem Dienstgrad zu, ich bin schließlich die Ältere von uns beiden!"

„Heraus mit der Sprache und beichte deine Sünden!" Leni nahm es wieder mal locker, aber Luise betrachtete ihre Schwester Martha finster.

„Sünden sind es keine und Gewissensbisse habe ich auch nicht. Aber es ist eine weitere Geschichte zu unserem Thema " Sie trank von ihrem Orangensaft, da machte Heike aufmerksam: „Du musst dem Mann einen Namen geben, wir sind beim Q wie Quelle!“

Martha nickte zustimmend und begann ihre Erzählung: „Als erste Sünde muss ich gestehen, dass ich die von Luise genannte Frau Doreely ebenfalls kenne. Ja, ich habe ihre Dienste in Anspruch genommen. Zum Verständnis: Ich war bereits mit 54 Jahren zum zweiten Mal verwitwet. Daher habe ich die in unserer Firma angebotene Altersteilzeit akzeptiert und bin sogar früher in Rente gegangen. Die Abzüge, die mir Vater Staat bei meiner Rente gemacht hat, kann ich gut wegstecken, denn mein Mann war verbeamtet im höheren Dienst und die Witwenpension ist eine echte Bereicherung. Ich wollte aber nach einigen Jahren nicht so alleine bleiben und dachte mir, wer weiß, vielleicht finde ich noch einen netten Freund, mehr wollte ich nicht.

Frau Doreely und ich haben uns getroffen, über die üblichen Modalitäten brauche ich nichts zu erzählen, davon wisst ihr selbst genug. Ich habe nur eine Bedingung gestellt, nämlich, dass der Kandidat Nichtraucher sein muss. Es wurden mir einige Herren präsentiert, wobei die meisten das erste Rendezvous, heute sagt man Date, gar nicht überstanden haben. Wen wundert es, meine Erfahrungen sind so deckungsgleich mit euren Erlebnissen: toller Sportler – angeblich, dann kommt raus, dass der Sport aus jeder Übertragung im Fernsehen besteht; sehr wenig Interesse an Literatur, Musik, keine Theaterbesuche oder Konzerte, bestenfalls die >dicke Backen Musik<, wie unsere Mutter die Blasmusik nannte. Gartenarbeit war noch das Höchste, möglichst unter Mitarbeit der neuen Partnerin. Kochen, Waschen, Putzen und so weiter – sofortiger Ersatz für die verlorene Ehefrau! Alle, die da ankamen, fielen nicht in die Kategorie >feiner Gentleman<. Jeder sprach nur von sich, den Kindern, den Enkelkindern, der verblichenen Gattin oder sie ließen kein gutes Haar an der Geschiedenen. Es gab auch Männer, die mir haarklein erzählten, warum sie sich von ihren bisherigen Damen oder besser gesagt Verhältnissen getrennt hatten. Nebenbei bemerkt sind diese Exemplare der männlichen Art des homo sapiens sofort auszusortieren! Wie gesagt, die männlichen Sorgen und vor allem die Wünsche waren zu beachten! Aber wehe, wenn es um zum Beispiel meine Person gehen sollte! An mir und meinem Leben bestand selten Interesse, meist jedoch gar nicht. Das trifft auf fast alle Herren zu, die ich getroffen habe.

Eines Tages meldete sich Frau Doreely und sagte, sie hätte einen neuen Herrn für mich, der ihrer Meinung sehr gut mit mir harmonieren könnte. Alter Mitte siebzig, in der Größe zu mir passend, noch viele weiße Haare, von Beruf Steuerberater und Wirtschaftsprüfer, verwitwet und kinderlos, weit gereist, sie fand ihn nett. Ich war einverstanden und keine zwei Stunden später rief er bei mir an. Wir plauderten ein wenig und verabredeten uns in einem Café im Zentrum, er wollte mit mir Mittagessen in einem chinesischen Restaurant. Wenn ich einen eleganten und feinen Menschen erwartet hatte, dann war ich echt enttäuscht. Er trug alte, ausgewaschene Jeans, einen blauen Pulli, eher ein Sweatshirt, mit Erinnerungen an vorherige Mahlzeiten darauf…. Mit einem Wort – der Mann war alles andere als attraktiv und gepflegt.

Die Unterhaltung ging schleppend, er nuschelte manchmal so, dass ich dreimal hinterfragen musste. Zum Essen bestellte er sich ein großes Cola. Er merkte, dass ich darüber erstaunt war. Als Erklärung gab er an. dass er als Kind nie Cola hätte trinken dürfen und nun könne er es sich endlich kaufen, so oft wie er wollte. Er war in vielen Ländern für eine der größten amerikanischen Firmen auf dem Sektor Wirtschaftsprüfung und Investment tätig gewesen, hatte in England, den Vereinigten Staaten und in Kanada gelebt. Seinen Erzählungen nach hatte er ebenso einige Jahre in Australien und Neuseeland verbracht. Die letzte berufliche Station auf dem Globus war Hongkong gewesen. Er hatte überall Häuser gehabt, diese wieder verkauft und war ins nächste Land gezogen. Seine Pensionierung lag wohl etliche Jahre zurück, vermutlich aufgrund der Krebserkrankung seiner Frau, später hatte sie einen Schlaganfall bekommen. Genauer ließ er sich nicht darüber aus, ich hinterfragte es auch nicht.

Seine Mutter war Engländerin gewesen, deshalb hatte er

einen englischen Vornamen. Nennen wir ihn Quentin, das passt gut in unsere Reihe. Quentin war demnach zweisprachig aufgewachsen, aber in Berlin geboren und zur Schule gegangen, hatte hier im Westen Abitur gemacht. Später studierte er im Ausland. Ganz wichtig war ihm, immer wieder über seine offenbar sehr ausgedehnten finanziellen Investitionen, sprich Häuser, Eigentumswohnungen, Aktien und so weiter, zu sprechen. Ich empfand die permanente Zurschaustellung des Reichtums als unangenehm und angeberisch. Als der Kellner die Rechnung brachte, wollte ich mein Essen selbst bezahlen, das lehnte er mit den Worten ab: >Das übernehme ich, beim ersten Mal kann ich das schon machen.< Ich gestehe, ich war ob seiner Wortwahl peinlich berührt."

„Wie taktlos!" Ulla war empört. „So was sagt man nicht!" Luise war ebenfalls sichtlich aufgebracht und sah ihre Schwester an:„Hat der Mensch noch alle Tassen im Schrank? Wenn er gesagt hätte >Sie sind mein Gast< oder >betrachten Sie sich selbstverständlich als eingeladen<, dann wäre das nett gewesen, aber so? Warum hast du ihn nicht gleich in die Wüste geschickt? Du bist ansonsten immer schnell von Begriff!" Leni schaltete sich vermittelnd ein: „Lass Martha doch erzählen!"

„Hör lieber zu, denn das war erst der Anfang und lass Dir Zeit, es geht weiter!" Martha schüttelte leicht den Kopf ob ihrer Schwester. „Er brachte mich wieder nach Hause, weil anschließend Fußball im Fernsehen war, irgendein wichtiges Spiel, das er um keinen Preis versäumen wollte. Quentin, ich sprach ihn mit dem Vornamen und per Sie an, tätschelte mir gönnerhaft beim Abschied die Schulter, igitt! Ich machte, dass ich davonkam.

Zwei Tage später meldete er sich und wollte mich treffen, am liebsten sofort. Ich hatte eine gute Ausrede, denn Angelika, unsere Cousine, hatte in der Zwischenzeit einen Unfall gehabt, lag aber zu Hause. Ich ging für sie einkaufen und versorgte sie ein wenig. Meine Absage gefiel Quentin nicht.

Am Vortag hatte Frau Doreely angerufen und wollte wissen, wie denn das Treffen mit Quentin gelaufen war. Ich sagte, dass ich den Kontakt am liebsten sofort abbrechen wollte, aber sie meinte, sie würde mich zwar gut verstehen, aber ich sollte es noch einmal versuchen.

Quentin ließ nicht locker, wir verabredeten uns für den nächsten Sonntag zu einem Spaziergang mit anschließendem Kaffeeklatsch. Er kam an in einer noch älteren Jeans, dem gleichen blauen Sweater, und er roch nach Zigarettenrauch. Meine Frage, ob er Raucher wäre bejahte er sofort mit der Gegenfrage, ob ich denn etwas dagegen hätte. Seine Frau hätte ebenfalls bis zu ihrem Tod geraucht, trotz Krebsoperation und späterem Schlaganfall, sie hätte nach dem Schlagabfall noch mehr als 16 Jahre gelebt. Also könnte das Rauchen doch nicht so schädlich sein.....

Ich muss erklären, warum ich mir einen >Nichtraucher< von Frau Doreely gewünscht habe: Als junge Frau, Luise weiß davon, hatte ich eine schwere Bronchialerkrankung. Ich wurde von einem sehr bekannten Allergologen gestestet. Zigarren- und Zigarettenrauch, Farben, Lacke. Terpentin und andere chemische Stoffe sind meine Feinde. Die Ärzte sagten damals, wenn ich nicht aufpasse, würde es zu einem unheilbaren Asthma führen. Falls ich aber vorsichtig wäre, alles für mich Schädliche vermeide und mich möglichst konsequent von sämtlichen Allergie auslösenden Stoffen fernhalte, könnte ich trotzdem gut leben. Das habe ich befolgt, das Asthma kam zwar über die Jahre in leichterer Form, aber ich kann damit gut umgehen und meine Lebensqualität halten. Ich habe eben einige Auflagen, die zu beachten sind - wie gesagt das Meiden der Allergie auslösenden Stoffe - dann klappt das hervorragend. Ich habe auch keine Anfälle oder etwas in der Art.

Das habe ich Quentin gesagt. Seine Reaktion war erstaunlich: Er ließe sich das Rauchen nicht verbieten. Wenn er nicht in meiner Gegenwart raucht, oder aber im Freien, könnte ich nichts dagegen haben, das würde man nicht riechen. Mein Gegenargument, dass der Geruch sich in den Kleidern, auf der Haut, auf den Haaren und so weiter festsetzt, nicht zuletzt war es im Auto zu riechen, wies er als >hysterisches Vorurteil<

gegen Raucher zurück. Als ich erneut husten musste, meinte er sarkastisch: „Sie sollten endlich einen Spezialisten aufsuchen, dieser ewige Husten ist unangenehm anzuhören! Da kann man doch etwas dagegen tun! Sie husten jetzt bloß, weil Sie gesehen habe, wie ich meine Zigarette ausgetreten habe!"

Es war Ende Februar, ein kalter und windiger Tag, und wir waren bereits mehr als eine Stunde unterwegs. In Sichtweite war das Kaffeehaus und ohne ihm zu antworten, ging ich zielstrebig darauf zu. Ich wollte ins Warme und einen heißen Tee trinken, Lust auf ein leckeres Stückchen Torte hatte ich ebenfalls... in diesem Kaffeehaus gibt es nämlich immer so wunderbare Torten....Ihr schaut mich alle so komisch an, bin ich zu weitschweifig?"

„Nein, nein," beeilte sich Lieselotte zu sagen. „Deine Erzählung ist psychologisch sehr interessant! Der Mann steht für viele, die sich nach oben und zu sehr viel Geld gearbeitet haben und jetzt vor lauter Angabe nicht wissen, wo es eigentlich lang gehen sollte! Während meiner Ehe, ich nenne diesen meinen Lebensabschnitt die >Diplomatenzeit<, habe ich viele solche Männer kennengelernt. Mein Mann war ein chilenischer Grande, da gehörte die echte Havanna zur persönlichen Selbstdarstellung und war Ausdruck des vornehmen Lebensgefühls. Da er sehr teure und wohlriechende Zigarren rauchte, dabei höchstens eine oder zwei pro Tag, konnte ich damit leben. Es gab jedoch viele dieser Leute, die eine andere Einstellung dazu hatten. Sie waren von Hause aus reich und kannten es nicht anders, Rücksicht war ein Fremdwort. Für sie war es selbstverständlich, zu rauchen, zu trinken und vieles mehr, manchmal bis zur Hemmungslosigkeit. Immer darauf aus, dass ihre und nur ihre Wünsche aufgrund der Herkunft und des ererbten Reichtums zu respektieren waren. Nebenbei bemerkt, das war – wenn auch in anderer Hinsicht als das Rauchen - bestimmt mit einer der Gründe, warum meine Ehe nicht funktioniert hat.

Die sogenannten Selfmade–Männer - ich nannte sie >die Neureichen<, vielleicht tue ich zwar dabei dem einen oder anderen Unrecht – versuchen stets, dem alten Adel oder dem neuen Geldadel nachzueifern und benehmen sich entsprechend, in der Hoffnung, damit anerkannt und gesellschaftsfähiger zu werden. Dabei ist das alles nicht nötig, Natürlichkeit, Herzenswärme und Anstand würden genügen, nur verfügen sehr wenige der Geldsäcke über diese Eigenschaften! Wobei keineswegs zu vergessen wäre, dass es unter den >Blaublütigen< eine ungezählte Anzahl von >Stinkstiefeln< gibt! Entschuldige Martha, ich habe dich unterbrochen.“ Lieselottes Worte klangen bitter.

„Keine Ursache, Lieselotte, du hast vollkommen recht! Wobei ich aber betonen möchte, dass ich Achtung vor jedem habe, der es aus kleinen Verhältnissen durch seiner Hände Arbeit zu etwas gebracht hat! Aber weiter im Text. Dieser Quentin gehört bestimmt in die von dir angesprochene Kategorie! Das Lokal war überfüllt, wir fanden Platz bei einem Paar mit Hund. Mit diesem Hund und seinen Besitzern beschäftigte sich Quentin ausschließlich, ich war nicht mehr vorhanden. Beim Bezahlen bestand ich auf getrennter Rechnung. Auf dem Rückweg zum Auto – es stand etwas weiter weg auf einem Parkplatz – stellte er mich beinahe unhöflich zur Rede und sagte, dass er die Zeche selbstverständlich übernommen hätte. Er wollte unbedingt wissen, was mich denn bewogen hätte, selbst zu bezahlen? Ich erinnerte ihn an seinen Kommentar bei unserem ersten Treffen, als der Kellner nach dem gemeinsamen Mittagessen die Rechnung präsentiert hatte. Da dies heute unser zweites Date wäre, käme mir das Bezahlen meiner Bestellung selbst zu. Er war total überrascht, dass ich mir eine derartige Sprache erlaubte. Der reiche Quentin versuchte, alles als mein Missverständnis darzustellen, er bezeichnete mich als >sofort so angerührt<, bla-bla-bla ……. Ich unterließ jede weitere Einlassung, schließlich gab er das strittige Thema auf. Ich wollte nur wieder nach Hause, der Mann war mir zuwider geworden.

Nach seinem Wunsch sollten wir noch irgendwo anders hingehen, aber ich erinnerte ihn an den Sport im Fernsehen um 17 Uhr und er brachte mich heim. Quentin wollte am nächsten Tag anrufen.

Zu Hause ließ ich – hochtrabend ausgedrückt - den Film über diese Bekanntschaft vor meinem geistigen Auge ablaufen. Am nächsten Morgen informierte ich Frau Doreely, dass mein Entschluss für eine sofortige Beendigung der Treffen mit Quentin fest stand und ich ihm dies bei nächster Gelegenheit selbst sagen würde. Sie akzeptierte meine Entscheidung, wollte jedoch nähere Einzelheiten wissen. Als sie feststellte, dass sie leider in ihren Unterlagen keinen Vermerk über seine Rauchgewohnheiten gemacht hatte, entschuldigte sie sich bei mir. Ich beruhigte sie, es war für uns beide eben eine neue Erfahrung gewesen. Ohne ihre Bitte, ihm eine zweite Chance zu geben, hätte

ich ihn schon nach dem ersten Treffen verabschiedet!“

Leni, wie immer neugierig und voll bei der Sache, wollte das Ende der Geschichte Quentin wissen.

„Das Ende kam bei seinem nächsten Anruf. Ich habe vergessen zu erzählen, dass ich ihm ein kleines Glas selbstgemachter Orangenmarmelade mitgebracht hatte zu unserem zweiten Date, weil er von dieser Sorte Marmelade aus England schwärmte. Also, dieser Anruf! Er fragte mich vorwurfsvoll, warum ich die Marmelade wieder mitgenommen hätte. Beim Frühstück wollte er das Glas aufmachen, es fand sich aber nicht in seinem Kühlschrank, also hätte ich es wieder eingesteckt. Sehr eigenartiges Benehmen, das er mir da vorwarf ! Ich bat ihn, sich bitte zu erinnern, dass ich seinem Wunsch entsprechend das Glas ins Handschuhfach gesteckt hätte, er sollte da nachsehen! Nebenbei bemerkt hat er die unberechtigte Beschuldigung nicht einmal zurückgenommen, er ging einfach darüber hinweg. Ich bin nicht empfindlich, aber das hat mich sehr gestört: erst so ein Vorwurf und dann nicht mal eine Entschuldigung!

Zuerst berichtete er, dass er genauestens nachgedacht und jetzt sehr präzise Vorstellungen hätte, wie er sein Geld aus dem Verkauf der Häuser in Neuseeland und Hongkong besonders gut anlegen könnte - Geld, Geld, und wieder Geld! Obwohl ich wortlos, ohne ein Kommentar dazu abzugeben, zuhörte, babbelte er trotzdem weiter. Am Ende wollte er wissen, wann wir uns heute sehen könnten. Ich habe ihm gesagt, dass es keine weiteren Treffen geben würde, weil er raucht und mir das nicht bekommt. Ein Wort gab das andere, er wollte tatsächlich mit mir beginnen zu streiten! Es könnte doch nicht am Rauchen allein liegen, ich müsste das genauer erklären und so weiter. Ich habe ihm kurzer Hand seinen Text abgeschnitten, meinen Entschluss noch einmal bekräftigt, ihm alles Gute für die Zukunft gewünscht. adieu gesagt und einfach aufgelegt, basta!"

„Auch noch streiten! Der Mann war sauer, weil du ihm den Schuh vor die Türe gestellt hast!" Heike sprach aus, was auch die anderen Damen dachten.

Plötzlich stand die nette junge Schweizerin, die sich hier als Bedienung ihr Studiengeld verdiente, an ihrem Tisch und sagte freundlich: „Excusez moi, Mesdames! Es ist schon nach sechs Uhr und das Abendessen beginnt gleich! Ich möchte nicht, dass Sie sich verspäten!"

„Schrecklich," meinte Ilse aufgeregt „immer kommen wir zu spät wegen der Geschichten!" Die Damen beeilten sich, ins Restaurant zu kommen. Leni rief zum Abschied: „Nachher in der Bar, der Tisch ist reserviert! Guten Appetit!"

DAS >R< IST DRAN – RUDI, DER CARAVANING - COWBOY

Er war zur guten Gewohnheit geworden – der sogenannte „Absacker", denn die Damen waren alle pünktlich in der Bar erschienen. Man einigte sich auf die Bestellung von sieben Glas Champagner, Luise und Martha wollten die Kosten übernehmen. Lieselotte bestellte vorsorglich zwei große Flaschen Mineralwasser dazu – auf dem Schiff fast so teuer wie der Champagner, murmelte Leni.....

Plötzlich stellte Ilse fest: „Habt ihr alle daran gedacht, dass wir nur noch vier Tage haben? Wir haben noch einige Buchstaben abzuarbeiten, wenn wir wirklich das ganze Alphabet durchmachen wollen! Morgen ist Landgang, wenn ich mich richtig erinnere, wer geht auf den Ausflug?"

Es stellte sich heraus, alle wollten an Land, sie waren aber auf verschiedenen Bussen gebucht. „Wenn das so ist," meinte Heike, „dann müssen wir fleißig erzählen!"

„Wir kommen aber am frühen Nachmittag zurück! Wir machen ein bisschen Pause und nach dem Abendbrot könnten wir wieder hier zusammentreffen. Was haltet ihr davon? Dann gibt's wieder eine neue Story! Ihr könnt euch schon mal alle darauf vorbereiten. Wie sagte Ilse vorhin: ...wir haben noch einige Buchstaben! Ein >Absacker< wird als Unterstützung gereicht!" Leni lächelte verschmitzt.

„Gutes Stichwort," kam es von Luise, „hast Du noch eine Geschichte? Der Buchstabe >R< kommt jetzt!" Sie sah Leni fragend an. „Ich? Immer auf die kleinen Dicken, frisch Operierten! Heike war schon lange nicht dran!" Sie lachten herzhaft über Lenis Ausspruch. Sie war die Größte, schlank und zudem kerngesund...... „Damit die Diskussion ein Ende hat, melde ich mich freiwillig!" Ulla hob die Hand. Die anderen waren sofort still und sahen die >Freiwillige< voller Erwartung an.

„Das Internet ist manchmal unerschöpflich, dann wieder rührt sich überhaupt nichts, sozusagen totale Windstille. Ich war in so einer Flaute. Eines Abends war einer, der sich auf meiner Liste der Interessenten tummelte. Schon eigenartig, die Kerle gucken und lesen alle, aber keiner schreibt einem selbständig an! Die brauchen alle einen Schubs! Ich war gerade in Stimmung und habe >den Anstoß< versucht, wie beim Fußball.... Habe ich erzählt, dass mein Mann selbständiger Schreinermeister war? Ja? Aha, na gut. Meine Söhne führen jetzt den Betrieb, eine meiner Schwiegertöchter macht das Büro und alles was damit zusammenhängt. Somit bin ich nicht mehr notwendig, worüber ich eigentlich froh bin. Ich sage immer, jetzt bin ich >in Rente<.

Früher haben wir beim Betrieb gewohnt, in diesem Haus lebt mittlerweile der ältere Sohn, der andere hat eine Frau mit Haus geheiratet. Für meine Schwiegermutter hatte mein Mann vor Jahren einen kleinen, sehr netten Bungalow am anderen Ende des großen Grundstücks gebaut, weil sie nicht mit uns unter einem Dach wohnen wollte. Sie war eine sehr patente und verständnisvolle Frau, die stets nach dem Prinzip >alt und jung vertragen sich am besten, wenn sie nicht dauernd beisammen sind< gelebt hat. Dadurch habe ich einen eigenen Garten, eine eigene Garage, meine eigene Heizung und so weiter, mit einem Wort: ich bin auf meinem Besitz mit 350 Quadratmetern autark! Wenn ich Hilfe brauche, ist jemand von der Familie da, was auch beruhigend ist. So viel zu den äußeren Umstanden meiner Person.

Zurück zum Internet! Es waren mir drei >Partner<

angekündigt, alle unter 200 km entfernt, was natürlich auch auf 199 km weit weg zutreffen kann. Wir haben dieses leidige Thema, dass man nur weit entfernte Angebote bekommt, bereits erwähnt. Ich war wie gesagt in Laune und habe alle drei angeschrieben, mit Bild. Geantwortet hat nur einer und zwar ganz kurz: >Du gefällst mir, das ist meine Telefonnummer, ruf mich bitte an. < So ungefähr war der Text, mit Fehlern in der Rechtschreibung, was auch auf mangelnde Schreibkenntnisse am Computer zurückzuführen sein konnte.

Er war ein halbes Jahr älter als ich, nannte als Beruf Elektromeister, gab als Hobby unter anderem Camping an. Sonst war nicht sehr viel in dem Profil zu finden. Schaden konnte es nicht, also rief ich an. Es meldete sich eine sehr tiefe Männerstimme, nach meinem Eindruck mit leichtem Ostakzent. Nennen wir ihn Rudolf, weil das R an der Reihe ist. Wir unterhielten uns ganz nett, ich gab ihm meine Handynummer, die man nicht nach verfolgen kann, aber das wisst ihr alle selbst.

Es war Herbst, Mitte September. Er erzählte, dass er noch ein wenig arbeiten würde, aber nicht mehr viel, es wäre ein gutes Zubrot zur Rente, außerdem wäre ihm sonst langweilig, vor allem seit seine Frau gestorben war, er war seit ungefähr drei Jahren verwitwet, etwa so lange wie ich damals. Es gab drei Kinder, eines davon hatte seine Frau in die Ehe mitgebracht, Mit dieser Tochter hatte er den meisten Kontakt, die eigenen beiden Kinder, Sohn und Tochter, wohnten weiter entfernt von ihm.

Wir plauderten zwei bis drei Mal in der Woche per Telefon. Er war ein begeisterter Musikfan, die – ach wie heißen die, Heike? Die Kastelruther Spatzen, richtig! Diese Gruppe hatte es ihm besonders angetan. Er war demnach ein Liebhaber der Volksmusik, konnte nach seinen Angaben auch Akkordeon spielen, aber alles nur nach Gehör, Noten könne er keine lesen. Aber seine besondere Liebe gelte der Country - Music, davon habe ich nun gar keine Ahnung.

Es war einige Tage vor Allerheiligen, ein noch schöner Tag, in diesem Jahr war der Herbst warm und lang. Ich wollte auf den Friedhof gehen und nach dem Rechten sehen, der Grabschmuck war bestellt und mein jüngerer Sohn sollte ihn später auf die Gräber bringen.

Ein wenig verschlafen sah ich gegen acht Uhr morgens aus dem Fenster der Küche, das auf die Einfahrt ging. Ich musste zweimal hinschauen, denn da stand ein merkwürdiges Vehikel auf meinem Grundstück, gezogen von einem uralten Jeep! Es sah aus wie ein kleiner Kastenwagen, hatte aber Fenster, fast wie Bullaugen; alles war rund an dem Gefährt. Die Farbe war grün-grau-braun, einfach undefinierbar. Ein verblasster Schriftzug war darauf zu lesen, ich entzifferte so etwas Ähnliches wie: >Hoch lebe der Bastei<. Darauf konnte ich mir natürlich keinen Reim machen. Da ich noch nicht angezogen war, musste ich mich gedulden, um richtig nachgucken zu können.

Minuten später trat ich, endlich ordentlich gekleidet, aus dem Haus, da hörte ich hinten im Garten jemanden husten. Langsam wurde es mir unheimlich. Ich spähte um die Ecke. Was erblickten meine ungläubigen Augen? Da saß ein Mann auf meiner eisernen Gartenbank und rauchte gemütlich vor sich hin, in der Hand hielt er eine Bierflasche, aus der er gerade einen tiefen Zug tat – es war acht Uhr in der Früh! Plötzlich bemerkte er mich, grinste breit und stand auf.

Ich glaubte im ersten Moment nicht wirklich, was ich da sah! …. Vor mir stand ein Hüne von einem Mann, mindestens ein Meter neunzig, vermutlich sogar größer. Auf dem Kopf trug er einen vergammelten Hut, ich würde sagen, in ihren guten Zeiten hätte man diese Kopfbedeckung als >Stetson< bezeichnen können. Vom Gesicht darunter war nur wenig zu sehen, das meiste verschwand unter einem rot-grauen Bartgestrüpp. Das karierte Holzfällerhemd war am Hals offen, darüber trug er eine Jeansjacke, die ihrerseits unter einer rustikalen ärmellosen Fellweste – Fell nach innen – verschwand. Die Jeans hatten sicher schon bessere Zeiten gesehen, was wohl ihrem Alter zuzuschreiben war. Insgesamt war die Kleidung zwar abgetragen aber sauber. Um die wohlbeleibte Mitte trug dieser Mensch eine Art Revolvergürtel, wie ich das aus den Wildwestfilmen meiner Jugendzeit kannte – nur die Revolver fehlten. Aber der Clou waren die Schuhe! Halbhohe Cowboystiefel aus Schlangenleder, auf rot gefärbt, mit bunter Bordüre am Schaft, vorne spitz zulaufend, mit mindestens 4 cm hohen Absätzen, an denen frisch polierte Sporen glänzten. Wo war denn nur das dazugehörige Pferd? Offenbar hatte ich den Besitzer des auf meinem Grundstück geparkten eigenartigen Gespanns vor mir. Verwundert stellte ich mir die wohl berechtigte Frage: wie kann ein Mensch mit diesen Schuhen und Sporen ein Auto fahren? Diese Frage ist mir bis heute nicht und von niemandem beantwortet worden….

Plötzlich wurde ich aus meinen Gedanken gerissen, der Cowboy-Verschnitt walzte auf mich zu. >Hello, Ulla - Girly! Na endlich kommste aus deine Höhle! < röhrte er aus tiefstem Bass. Mein Gesicht muss wohl sehr dämlich gewesen sein, denn er fuhr lächelnd fort: >Wollte Dir gerade wecken gehen, habe mir aber nicht getraut! Siehste echt schnieke aus, noch besser als auf die Foto! Hello du, ick bin es, der Rudi! <“

Ulla schwieg und suchte eine Wasserflasche, um sich ihr Glas nachzufüllen. Ilse war schneller an der Flasche und war behilflich. Erst war es ganz still, dann brandete Gelächter auf. „Kennst du diese Geschichte?“ fragte Lieselotte Ullas Freundin Heike. Die nickte bejahend mit tränenden Augen, sprechen konnte sie nicht vor lauter Lachen: „Erzählt Ulla das nicht hinreißend?“

„Ihr könnt später weiter kichern, ich will die Story zu Ende hören!“ meldete sich Martha todernst. Ulla, mittlerweile wieder gestärkt, beeilte sich, die Erwartungen der neugierigen Runde um sie herum zu erfüllen: „Tja, nun stand er vor mir – ein Cowboy-Verschnitt alias Rudi! Was soll ich nur tun, ging es mir durch den Kopf. Ich war völlig hilflos, diese Überraschung war ihm perfekt gelungen!

Er machte erneut so komische Bewegungen auf mich zu und mir schwante Böses, aber bevor er mich in die Arme nehmen konnte – vermutlich hätte er mich halb zerdrückt – streckte ich schnell meine Hand ganz weit vor und begrüßte ihn förmlich: >Ich nehme an, du bist der Rudolf?<

>Bin ich! Aber sag Rudi zu mir! < war die kurze aber prägnante Antwort. Dann fragte er: >Gibt es Frühstück? Ich habe nämlich echten Kohldampf! <

Was bitte hätte ich tun können? Also lud ich ihn zum Frühstück ein, gebratene Eier mit Speck, Käse, Brot, Brötchen, Butter, Marmelade, Honig – alles verschwand hinter dem Bart. Erst wollte er seinen Hut nicht abnehmen, er schäme sich ein bisschen.... Schließlich lüftete er doch das Geheimnis – er hatte eine totale, spiegelglatte Glatze, nur ein schmaler Haarkranz, gleiche Farbe wie der Bart, war ihm geblieben. Wenigstens waren nun die Augen zu sehen, von einem überraschend intensiven Blau. Und während er kaute und mampfte – immer wieder beteuernd wie gut es ihm schmeckte, erfuhr ich folgendes: Er zog in den Sommermonaten von Campingplatz zu Campingplatz mit seiner >Bastei<, das war der Firmenname, unter dem in der DDR die Wohnwagen verkauft wurden. Helfende Hände wurden immer gesucht und für einen Minilohn und freien Standplatz bot er seine Dienste an. Jetzt war die Saison zu Ende und er wollte bei mir überwintern, vielleicht ganz da bleiben. Aber wir könnten natürlich auch im Frühjahr wieder auf Tour gehen. In Spanien wäre er schon gewesen, auch in Frankreich, ebenso in Österreich. Nur Italien und Griechenland fehlten noch. Die Ostblockstaaten wie Ungarn, Rumänien und so weiter, also die >Bruderstaaten hätte er klarerweise bereits im Sozialismus besucht<, jetzt wollte er den Westen so richtig entdecken.

Überwintern bei mir! Ich fühlte mich hilflos, wie sollte ich den Menschen wieder auf Tour schicken, und zwar jetzt, nicht erst im nächsten Frühjahr? Mir wollte einfach nichts einfallen.... Das rettende Lichtlein kam in Gestalt meiner Schwiegertochter Helga, nur ihr allein hatte ich von meinen Internetaktivitäten erzählt, denn ich wusste, dass sie schweigen kann...

Sie begriff sofort, was sich da abspielte: >Mutter, Du musst sofort wegfahren! Leonhard hat angerufen, Klara ist gestürzt und sie brauchen Hilfe! < Sie wandte sich Richtung

Rudolf (irgendwie kann ich ihn einfach nicht >Rudi< nennen) und fügte erklärend hinzu: >Leonhard ist der Bruder meines verstorbenen Schwiegervaters, er sitzt im Rollstuhl, hat ein gebrochenes Bein und kann sich kaum bewegen. Seine Frau Klara kümmert sich ansonsten um alles, sie haben Kaninchen und Ferkel, einen Hund und drei Katzen. Ein richtiger Zoo! Sie brauchen Hilfe, Klara sieht nämlich ganz schlecht. Leider wohnen sie etwas außerhalb, haben auch keine Kinder, die helfen könnten.<

Woher nimmt Helga nur diese Phantasie? Ich war sprachlos. Zum Glück musste ich nicht viel sagen. Wir vereinbarten, dass ich – sobald mein Gast sich nach beendetem Frühstück verabschiedet hätte, meine Sachen packen und losfahren würde, Dann lief Helga wieder zurück in die Firma. So schnell sollte ich Rudi, den Cowboy, allerdings nicht loswerden.

>Ich kann doch hierbleiben? Du musst mir den Schlüssel geben, damit ich Wasser und Strom anschließen kann!< Rudolf fand seine Forderung völlig normal, ich weniger. >Tut mir leid, das geht wirklich nicht. Warum hast Du nicht vorher geschrieben? < wollte ich wissen. >Schreiben?< Er betrachtete mich verständnislos. >Ich kann doch nicht, bin Legastheniker! Die Internetsache hat mir ein kleines Mädchen, acht Jahre alt, auf dem Campingplatz ausgefüllt!<

Damit war endlich Einiges erklärt! Ich hörte, dass man in der DDR nicht die Hilfen erhielt wie in unserem Teil Deutschlands. Aber wie war er zu seinem Elektromeister gekommen? Ich konnte es mir denken, eine Berufsbezeichnung mit Titel verhieß mehr Chancen bei der Suche im Internet….Ich war nun doch neugierig geworden, viel Persönliches hatten wir bei unseren Telefongesprächen nicht erzählt, eher über das Wetter, seine Musik, was zu kochen war, eventuell das Fernsehprogramm und andere belanglose Dinge. Vorsichtig begann ich, mehr zu hinterfragen. Die Geschichte, die ich da erfuhr, stimmte mich traurig, aber trotzdem konnte ich ihn nicht >überwintern< lassen…

Rudi wusste nicht einmal, wer sein Vater war –

wahrscheinlich seine Mutter auch nicht. Er konnte sich vage erinnern, dass da noch eine ältere und eine ganz kleine Schwester gewesen waren, sie alle lebten bei der Großmutter in der Nähe von Dresden. Als er drei oder vier Jahre alt war – er war zu klein gewesen, um genaue Daten angeben zu können, starb die Großmutter. Die Kinder kamen vorerst in ein Waisenhaus, wurden dann später in Pflegefamilien aufgeteilt. Er selbst, so erzählte er stockend, war insgesamt in sieben verschiedenen Heimen und Familien >quer durch die Republik< gewesen. Mit 15 Jahren war er in eine Landwirtschaft, sie nannten es LPG, gekommen und hatte dort gearbeitet. Wie das so ist, der Staat vergisst keinen, als er 18 Jahre alt war, wurde er zum Militär einberufen.“ Ulla machte eine kleine Pause und nahm einen Schluck Wasser.

Was für ein Leben für ein kleines Kind! Was ist mit seinen Geschwistern?“ Ilse sagte es ganz leise, doch in der eingetretenen Stille hörte es sich beinahe laut an.

„Von den beiden Schwestern hat er nie mehr gehört, zu finden waren sie auch nicht. Später hat er es zusammen mit seiner Frau versucht, aber ohne Erfolg. Mir wurde ganz bang ums Herz, als ich seine Erzählung anhörte.“ Ulla schüttelte sich und fuhr fort: „ Die Militärzeit hatte aber auch etwas Gutes für ihn, denn sie fanden bald während der Grundausbildung heraus, dass er kaum lesen und schreiben konnte. Erst wollten sie ihn aus der Armee entlassen, aber dann ergaben sich immer wieder Arbeiten für ihn – Rudi hat eine unerhörte technische Begabung: es gab keine Maschine, die er nicht wieder irgendwie zum Laufen brachte; das hatte er schon in der LPG bewiesen. Also blieb er für drei Jahre, wir würden sagen >beim Bund<. Ihm war es recht, denn er hatte zum ersten Mal in seinem Leben ein Zuhause, geregeltes Essen und eine Arbeit, die ihm Spaß machte, auch wenn ihn die Kameraden oft hänselten. Aber aufgrund seiner Körpergröße hielten sich diese Angriffe in Grenzen, nachdem er drei auf einmal verprügelt hatte. Zu seinem Glück erstattete niemand Meldung und es brachte ihm vor allem Respekt ein.

Im Ort gab es einen HO-Laden, der von einer jungen

Frau geführt wurde. Sie war acht Jahre älter als er, hieß Barbara und hatte eine kleine Tochter von fünf Jahren. Die beiden verstanden sich bald sehr gut und als Rudi offiziell wieder Privatmann war, wurde geheiratet. Barbara hatte ein gutes Einkommen, Rudi fand auch Arbeit, später kamen die beiden gemeinsamen Kinder. Barbara war für alles Schriftliche zuständig und Rudi für die handwerklichen Aufgaben in Haus und Garten. Sie versuchte immer wieder, ihm die fehlenden Kenntnisse beizubringen, aber er war ein hoffnungsloser Fall. Er konnte jedenfalls die Zahlen und seinen Namen schreiben, viel mehr nicht. Nach der Wende lernte er, mit einem Postsparbuch und Konto umzugehen, darauf bestand Barbara, denn in den letzten Jahren war sie nicht mehr gesund und er pflegte sie aufopfernd. Nach ihrem Tod ging er auf Wanderschaft."

„Wie kam er denn zu dem Cowboy-Tick? In der DDR war doch sogar Karl May verboten!" wollte Lieselotte wissen. „Ja, das hat er auch erzählt. Durch einen Zufall bekamen sie von einem Verwandten von Barbara, der in den Westen gegangen war vor dem Mauerbau, einen ganzen Packen Wildwesthefte geschenkt, die ihm Barbara vorlas. Dieser Cousin hatte auch eine Menge Wildwestfilme auf Kassetten, die Rudis ganz besondere Liebe wurden. Wie das Leben eben so spielt, jeder braucht ein wenig Liebe und wenn es nur der Cowboy-Hut zum Verstecken einer enormen, spiegelblanken Glatze ist!"

Ulla war anzusehen, dass ihr noch etwas auf dem Herzen lag: „Ich fühlte mich nach dieser Lebensbeichte richtig traurig und er tat mir in der Seele leid. Aber ich konnte ihn beim besten Willen nicht bei mir aufnehmen. Er verstand das auch, dem Himmel sei Dank, er machte keine weiteren Schwierigkeiten. Er war ein gutmütiger Riese mit der Seele eines sehr einsamen, verletzten Kindes. Bevor er in seinen bejahrten Jeep stieg, wollte er wissen, wie weit entfernt Lörrach war. Er hätte noch eine weitere Adresse, falls es da auch nicht klappen würde, müsste er wohl weiterfahren bis an den Bodensee.....

Als er am Ende der Strasse Richtung Autobahn abbog, war ich von Herzen froh, so glimpflich davongekommen zu sein. Helgas Notlüge hatte geholfen. Ich musste mir auch keine Vorwürfe machen, denn wenn Rudi noch andere Adressen für sein geplantes Winterquartier hatte, dann war er nicht wegen mir sondern wegen eines Versuches hierhergekommen. Offenbar ein Pragmatiker, der liebe Rudi! Wenigstens war ein sehr reichliches Frühstück für ihn abgefallen.“

Die Kommentare aus der Runde ließen nicht lange auf sich warten. Wie stets ging es heiß her bei der „Manöverkritik“ nach einer so außergewöhnlichen Geschichte. Leni klopfte an ihr Glas und forderte die Aufmerksamkeit: „Also, ehe ihr alle in trübe Gedanken versinkt, habe ich die, wie ich glaube, passende Aufheiterung zu Ullas nachdenklicher Geschichte. Also aufgepasst: Ein Mann hat eine spiegelblanke Glatze, nur am Hinterkopf ist ihm ein Haarkranz geblieben. Da drin wohnen zwei kleine Läuse, die immer auf der polierten Glatze schlittern gehen, was ihnen großen Spaß macht. Der Glatzkopf lernt eines Tages eine Frau kennen, die lieber einen Mann mit Haarschopf hätte. Der Liebe wegen lässt er sich von einem Schönheitschirurgen Haare einpflanzen, die aber leider bei weitem nicht alle anwachsen. Die beiden Läusekinder hatten wieder mal Lust, ihrem Vergnügen auf der Glatze zu frönen, und als sie hoch gekrabbelt waren, fanden sie eine völlig veränderte Landschaft vor. Der kleinere Lausemann war ganz traurig und begann zu weinen, weil er jetzt nicht mehr ungehindert schlittern konnte. Da tröstete ihn der größere Bruder: >Wein doch nicht, es ist doch nicht alles verloren! Auch Slalom fahren kann sehr schön sein! <“. Lenis kleiner Spaß hatte sein Ziel erreicht und vertrieb die traurigen Gedanken. Der Abend ging damit fröhlich zu Ende, mit dem aussichtsreichen Versprechen: „Morgen Abend wieder in der Bar ......“

VRENI BRINGT „SONSTIGES" FÜR LOTTES BUCH

Sein Magen knurrte vernehmlich, wenigstens kam es ihm so vor. Dieses Mal hatte er so lange warten müssen, weil ein Notfall vor seinen Termin gekommen war. Wie sich herausstellte, hatte der andere Patient einen Herzanfall und wurde dann sofort ins Krankenhaus überstellt. Na, lieber etwas warten und keinen Herzinfarkt haben!

Sein Hausarzt hatte auf der Laboruntersuchung bestanden, selbstverständlich musste er nüchtern sein. Nun gut, es war wieder vorbei und er konnte endlich ein Frühstück bekommen – wenn nicht wieder jemand an seinem Stammtisch saß – Dr. Ullrich hatte das schon einmal erlebt, eine Dame – und jetzt kannte er alle ihre Krankheiten, weil er so unvorsichtig gewesen war, zu erzählen, dass er gerade vom Arzt kam .....

Das Stadtcafé war gut besetzt, aber nicht voll und sein Stammtisch war frei. Doch nebenan saßen wieder die berühmten Damen, aber dieses Mal waren es nur zwei: die fesche Frau Lotte und die junge Vreni. Von ihr hatte er mittlerweile durch ihren Chef Luigi Lombardi erfahren, dass sie Frau Dr. Verena Vollmer war, der Doktor war von einem Germanistikstudium, sogar mit Auszeichnung. Eine sehr vielversprechende junge Journalistin – so hatte ihr Chef sie genannt.

Offenbar waren die beiden auch eben erst gekommen, denn die junge Vreni nahm gerade den Mantel von Frau Lotte und hängte ihn auf. Dr. Ullrich grüßte hinüber und setzte sich an seinen Tisch. Eilfertig kam die Kellnerin, nahm alle Bestellungen auf und die „Lauschattacke hinter der Zeitung“ konnte beginnen. Dr. Ullrich war neugierig, was er heute erfahren konnte…

„Ich freue mich, Tante Lotte, dass wir beide wieder mal alleine sind! Das hatten wir schon lange nicht. Was gibt es Neues an der Buchfront? Wächst dein Manuskript?“ Lotte lachte: „Ja, danke der Nachfrage, es geht ganz gut voran. Nur habe ich Probleme mit neuen Geschichten. Im Internet ist jetzt gerade gar nichts los bei den alten Leuten!“ Vreni lächelte verschmitzt: „Vielleicht kann ich Dir was Neues von jüngeren Leuten erzählen. Bei welchem Buchstaben bist du?

„Ich bin beim S wie Sigismund! Es ist komisch, Vreni, aber mir fallen lauter Anekdoten aus meiner Jugend ein. So manches habe ich jetzt im Buch verwendet. Aber lass uns erst mal was Frühstücken, sicher hast du Hunger!“

Die beiden Damen widmeten sich den Köstlichkeiten, es gab die selbstgemachte Marmelade, den feinen Schinken und diesen würzigen Käse, von dem er sich nie den Namen merken konnte – er würde doch hoffentlich nicht alt werden? Dr. Ullrich ließ sich ebenfalls die Köstlichkeiten schmecken. Heimlich belauschte er aufmerksam die Unterhaltung am Nebentisch. Heute hatte er wohl einen Glückstag erwischt. Also war das Buch noch immer in Arbeit… Es juckte ihn nach wie vor ….

„Die Jenny hat mir erzählt, ihr hattet Abiturtreffen, wie viele Jahre ist es her?“ fragte Lotte.„Hach,“ Vreni lachte. „Es ist nicht zu glauben, fünfzehn Jahre! Was ist aus den Mädchen alles geworden! Die Hella Mangensberger und ich sind die einzigen, die nicht verheiratet oder geschieden sind, außerdem treffen auf jede von uns ganze 1,85 Kinder – das haben wir ausgerechnet! Natürlich wollten sie wissen, warum ich mich von Lorenz getrennt habe, war ja Stadtgespräch seinerzeit. Ich habe mich aber bedeckt gehalten, geht niemand anderen etwas an!“

„Das war sehr richtig von dir, mein Kind! Darf ich dich fragen, gibt es immer noch niemanden in deinem Leben? So alleine ist nicht gut, du bist zu jung dafür!“ Lotte sah ihr Patenkind besorgt an. „Ich muss dich leider enttäuschen, Tante Lotte! Aber mir geht es gut, so wie es ist. Komischerweise bin ich sicher, dass der Richtige noch kommen wird, aber übers Knie brechen geht nicht!“ Vreni schüttelte bedauernd den Kopf. „Bei dem Abi-Treff gab es viel Gelächter und Spaß, aber auch eine sehr ärgerliche Sache. Erinnerst du dich an den Volker Heuert aus unserer Nachbarschaft? Der hat die Inge Schnabel, die Tochter von der Anwaltskanzlei Schnabel & Schnabel geheiratet. Du erinnerst dich sicher, dass der Onkel Albert sich immer über „die Anwälte Schnäbel“ – weil es ja mehrere sind – lustig gemacht hat? Zurück zu meiner Geschichte: Inge und Volker sind fast drei Jahre geschieden. Die Annette Junker, auch aus unserer Klasse, hat ihn der Inge ausgespannt und ist jetzt mit ihm verheiratet. Ich habe gedacht, die Inge geht gleich mit ausgefahrenen Krallen auf ihre Nachfolgerin los! Zum Glück konnte ich sie in die Bar abdrängen und da hat sie mir alles erzählt“ Vreni sah Lotte fragend an: „Interessiert es dich? Das wäre auch etwas für dein Buch!“

„Dann mal los! Du weißt, für bösen Tratsch bin ich sonst nicht zu haben, aber Ideen sammelt jeder Schreiberling gerne!“ bestätigte Lotte.

„Die Inge war acht Jahre mit dem Volker verheiratet, aber er hat immer eine zweite oder dritte Spur gehabt, so hat sie es ausgedrückt. Sie war mit dem zweiten Kind schwanger, da hat sie herausgefunden, dass er im Internet in diversen Portalen ist, angibt getrennt zu leben und sich da seine Affären sucht. Eine von Volkers Hauptaffären war die Annette Junker, ging offenbar bereits längere Zeit. Ihr Vater und ihr Bruder sind bekanntlich Rechtsanwälte, sie haben ihr geholfen, aus der Ehe wenigstens mit genug Geld raus zu kommen. Die Affäre Volker – Annette wurde wohl bei der Scheidung ausgeklammert, denn die Junker-Werke sind ein guter Mandant der Schnabels. Die Jenny hat neulich interessante Dinge dazu erfahren in eurem Bridge-Club. Die Annette Junker ließ wohl auch sonst nichts anbrennen. Den Volker hat es viel Geld gekostet und für die Kinder muss er bezahlen, ebenso für die Inge, bis die Kinder größer sind. Aber das juckt ihn offenbar wenig, die Annette als Tochter und Alleinerbin der Werke ihres Vaters hat genug Kohle, es reicht sogar für die Exfrau ihres derzeitigen Mannes."

„Ich habe von dem Skandal gehört! In der feinen Gesellschaft spricht sich das gleich herum! War eine echte Sensation in unserem Bridgeklub. Ich war zwar schon länger nicht mehr dort, aber so etwas erfährt man immer. Ich kenne Inge gut, ein nettes Mädchen; sie hat in der Oberstufe Englisch-Nachhilfe bei mir gehabt. Elfriede Müller, die vom Elektrogeschäft am Hauptplatz, ist die Tante von dem Heuert, seine Mutter ist ihre Schwester. Wie könnte es anders sein, sie hat kein gutes Haar an der Inge gelassen." Lotte schürzte verächtlich die Lippen. „Aber wieso sagst du >derzeitigen Mannes<? Gibt es da Zoff zwischen dem Heuert und der Annette Junker?"

„Genaues weiß ich nicht, aber man munkelt einiges. Falls was dran ist, werden wir es irgendwann - irgendwo in dieser Stadt erfahren." Vreni nickte wissend. „Zu einem anderen Thema: Ich habe mich einmal umgehört in meinem Bekannten- und Kollegenkreis! Du ahnst es nicht, wie viele sich da im Internet auf Partnersuche herum treiben! Eure Generation hat doch auch einen Mann gefunden und geheiratet ohne Internet? Wie habt ihr das angestellt?"

Lotte lachte laut auf: „Es war damals genau so mühsam wie heute und der Kollege Zufall ließ oft auf sich warten! Es gab Tanzveranstaltungen, über den Sport, die Arbeit, einen Schulfreund, später beim Studium, der Bruder einer Freundin, der beste Freund vom eigenen Bruder oder es war ganz einfach der Junge aus dem Nachbarhaus. Ich habe Onkel Albert auf einer Zugfahrt nach Hamburg, wo ich eine Tante besuchen wollte, kennen gelernt, die Geschichte kennst du doch! Erzähl, was hast du Neues erfahren?“

„Zusammen mit mir hat eine Sekretärin hier bei der Zeitung angefangen. Du sagst der Buchstabe S ist bei dir als Nächstes in Arbeit? Nennen wir die Dame Susi…. Sie ist etwa Anfang vierzig, sehr hübsch, vollschlank, kompetent im Beruf und vor allem ein guter Kumpel. Wir waren nach der Arbeit auf ein Bier im Bräukeller, eine nette Damenrunde, zu fünft. Ich habe so beiläufig die „Gretchenfrage“ gestellt. Erst haben sie sich geziert, dann ging es aber flott und alle haben zugegeben, es versucht zu haben! Wie gesagt, die Susi machte den Anfang. Sie hat zwei Kinder, jetzt Teenager, vor sechs Jahren fand ihr Mann eine Jüngere und ließ sich scheiden. Es war für Susi nicht einfach, sie schaffte es aber durchzustarten. Dann wollte sie nicht alleine bleiben und ging auf Suche. Sie ist nicht der Typ, der sich in einer Disko herumtreibt, sie wollte auch >etwas Seriöses<, wie sie sich ausdrückte. Alles, was sie traf - und es waren Dutzende - war ganz einfach ausgedrückt >Schrott<. Anbeißen wollte fast jeder – sie ist eine attraktive Person, aber da störten schon mal die Kinder. Zu ihr ziehen hätten auch viele gewollt, aber nur so zum >Unterschlupf< und ohne Verpflichtung. Vor allem gab es viele, die angaben >getrennt< zu leben, was sich bei näherer Betrachtung schlicht und ergreifend als Fremdgehen entpuppte. Gefunden hat sie ihren jetzigen Mann bei einer Elternversammlung in der Schule ihrer Tochter! Er war allein erziehender Witwer, seine Frau starb sehr jung an Brustkrebs. Er lebte mit seinen Zwillingstöchtern so recht und schlecht als berufstätiger Vater, hatte so manche Schwierigkeiten und suchte nach einer neuen Partnerin, obwohl es einmal bereits schief gegangen war. Welches Wunder - schon nach einem halben Jahr waren sich die beiden einig und haben geheiratet. Sie sind eine moderne >Patchwork - Familie<, gehen liebevoll miteinander um, die drei Mädels und der Junge vertragen sich gut und alles passt. Besonders Silkes Sohn und sein Stiefvater halten gegen > ihren Weiberclan< ganz fest zusammen! Silke ist froh, dass der Junge eine männliche Bezugsperson hat. Mit einem Wort, es passt so richtig.“

„Wohl ein Ausnahmefall, nicht immer ist es so passend, wie Du sagst!“ Lotte sah Vreni zweifelnd an. „Stimmt, doch ich wollte zuerst was Positives erzählen, es gibt andere Geschichten, recht traurig und unschön, sogar kriminell.

Nur als Nachsatz: Susi hat einige Erlebnisse ihres Mannes aus dem Internet zum Besten gegeben, da muss man sich für das eigene Geschlecht echt schämen! Da gab es Angebote wie zum Beispiel >ich bin feurig und liebe alle Stellungen<, eine andere wollte gerne mit ihm leben, aber ohne seine Kinder, es waren sehr viele dabei aus Osteuropa, einfach schrecklich. Dir alle Einzelheiten zu berichten, würde zu weit führen, außerdem alle Details habe ich leider nicht behalten. Aber man sieht, dass es auch für Männer gar nicht so einfach ist im Internet…“

„Das kann ich mir denken!“ unterbrach Lotte die Erzählung ihres Patenkindes. „Vielleicht schreibt mal ein Mann seine Erlebnisse, wäre bestimmt interessant. Entschuldige bitte, wenn ich deine Erzählung gestört habe!“

„Aber nein!“ wehte Vreni ab. „Da ist zum Beispiel die Story von Silke. Sie lernte übers Internet einen Vertreter kennen, er lebte angeblich seit der Scheidung wieder im Haus seiner Eltern irgendwo in Norddeutschland. Er wollte sich beruflich verändern und hat von einer Firma hier am Ort – Elektrobranche - ein gutes Angebot bekommen - was lag näher, er zog zu ihr. Beruflich war er natürlich fast immer unterwegs, aber an den Wochenenden zu Hause. So ging das mehr als ein Jahr, Silke wollte gerne heiraten und gemeinsame Kinder haben, er war die große Liebe für sie. Durch einen blöden Zufall fand sie an seinem Computer heraus, dass er wieder auf Suche war! Immer wenn es sozusagen >dauerhafter< wurde, suchte er eine neue Beziehung! Geht so einfach übers Internet, mittlerweile gibt es mehr als genug Portale!“

„Die Kerle sind doch blöd! Warum sichern sie ihren Computer nicht mit einem Passwort, wenn sie solche Sachen machen? Was hat diese Silke daraufhin unternommen?“ wollte Lotte wissen.

„Meiner Ansicht nach war sie ungeschickt und dumm! Silke

hat ihm Vorhaltungen gemacht, wollte ihn natürlich zurückgewinnen. Es gab viel Streit. Eines Tages kam sie von der Arbeit nach Hause und er war weg, mit ihm das gemeinsame Sparbuch und noch einiges mehr. Sie hat sich natürlich geniert und keinen Strafantrag gestellt. Nervlich war sie voll am Ende, bis die Ärzte sie für acht Wochen in eine psychosomatische Klinik geschickt haben, aber sie ist immer noch in Therapie. So kann es auch gehen." Vreni machte eine Pause.

„So ist das Leben, klingt blöde, nicht wahr?" Lotte sagte es sehr nachdenklich. „An der Geschichte ist nicht das Internet schuld, hätte auch sonst passieren können! Der Mann war wohl ein notorischer – wie nennt man das – ach ja >Nestflüchtling< oder besser er hatte >Bindungsangst!<"

„Selbstverständlich hätte ihr das mit jedem anderen mit >Bindungsangst< passieren können, Tante Lotte!" Vreni stimmte sofort zu. „Du findest immer so passende Ausdrücke wie >Nestflüchtling!< Es gibt eine weitere Geschichte! Aber vorher bestelle ich uns noch einen Kaffee! "

Lotte schüttelte abwehrend den Kopf: „Ich nehme lieber ein Wasser! Zu viel Kaffee ist nichts mehr für eine alte Frau. Erzähl bitte weiter!"

„Eines haben alle gemeinsam bestätigt: Es gibt zwar eine Menge Angebote, aber alle viel zu weit weg. Was du für die ältere Generation schreibst, gilt auch für die Jüngeren. Das mag vielleicht für Jüngere nicht so schlimm sein, junge Menschen gehen gerne irgendwo anders hin, viele brauchen Arbeit, die sich in ihrer eigenen Umgebung oft nicht findet. Sie suchen die Herausforderung, wollen zu neuen Ufern. Dabei ist es natürlich höchst willkommen, wenn man dann jemanden findet, mit erhoffter Liebe, mit Wohnmöglichkeit, vielleicht auch als Sicherheit, wenn der neue Job nicht klappt.

Ein Beispiel dafür ist die Geschichte von Stephanie. Sie ist dem Trend der Zeit gefolgt und wollte übers Internet eine neue Zukunft für sich und ihren kleinen Sohn. Es gibt Männer und Frauen, die ohne feste Bindung sind, und nun den Partner fürs Leben finden wollen. Es gibt selbstverständlich ehrenwerte und anständige Männer, die gerne eine Familie gründen möchten und sich mangels anderer Gelegenheiten dieses Mediums bedienen. Im Internet ist – begünstigt durch die Anonymität - aber auch ein gewisser Anteil, der nur Abenteuer ohne Verantwortung sucht - das gilt wohl für beide Geschlechter. Doch die jeweiligen Anbieter dieser Liebesbörsen – ich nenne sie mal ketzerisch so – lehnen natürlich jede Verantwortung für die Seriosität ihrer Kunden und Kundinnen ab.

Stephanie ist bei uns in der Zeitung die Kantinenchefin, klingt recht hochtrabend. Wir haben keinen warmen Mittagstisch, aber so Kleinigkeiten wie warme Würstchen, Toast aus der Mikrowelle und derlei Köstliches gibt es schon. Sie macht das wirklich nett und versucht immer, feinen Kuchen zu bringen, den sie meist selber herstellt. Damit wäre sie zum Beispiel ideal für einen Gastwirt. So einer fand sich auch im Internet, er wollte sie ganz schnell kennenlernen. Stephanie hat sich gefreut und ihrer Freundin Alice sofort davon erzählt. Einziger Wermutstropfen – sie sollte nach Köln kommen. Stephanie war sofort bereit, nach Köln zu fahren, Alice müsste eben einen oder zwei Tage auf den kleinen Daniel aufpassen, er ist erst fünf Jahre alt. Alice hätte ohne weiteres Daniel versorgen können, sie ist im Mutterschutz, ihr kleines Mädchen ist jetzt vier Monate alt. Aber sie machte Stephanie ganz unmissverständlich klar: wenn dieser Mann es ernst meinen würde, dann hätte er zu ihr kommen müssen und nicht umgekehrt. Außerdem, wenn sie schon nach Köln wollte, sollte sie nicht alleine fahren, zumal ihr Bruder in Köln - Deutz lebte, er könnte sie gut und gerne begleiten. Alice hatte, Stephanie wundert sich noch immer darüber, so eine komische Ahnung gehabt und ließ nicht locker.

Schließlich gab Stephanie nach, rief ihren Bruder an und bat um seine Hilfe. Manuel ließ sich Namen und Adresse des Gastwirts geben, er wollte sich die Örtlichkeiten erst mal von weitem ansehen. Was glaubst du, was er herausfand? Die Adresse war ein stadtbekannter Puff und der angebliche „Gastwirt“ einer der Unterweltkönige der Branche. Stephanie und vor allem Alice wollten den Mann anzeigen, aber unser Justitiar hat Stephanie davon abgeraten, denn der Mann hätte bis dato nichts Böses getan, wahrscheinlich hätte er behauptet, tatsächlich auf diesem Weg sein privates Glück finden zu wollen. Übrigens habe ich in alten Polizeiberichten durch Zufall herausgefunden, dass dieser Mann – Alice hatte mir den Namen genannt – bereits vor mehreren Jahren mit dem Verschwinden von zwei oder drei Frauen in Verbindung gebracht worden ist, aber es war ihm beim besten Willen nichts tatsächlich Konkretes nachzuweisen, obwohl der Tatverdacht ganz stark auf ihn hinwies. Er hatte sich schon beim vorherigen Mal der gleichen Methode bedient. Der Anwalt hatte recht behalten. Die zuständige Sachbearbeiterin von der Polizei war überzeugt, das sagte sie jedenfalls Stephanie, dass er schuldig wäre, nur könnte es nicht wirklich beweiskräftig vor Gericht gebracht werden. Jeder gute Anwalt hätte ihn nach einer halben Stunde wieder draußen.

Die arme Stephanie ist jetzt totaler Gegner dieser Art der Kontaktaufnahme mit dem männlichen Geschlecht, was nach dem Erlebnis mit beinahe kriminellem Ausgang verständlich ist. So betrachtet hatte sie unverschämtes Glück."

Das arme Mädchen! Du sagtest, sie wäre erst 23 Jahre alt? Da hätte ihr eine lange Leidenszeit blühen können. Es ist gefährlich und jedes Treffen sollte so stattfinden, dass die Frauen nicht ohne Begleitung oder zumindest mit einem Beobachter im Hintergrund abgesichert sind – heute kannst du alles verkabeln und per Funk abhören." Lotte hatte ganz rote Backen vom Zuhören bekommen.

Dr. Ullrich hatte in seiner langen Zeit als Journalist vieles erlebt und erfahren. Er wunderte sich nicht über das Gehörte. So war das Leben in dieser schnelllebigen Zeit – die modernen Medien – wie zum Beispiel das Internet – konnten Segen und Fluch zugleich sein. Er kannte viele Polizeiberichte und wusste, dass so manches amouröse Abenteuer böse ausgegangen war. Da sah er, wie seine besondere Freundin - die Elsa mit dem Schwan – schwungvoll hereinstürmte und sich zu den beiden anderen Damen gesellte. Sicher war jetzt nichts mehr

Interessantes zu hören und er beschloss, ganz rasch das Weite zu suchen und zu gehen. Aber dieses Manuskript – er wusste noch nicht, wie und wann er es in die Hände bekommen konnte, aber den Gedanken hatte er keineswegs aufgegeben….

THOMAS UND UMA – EIN MODERNES MÄRCHEN

Die kleine Dorfkirche reichte gerade für all die Leute, die gekommen waren, um an einer Hochzeit, wie es sie selten gab, teilzunehmen. Die Braut trug ein hellgelbes Kostüm aus Seide sowie einen entzückenden Hut mit Schleier, der im Augenblick noch ihr Gesicht verbarg. Der Brautstrauß war aus weißen und dunkelroten Orchideen, auffallend aber dennoch geschmackvoll. Der Bräutigam trug Marineuniform, aus einer der Bänke wurde gerade einer anscheinend schwerhörigen Dame etwas lauter erklärt, es würde sich um einen „Korvettenkapitän“ handeln.

Daisy Walters, eine Schulfreundin der Braut, saß voller Erwartung in der dritten Bankreihe. Sie konnte es immer noch nicht fassen, dass ihre Freundin Uma Smith, verwitwete Mrs. Pinkerton, dieses unscheinbare, sehr schüchterne Geschöpf, jetzt ausgerechnet den begehrtesten Junggesellen der ganzen Gegend heiraten würde! Neben Daisy saß Sarah Mousely, die stets seit Beginn ihrer gemeinsamen Schulzeit die Dritte im Bunde gewesen war. Die überraschende Nachricht über die bevorstehende Hochzeit hatte ihnen Uma bei ihrem letzten Treffen vor etwa 6 Wochen mitgeteilt.

Die gemeinsame Schulzeit hier am Ort war schon fast 50 Jahre her. Nachdem ihre Männer verstorben waren, hatten die

Freundinnen vor einigen Jahren, begonnen, sich regelmäßig alle zwei bis drei Monate zu treffen, Obwohl Uma mehr als eine Stunde entfernt wohnte, gab es diese Verabredungen immer der Reihe nach bei jeder von ihnen. Es waren stets lustige Stunden geworden. Sie hatten viel gelacht und den Tratsch der Gegend „durchgedreht", wie Sarah es etwas despektierlich ausdrückte.

Eines Tages hatte Daisy gestanden, dass sie sich im Internet auf Partnersuche begeben hatte, aber bisher nichts „Passendes" gefunden hätte. Vor allem ärgerte sie sich über die Ansinnen der Männer, die meist gerade kürzlich zu Witwern geworden waren. Jeder wollte sofort einen vollen Ersatz, der schnellstens in die Fußstapfen der verstorbenen Gattin treten sollte – kochen, waschen, putzen! Die Pflege des Gartens und die Wäsche des Autos nebst allen anderen Wünschen – insbesondere ein sofortiger Umzug, der Herr wollte doch seinen Bridgekreis, die Golffreunde, die Abende in seinem Pub und seine gesamte Umgebung nicht aufgeben. Eine Änderung der Verhältnisse ginge damit voll zu Lasten einer neuen Partnerin… Gut würden es die meisten auch finden, wenn die Dame selbst ein ausreichendes Einkommen hätte….. Sarah und Uma waren zuerst entsetzt, dass Daisy „so etwas" wagte, doch dann fanden sie alles recht lustig und interessant, als Daisy mehr von ihren Erlebnissen berichtete.

Einige Tage später rief Uma bei Daisy an, sie lebte etwa fünfzig Meilen entfernt in einer anderen Stadt. Sie hätte sich das alles überlegt und wollte auch im Internet auf Partnersuche gehen! Daisy war sprachlos… Die stets so zögerliche, schüchterne Uma, die immer erst ihren Pinkerton fragend angesehen hatte, bevor sie sich traute den Mund aufzumachen und an einer Unterhaltung zu beteiligen, diese Uma wollte im Internet einen neuen Mann finden – unglaublich! Uma kam bereits am nächsten Tag mit ihrem Laptop und Daisy half ihr, sich anzumelden.

Klar, dass Daisy die Freundin Sarah, die nur zwei Strassen weiter wohnte, sofort von der neuen Entwicklung in Kenntnis setzen musste…. Sie wunderten sich beide, was denn wohl in die schüchterne Uma gefahren war?

Daisy fuhr zu ihrem Sohn und der Schwiegertochter, die ihr drittes Kind erwartete. Sie blieb einige Wochen, bis alles wieder in ruhigen Bahnen war. Sarah hatte sich in der Zwischenzeit den Knöchel verletzt, daher gab es längere Zeit keinen „Tee zu dritt"….

Einige Monate später, es war bald Weihnachten, traf man sich bei Uma. Wen wundert es, dass sehr bald die Frage nach den Internet-Männern aufkam. Uma wollte zuerst nicht so recht mit der Sprache heraus und zierte sich.

„Das gibt es nicht, Uma! Daisy hat Dir geholfen, das einzurichten, jetzt musst Du auch erzählen, was Du so erlebt hast!" Sarah konnte doch manchmal echt eklig sein. Als ihr nichts anderes übrig blieb, berichtete Uma: Sie hätte drei Herren getroffen, andere nur per Telefon, aber die wären nichts gewesen und sie hätte alle abgelehnt.

„Weiter im Text! Was war mit den drei Aspiranten?" Sarah war unerbittlich. „Also der eine hatte noch Kinder in seinem Haus wohnen, die Tochter war allein erziehend und er hätte dringend Unterstützung bei vier Enkelkindern gebraucht…" Uma machte eine Pause. „Lass Dir doch nicht alles so aus der Nase ziehen!" Sarah wurde langsam ungeduldig. Daisy versuchte zu vermitteln, aber das half nicht, Uma zuckte mit den Schultern und erzählte weiter.

„Der nächste hatte als Beruf >Fuhrunternehmer< angegeben. Es stellte sich heraus, dass er einen uralten Lastwagen hatte, mit dem war er auch zu dem Treffen gekommen. Er suchte eine Frau, die auch in seinem >Geschäft<, wie er es nannte, mit arbeiten konnte. Da ich bei Pinkerton die Buchhaltung gemacht habe – ich hatte das angegeben in meinem Profil – wäre ich ihm als unbezahlte Arbeitskraft sehr willkommen gewesen. Ich habe meinen Tee gar nicht ausgetrunken, sondern bin gleich durch die Hintertür von Sheldons Pub verschwunden…"

„War wohl das Beste, was Du tun konntest!" Sarah und Daisy waren empört, Männer gab es… Da Uma mittlerweile klar war, dass sie alles preisgeben musste, fuhr sie fort: „Der

Dritte, der wäre es gewesen! Wir haben uns im Tierpark getroffen, gingen dann dort ins Restaurant und es waren wunderbare Stunden. So viel gelacht und gesprochen habe ich selten, wir verstanden uns ganz hervorragend. Nur unsere Häuser haben verhindert, dass mehr daraus geworden ist. Er wollte nicht umziehen und ich auch nicht! Aber da wir etliche Meilen auseinander wohnen, fand ich, dass es auf längere Zeit gesehen keine brauchbare Lösung wäre, wenn man sich nur ab und an trifft. Es hat mir leid getan, aber ich habe ihm am nächsten Tag abgeschrieben." Uma war wirklich traurig. Sie wischte sich verstohlen über die Augen. Daisy versuchte sie zu trösten: „Du musst einfach weitermachen, irgendwann wird sich schon jemand finden, nur nicht aufgeben!"

„Wie lange machst Du das schon Daisy? Bis jetzt hattest Du doch keinen Erfolg, nicht wahr?" Wollte Uma wissen. „Stimmt schon, aber ich habe nie wirklich gedacht, dass ich etwas Ernsthaftes finden könnte. Es ist für mich eine lustige Beschäftigung, mehr nicht. Meine Untermieterin, die Studentin aus Deutschland, hat viel Spaß gemeinsam mit mir!"

Das Wetter in diesem Winter war immer sehr schlecht gewesen, die Strasse glatt und rutschig. Keine wollte ein Risiko eingehen. Im Frühling, es war Anfang April, war Uma auf den Kontinent gefahren, mit einer Busreise. So gab es wieder kein Treffen…. Und nun vor 6 Wochen hatten Daisy und Sarah eine Einladung zu Uma erhalten. Die Überraschung, von der sie erfuhren, war unglaublich!

Uma wollte nur zwei Wochen mit dem Bus unterwegs sein, eine Woche davon würde man am Lago Maggiore in der Schweiz und in Italien verbringen. Es war wunderbares Wetter, die Mimosen blühten, die Magnolien kamen auch schon. Es waren nicht viele Touristen da. Man wohnte in einem schönen Hotel, direkt am See; der Ort hieß Baveno und lag am italienischen Ufer des Sees.

Am zweiten Abend, Uma wollte sich nach einem Ausflug mit dem Bus noch ein wenig die Beine vertreten, traf sie ganz zufällig auf der Strasse vor dem Hotel „den dritten Mann aus dem Internet mit dem ich im Zoo war". Er erkannte sie sofort, freute sich sehr, sie zu sehen und lud sie auf einen Drink in die Bar ein. Er war von Heathrow nach Zürich geflogen, hatte sich sofort einen Leihwagen genommen und reiste nun langsam durch die Schweiz und Italien. Am Abend vorher war er erst spät in Baveno angekommen, er wohnte ebenfalls hier im Hotel. Heute Morgen hätte er länger geschlafen und sich das Frühstück aufs Zimmer bestellt, deshalb hatten sie sich nicht schon früher getroffen….

Die Reisegruppe von Uma fuhr am nächsten Tag nach Mailand, sie hatte jedoch ihre Teilnahme bereits abgesagt, schon wieder so viele Stunden im Bus waren ihr zu viel.

Man unterhielt sich sehr angeregt und er schlug ihr vor, am nächsten Tag gemeinsam etwas zu unternehmen… Den Rest der Tage verbrachten sie zusammen. Der Bus fuhr am Ende der Woche ohne Uma nach Hause….. Sie kam erst zwei Wochen später als ursprünglich geplant wieder nach England zurück. Nach dieser Erzählung schwieg sie und blickte verschämt zu Boden. Erst jetzt betrachteten Sarah und Daisy die Freundin etwas genauer – sie wirkte jünger, lebhafter, ein wenig braun gebrannt von der Frühlingssonne – oder verriet das zarte Rot auf ihren Wangen etwas anderes? Sie machte rundherum einen glücklichen Eindruck! Uma wurde bestürmt, alle Einzelheiten zu verraten: seinen Namen, wer er war, was er machte, wo er wohnte und vor allem wie es weiter ging….

„Er ist ein wunderbarer Mann, wir verstehen uns gut. Erst hatte ich ein schlechtes Gewissen, wegen Pinkerton, aber dann …“ Uma zögerte, weiter zu sprechen. Sarah räusperte sich. Uma verstand den unausgesprochenen Wink und holte tief Luft: „Ihr werdet es ohnehin erfahren: Thomas und ich wollen in 6 Wochen heiraten! Sein Name ist Thomas Kevin Culverton, er war bei der Marine, hat das Haus seiner verstorbenen Frau geerbt…“

Daisy unterbrach Uma abrupt: „ Curson Manor, dieser wunderschöne Besitz zwanzig Meilen von hier? Sir Thomas Culverton, der Korvettenkapitän? Ich werde verrückt!“ Jetzt wurde die Sache interessant! „Und Du ziehst nach Curson

Manor?“ wollte Sarah wissen.

„Nein, wir haben uns entschieden, beide Häuser zu verkaufen! Thomas hatte einen zweiten Offizier, der immer noch aktiv im Dienst ist. Dessen Großmutter ist vor wenigen Wochen gestorben und hat ihm ihr Cottage in Cornwall vermacht. Da er es aber nicht selbst bewohnen will, hat er einen Käufer gesucht. Als Thomas das gehört hat, sind wir hingefahren und haben es angesehen. Es ist nicht sehr groß, nur 5 Zimmer, mit einem kleinen Wirtschaftsanbau, aber vor allem hat es ein Glashaus für die Orchideen von Thomas sowie einen sehr schönen, nicht allzu großen Garten. Es muss einiges renoviert werden und die Handwerker sind bereits beauftragt für die ersten Arbeiten, damit es bewohnbar wird. Den Rest wollen wir dann nach und nach vor Ort machen. Und die langjährige Haushaltshilfe können wir auch übernehmen. Sie wohnt in der Nachbarschaft und will auch bei uns arbeiten.“ Uma schwieg und wartete auf die Kommentare der Freundinnen, die unweigerlich folgen würden. Aber zuerst blieb es einmal ganz still, Daisy und Sarah waren überwältigt und sprachlos. „Wir wollen hier in der Dorfkirche heiraten und Reverend Carter hat sich sehr darüber gefreut.“ Uma sah die beiden bittend an: „Ich hoffe doch, dass ihr zur Hochzeit kommen werdet?“

„Na klar! Das lassen wir uns doch nicht entgehen! Siehst Du, Sarah, Du warst so skeptisch wegen meiner Internet - Aktion! Ha, und was für einen Erfolg man haben kann! Uma - Darling, alles Liebe und Gute für Dich und Sir Culverton! Da wirst Du jetzt sogar eine Lady!“

Nach diesen Worten von Daisy gratulierte auch Sarah der Braut und fügte launig hinzu: „Was glaubt ihr, wie ich jetzt im Kirchenchor angeben werde, eine ganz alte Schulfreundin von Lady Uma Culverton zu sein!“.....

Ilse legte die von Hand beschriebenen Blätter auf den Tisch und wartete auf die Reaktion ihrer Zuhörerinnen. Die saßen ganz still in “ihrer Ecke“ in der Bar und waren „total baff“. So beschrieb jedenfalls Leni später dieses Ereignis. Ulla fand als Erste die Sprache wieder und wollte wissen, woher dieser Text stammt.

„Ganz richtig, Ulla! Diese Zeilen wurden nicht von mir geschrieben. Gestern Mittag gab mir der Steward einen Brief und sagte, eine Lady hätte ihn gebeten, mir das auszuhändigen. Es lag ein kleiner Zettel dabei. Ich lese vor: >Bitte verzeihen Sie, wenn wir unerkannt bleiben möchten. Wir haben immer wieder mal Ihre herrlichen Geschichten belauscht und uns dabei köstlich amüsiert. Manchmal waren die Dinge, die erzählt wurden, ganz unschön und traurig, aber Sie haben alles mit viel Charme und Humor gewürzt. Besonders nett finde ich die Idee, die Herren im Alphabet zu „benamsen“. Ich lasse die Geschichte in England spielen, um nicht erkannt zu werden. Falls die von uns gewählten Namen nicht passen sollten in der ABC-Reihe, benennen Sie die Akteure gerne um. Es ist unsere eigene erlebte Geschichte, mein Mann ist ebenfalls an Bord und hat beim Schreiben mitgewirkt. Wir wollten nur aufzeigen, dass es trotz der vielen Fehlschläge und den wenig netten Männern, von denen Sie erzählten, auch eine Geschichte mit glücklichem Happyend gibt. Ich würde mich sehr freuen, wenn Sie Spaß daran haben. Hoffentlich finden Sie viele schöne Geschichten bis zum „Z“. Mit lieben Grüßen von einem durch das Internet glücklich gewordenen Paar....<“. Nach diesen Worten reichte Ilse wie ganz selbstverständlich die beschriebenen Blätter Lieselotte über den Tisch.

„Ganz wundervoll!“ Luise sprach aus, was alle dachten und fühlten. Ilse räusperte sich und sah Lieselotte an: „Ich glaube,“ sie deutete auf die Papiere, die Lieselotte jetzt in der Hand hielt, „Du hast nach unserer Rückkehr eine Menge Arbeit! Ich habe zwar keinerlei Erfahrung, ein Buch schreibt sich nicht ganz so schnell, nicht wahr? Doch wenn man derartige Vorlagen, wie diese Erzählung und – natürlich nicht zu vergessen – unsere Geschichten hat, ist das bestimmt bereits ein großartiger „Teil der Miete“, wenn ich das so salopp ausdrücken darf!“

Das war ein Stichwort! Alle sprachen mal wieder wirr durcheinander...bis Leni auf den Tisch klopfte, damit sie auch gehört wurde: „Ich erlaube mir, im Namen aller, unser OK für ein Buch aus deiner Feder über unsere Reise zu geben! Nur eine Bedingung haben wir: Wir werden in der Danksagung erwähnt – natürlich nur mit Vornamen – und sind zur Präsentation des Buches eingeladen! Ich kann dir, hochverehrte Dichterin Lieselotte, bereits heute die hundertprozentige Zusage für das Kommen der hier anwesenden Damen machen!"

Die lustigen Worte von Leni lösten die Spannung und unter fröhlichem Hallo winkte Lieselotte dem Kellner und bestellte sieben Gläser vom besten Champagner. Als sie sich zuprosteten, rief sie: „Vielen Dank für diese umfassende Erlaubnis, die Bedingungen sind ebenfalls akzeptiert und der Jubeltrunk, sprich Schampus, geht auf Rechnung meines Verlegers!"

Plötzlich bemerkte Ulla, dass die Kellner bereits ihre Kasse machten: „Kinder, wir sind schon wieder das Schlusslicht in der Bar! Morgen ist auch ein Tag, bis zum Frühstück und gute Nacht allerseits!"

Ilse sagte ganz hingerissen, als die Aufzugtüren sich öffneten: „Ich hätte mir nie im Leben träumen lassen, dass ich so eine Nachtschwalbe werde und diese Reise so wunderschön ist für mich!"

EINE ANDERE ECHTE GESCHICHTE.....MIT V WIE VINCENT

Nun waren schon fast drei Jahre vergangen, dass Hans nicht mehr lebte. Doris Altmann konnte es einfach nicht vergessen, dass ihr Mann so rasch und eigentlich viel zu früh mit gerade mal 73 Jahren verstorben war. Von dem einstmals großen Freundeskreis waren nur ganz wenige übrig geblieben, die meisten ihrer Bekannten heute waren „Neuzugänge“, wie ihr Vater gesagt hätte.

Irgendwie fiel ihr seit einigen Tagen „die Decke auf den Kopf“. Um sich ein wenig aufzuheitern, hatte sie beschlossen, in die Kreisstadt zu fahren und sich selbst etwas Gutes zu tun. Heute war ein warmer Tag, obwohl Ende Oktober, und sie ging ohne Kopfbedeckung. Da kam ihr die Idee, sich einen neuen Hut oder eine Kappe für den kommenden Winter zu kaufen. Genaue Vorstellungen hatte sie zwar nicht, aber es würde sich bestimmt Passendes finden lassen....

Nach vergeblicher Suche im letzten noch vorhandenen Hutgeschäft der Stadt sowie dem erfolglosen Stöbern in zwei Kaufhäusern war Doris schlechter Laune und sie beschloss, nach Hause zu fahren. Auf dem Weg zur Tiefgarage, in der sie ihren Wagen abgestellt hatte, kam sie bei einem bekannten Kaffeehaus vorbei.

„Jetzt tue ich mir was Gutes, eine heiße Schokolade und

ein Stück Kuchen, wenn ich schon keinen Hut gefunden habe!" Mit diesem Vorsatz betrat sie das Lokal, fand einen unbesetzten kleinen Tisch. Gerade wollte sie ihren Mantel aufhängen, da kam die Bedienung und sagte sehr unhöflich: „Sie können hier nicht sitzen, da ist reserviert, haben Sie keine Augen im Kopf?" Dabei drehte sie sich um zu einem Herrn am Nebentisch, der sich ebenfalls gerade hinsetzen wollte: „Und für Sie gilt das ebenso!" Damit stellte die Frau die umgefallenen „Reserviert" - Schilder wieder auf und verschwand.

Doris hatte schon Luft geholt, um zu antworten, aber dann zog sie stillschweigend ihren Mantel wieder an, nahm ihre Handtasche und verließ die ungastliche Konditorei. Beim Hinausgehen murmelte sie so vor sich hin: „Gibt noch andere Cafés in der Nachbarschaft!" Damit schritt sie zielstrebig die leicht ansteigende Straße hinauf und wollte das italienische Eiscafé, in dem sie vom Sommer her bestens bekannt war, betreten. Da griff von hinten eine Hand an ihr vorbei, öffnete ihr die Eingangstüre und jemand sagte mit amerikanisch-englischem Akzent: „Bitte sehr, dahinten ist eine schöne Tisch!"

Doris drehte sich verwundert um und sah einen gut aussehenden, dunkelhaarigen Herrn, etwas größer als sie selbst, der mit einladender Geste auf einen freien Ecktisch zeigte. Eigentlich wollte sie ablehnen, aber er sah sie so freundlich an, also nickte sie, gab ihm ihren Mantel für die Garderobe und setze sich. Er kam an den Tisch zurück, streckte seine rechte Hand aus und sagte: „Darf ich mich vorstellen, mein Name ist Vincent Victor Valmont."

„Freut mich! Ich bin Doris Altmann!" Doris war angenehm überrascht, sehr selten gibt es auch heutzutage Männer mit netten Umgangsformen… Sie setzten sich und bestellten. Doris wollte einen grünen Tee; der Herr – er war offensichtlich Amerikaner – wollte eine Tasse Kaffee.

Man kam ins Gespräch, fand heraus, dass beide verwitwet waren, unterhielt sich blendend, lachte viel; es war ein nettes Zusammentreffen. Doris bemerkte, dass er einen Ehering trug, merkwürdig dachte sie, er hat doch gesagt, dass seine Frau vor sieben Jahren verstorben ist?

Es dunkelte bereits, Zeit zum nach Hause gehen. Vincent, er hatte sie gebeten, ihn beim Vornamen zu nennen, griff in seine Tasche, holte eine Visitenkarte heraus und bat: „Hier ist meine Karte. Ich würde Sie gerne wiedersehen. Darf ich auch Ihre Adresse und Telefonnummer haben?"

Doris zögerte zuerst, aber dann dachte sie: warum nicht? - So fing die erste Romanze mit einem anderen Mann an, nach zweiundvierzig Jahren glücklicher Ehe und anschließenden drei Single-Jahren als Witwe.

Doris hatte bei ihrem ersten Gespräch erzählt, dass sie noch nie im Naturkunde-Museum gewesen war. Vincent meldete sich eine Woche später und lud zu einem Besuch dieses Museums ein. Man traf sich an der S-Bahn. Vincent löste sich eine Karte und trat dann zur Seite, um Doris am Automaten Platz zu machen. Genauso war es beim Eintritt ins Museum. Doris zeigte ihren Senioren-Ausweis und bekam ihre Karte drei Euro billiger. Vincent, bereits im Besitz einer Eintrittskarte, fragte ganz alarmiert: „Sie bezahlen weniger als ich? Wieso?" - „Ja natürlich, wenn man über 65 ist, hat man Anrecht auf eine Seniorenkarte."

Nach ihnen drängte eine ganze Gruppe zum Kartenschalter und so musste Vincent mit seiner zu teuer bezahlten Karte Vorlieb nehmen. Sie blieben fast drei Stunden im Museum und Doris war echt müde, eine Tasse Tee hätte ihr jetzt gut getan. Vincent überhörte ihren Wunsch und ging zielstrebig zur Haltestelle der S-Bahn. Sie fuhren direkt nach Hause. Doris ärgerte sich insgeheim, war aber unschlüssig, ob und wie sie sich verabschieden sollte oder nicht. Da fragte Vincent, ob sie denn einen Kaffee für sie beide kochen würde? Eine Ablehnung empfand Doris als unhöflich und so stimmte sie zu, im Unterbewusstsein registrierte sie sein Verhalten als ein wenig merkwürdig.

Dieses erste Treffen war beispielgebend für alles Weitere, aber….. Vincent war durchaus charmant, fast vier Jahre jünger als Doris – das hatte sie beim Besuch des Museums erfahren -

und für einen Amerikaner recht gebildet. Man konnte sich gut mit ihm unterhalten. Er kam meist drei bis viermal in der Woche, nur montags und dienstags nicht, da spielte er Basketball oder traf sich zum Karten spielen mit zwei ehemaligen Arbeitskollegen. Die Tage, meist an den Wochenenden, an denen seine jüngste Tochter, ein sogenannter „Nachzügler" nach zwei sehr viel älteren Söhnen, von ihrem Studienort nach Hause kam, waren ebenfalls Tage ohne Vincent. Meist erschien er kurz vor Mittag und erwartete ein gutes Mittagessen. Er war aber leicht zufriedenzustellen, nur Fisch war unbedingt tabu. Abends ging er so gegen 21 Uhr, nach Nachmittagskaffee und Abendbrot. Den Ehering hatte er nach dem dritten Treffen abgelegt ….

Von Beruf war Vincent irgendetwas mit Computern, er konnte die Dinger jedenfalls reparieren. Kulturelle Ambitionen hatte Vincent so gut wie keine. Er las seine örtliche Zeitung, sogar auf Deutsch, war angeblich viel im Internet, aus dem er die Informationen über das Tagesgeschehen bezog. Weder Theater noch Kino interessierten ihn, seinen Erzählungen nach war er weder in einem Musical oder einer Operette und noch nie in der Oper gewesen. Das kostete alles Geld, es gab doch das Fernsehen! An Musik hörte er bevorzugt Countrymusic. Aus seiner CD-Sammlung brachte er ab und an etwas mit, was sie sich gemeinsam anhörten. Deshalb war er sogar wunderbarerweise bereit gewesen, den fehlerhaften Lautsprecher ihrer Stereo-Anlage zu reparieren. So betrachtet war er ein selbstzufriedener Pascha, aber das fand Doris erst sehr viel später heraus…..

Doris erzählte vom Keller, der ausgeräumt werden sollte. Es gab nichts, weshalb sie ihrem Mann böse gewesen wäre, nur dass er fast 20 Jahre immer alles in den Keller gebracht, aber nie etwas entsorgt hatte, das nahm sie ihm heute noch übel. Sie sprach Vincent mehrmals wegen Hilfe an, jedes Mal fand er eine andere Ausrede, so blieb der Keller wie er war.

Wenn sie einen Ausflug machten, sorgte er stets dafür, dass sie mit dem Auto von Doris fuhren. Er selbst chauffierte ihren Wagen gelegentlich, meist ließ er sich aber

„herrschaftlich“ durch die Gegend kutschieren. Doris kannte einige sehr nette Kaffeehäuser und Restaurants, wo sie gerne nach den Spaziergängen mal eingekehrt wäre. Um das zu verhindern, nahm er ihr sogar den Autoschlüssel weg und fuhr selbst – natürlich am Lokal vorbei! „Wir können doch auch zu Hause Kaffee trinken und Kuchen essen!“ war dann seine Entschuldigung! „Na klar“, dachte Doris, „im Restaurant müsste am Ende er bezahlen, bei mir kostet es mein Geld!“ Keine Frage also …

Vincent hatte einen sehr kleinen Bekanntenkreis, in den er sie aber nicht einführen wollte. Seine Sportfreunde traf er nur zum Basketball, hinterher trank man ein Glas Bier, aber mehr Kontakt gab es nicht. Die Kartenrunde traf sich sehr unregelmäßig, es waren alles alte Arbeitskollegen.

Doris ihrerseits wollte ihn ihren Freunden auch nicht vorstellen; irgendetwas hielt sie davon ab, sie wusste selbst nicht warum. Sie wollte weder ihre Freunde verlieren noch ihre Hobbys aufgeben, so musste er eben gelegentlich ohne sie auskommen. Er reagierte unwirsch, wenn Doris keine Zeit für ihn hatte, wie zum Beispiel wegen Arztbesuch, Geburtstagseinladungen in ihrem Freundeskreis oder Treffen für ihr soziales Engagement in der Kirche und der Seniorenarbeit. In Sachen Politik war sie nur mehr wenig tätig, obwohl man sie nach dem Tod ihres Mannes zu mehr Engagement gedrängt hatte. Wenn an manchen Wochenenden seine Tochter nach Hause kam – er erzählte stets, dass sie wieder Geld brauchte – dann ging Doris mit einer ihrer Freundinnen ins Theater oder in Konzerte. Sie war eine leidenschaftliche und gute Köchin und lud ab und an ihre Freunde zum Essen ein, … aber ohne Vincent, den ihre Freunde nicht interessierten, was er sogar zugegeben hatte.

Seine Großzügigkeit erschöpfte sich in einem Topf blauer Blümchen, für 99 Cent, beim Supermarkt zu haben. Manchmal gab es auch eine Tüte Caramel - Bonbons, die er liebte und meist fast alleine vernaschte. Er hatte einen großen Garten, mit mehreren Apfelbäumen und Birnbäumen; ein einziges Mal brachte er drei Äpfel mit… Zum Essen führte er sie nie aus.

Zu Ihrem Geburtstag bekam Doris fünf rote Rosen und ein Buch aus der Ramschkiste eines hiesigen Buchladens - über die Häfen im Pazifik, der Preis von 5 Euro stand noch drauf (was ihre Freundin Nicole beim Geburtstagsklatsch zu einer zynischen Bemerkung veranlasste). Das „üppige" Weihnachtsgeschenk für sie bestand aus sechs kleinen Marmeladengläsern, weil Doris nur große hatte und Vincent lieber kleinere Gläser zum Frühstück wollte, natürlich mit Füllung aus der Marmelade-Küche von Doris…

Eines Tages gab Vincent nicht acht und erzählte sehr aufgebracht, dass sein Steuerberater ihm mehr Geld abverlangte als in den Vorjahren. „Er hat gesagt, er berechnet jetzt nach zu versteuerndem Jahreseinkommen und da ich bei über vierzigtausend Euro nach Abzug aller möglichen Vergünstigungen liegen würde, wäre sein Honorar nach der Tabelle eben so viel!"

Hatte Doris am Anfang der Geschichte vieles nicht bemerkt, sie war seit Jahren zum ersten Mal nach dem Tod ihres Mannes wieder verliebt, kam allmählich die Ernüchterung. Sie kochte nicht mehr so oft und lecker, wenn Vincent kam. Einmal sagte sie ihm, dass die Küche heute kalt bleibt, sie würden Essen gehen auf Kosten von Vincent, er wäre heute mal dran…. Beinahe hätte Vincent der Schlag getroffen!

Immer wieder erzählte er, wie wunderschön blau die Augen seiner Frau waren - Doris hatte braune; er lobte wiederholt die „blonden Löckchen" seiner Frau - Doris war eigentlich dunkelhaarig gewesen, mittlerweile ziemlich silbern… Seine Frau hätte so viele Ehrenämter gehabt, im Elternbeirat, in der Kirche, in der Bibliothek…eine so kluge und gescheite, beliebte Frau …aber für den Haushalt bei drei Kindern blieb ihr keine Zeit! Deshalb beschäftigte man eine Vollzeit-Haushälterin, die richtig angemeldet war und beinahe das ganze Lehrergehalt der Dreiviertelstelle seiner Frau gekostet hatte. Brachte Vincent Blumen mit, waren sie immer blau, manchmal sogar künstlich blau gefärbt. Doris konnte diese Farbe an Blumen ohnehin nicht leiden. Dazu erinnerte sie das stets an die so gerühmten blauen Augen ihrer Vorgängerin…..

Besonders ärgerlich war, wenn sie und Vincent etwas unternehmen wollten, klingelte bestimmt sein Handy – das liebe Töchterlein wollte vom Bahnhof abgeholt werden. Vincent ließ sofort alles stehen und liegen und fuhr los. Immer wieder erfuhr Doris später beim abendlichen Telefonat, dass das Fräulein Tochter (26 Jahre alt, im 13. Semester, bei einer Regelstudienzeit von 8 Semestern!) ihr Kommen eine halbe Stunde später abgesagt hatte…. Sie fragte sich immer öfter, warum sie überhaupt noch mit ihm zusammen war….

Doris hatte sich stark erkältet, nicht gut auf sich geachtet, und so wurde es eine Lungenentzündung. Sie erzählte ihm das am Telefon, er fragte nicht einmal, ob sie Hilfe bräuchte, eine gute Besserung wünschte er ebenfalls nicht ….

Man hatte sich mehrere Tage nicht gesehen. Vincent war mit eigenen Angelegenheiten und der geliebten Tochter beschäftigt. Die Tochter war zu ihrem Freund gefahren und jetzt hatte er Zeit für einen Besuch, offenbar stand ihm auch der Sinn nach gewissen Dingen, die er aber nur mit Mühe zustande bekam… Vor allem wollte er ein gutes Sonntagsmenü. Doris lehnte ab, sie hatte Fieber und fühlte sich alles andere als fit für Besuch. Tief in ihrem Innern war sie empört, dass er so wenig Verständnis für sie aufbrachte.

Vincent ließ sich nicht abwimmeln. „Ich komme um 15 Uhr zum Kaffee, bis dann!" waren seine letzten Worte am Telefon, bevor er auflegte. Doris war ernsthaft verstimmt, verließ aber trotzdem ihr warmes Bett und zog sich an. Frischen Kuchen hatte sie keinen, sie würde einfach etwas aus der Tiefkühltruhe auftauen.

Man saß beim Kaffee, da sagte Vincent plötzlich: „Du siehst heute aber ganz mies aus, richtig krank und alt, nicht mehr hübsch wie früher! Und dieser Kuchen ist nicht gut, so matschig; sonst war er besser. Der Kaffee schmeckt heute richtig fade." Er sprach das Wort fade als „fäd" aus…

Doris blieb einen Moment still. Alle Kränkungen der letzten Zeit kamen hoch, sie hatte endgültig genug: „Ich denke.

Du solltest austrinken, Deine Sachen nehmen, die Du hier hast, und dann schnell verschwinden, und zwar für immer!“

Vincent kniff die Augen zusammen und sah Doris böse an. „That’s a funny joke, or? “ Vincent fiel plötzlich in seine Muttersprache. Doris verneinte und bekräftigte ihre Aussage noch einmal: „Du bist ein geiziger Kerl, der sich auf mir ausruhen möchte! Ich gebe gerne, aber nicht, wenn ich so offensichtlich ausgenützt werde. Da ich Deiner Meinung nach ohnehin alt und krank, weder blond noch blauäugig bin wie Deine im Himmel weilende Gattin und so weiter - lassen wir das mit uns beiden.“

Ihr war zum Heulen zumute, was fiel dem Mann ein? Nur fort mit dem Kerl! Sie fühlte sich hundeelend und wollte wieder in ihr Bett. „Eine Frage hätte ich noch: Warum bringst Du mir nur blaue Blumen?“ Vincent sah sie verwundert an: „Blau ist meine Lieblingsfarbe!“ Er war richtig empört. „Du verschenkst die Blumen an mich! Damit willst Du mir eine Freude machen, oder nicht? Aber Du weißt nicht einmal, was mir gefällt? Ich hasse blaue Blumen, ich habe Dir Das so oft angedeutet. Ist jetzt auch egal.“ Er tat so, als verstünde er keine Silbe ihrer Rede.

Doris war richtig böse und sie fügte auf Englisch hinzu: „If you, damned bastard, want to tell me, that you did not understand me, I can repeat every world in English! No doubt about it!” Sie hatte sehr akzentuiert gesprochen. Es gefiel ihm nicht, wenn sie ihr gutes Englisch ausspielte, das wusste sie genau. Einer der Gründe hierfür war, dass er trotz eines Aufenthalts von mehr als vierzig Jahren in Deutschland die deutsche Sprache nicht einmal halbwegs richtig gelernt hatte. Besonders verwunderlich für Doris, seine Frau war angeblich Deutschlehrerin gewesen.

Vincent kniff ärgerlich die Augen zusammen, der >damned bastard< passte ihm nicht. Er konnte nicht glauben, was er da zu hören bekam, und fing an, Doris anzuklagen: sie hätte nie Zeit für ihn gehabt. Ihre persönlichen Dinge wie ihre politischen Ambitionen, ihre sozialen Tätigkeiten und anderes hätte sie ihm immer vorgezogen. Außerdem wäre sie nie zu ihm gekommen in sein Haus, er hätte so viel Diesel verfahren müssen, die Entfernung wäre immerhin 34 km einfach gewesen, also hin und zurück das Doppelte. So lamentierte er weiter, bis er zum Thema Sex kam. Das war Doris zu viel und sie sah keine Notwendigkeit mehr, diese Diskussion weiter zu ertragen.

Sie stand wortlos auf und verließ das Wohnzimmer. Im Büro war ein Karton, den sie noch nicht entsorgt hatte. Da hinein warf sie alle seine Sachen inklusive seiner Hausschuhe, die er sich heute nicht angezogen hatte. Sie verschnürte den Karton und ging ins Wohnzimmer zurück: „Los, zieh Dich an und verschwinde, ich bin nicht gewillt, mit Dir zu streiten! Bitte, beeile Dich, ich will endlich meine Ruhe haben!“ Sie hielt die Wohnzimmertür offen und wartete, dass er in die Diele kam und ging.

Schließlich stand er auf, zog sich an, nahm den Karton und sagte beim Hinausgehen aus der Wohnung: „Ich werde aber nicht wiederkommen!“ Dass er nicht wiederkommen würde, war ihr klar. Doris fühlte sich traurig, andererseits aber auch erleichtert bei diesen Abschiedsworten. Es war besser, glücklich allein zu sein, als unglücklich zu zweit…..

Ein halbes Jahr später: Doris hatte ihre Druckerpatronen zum Nachfüllen in der Kreisstadt abgegeben und musste eine Stunde warten, bis sie wieder alles abholen konnte. Sie ging die Hauptstraße entlang und dachte,: „Ach, ich geh zum Italiener Eis essen!“ Da lief sie fast in Vincent hinein. Er begrüßte sie freudig, machte ihr ein Kompliment zum neuen Haarschnitt und lud sie auf ein Eis ein.

„Du musst krank sein“, sagte Doris, „Du hast mir früher nicht mal eine Tasse Kaffee spendiert!“ Vincent lächelte nur. Als sie bestellt hatten, konnte er sich nicht länger zurückhalten und fragte sofort: „Hast Du einen neuen Mann?“

Doris antwortete lachend: „Jetzt weiß ich, warum Du heute so spendabel bist! Deine Frage brauche ich Dir nicht zu beantworten, das geht Dich nichts mehr an! Mir geht es jedenfalls sehr gut. Nächste Woche fahre ich für zwei Wochen nach Frankreich, in die Bretagne, ich freue mich schon sehr darauf! Wie geht es Dir? Du hast ganz schön zugenommen!" Sie deutete mit dem Finger auf seinen Bauch, wo die Hemdknöpfe sehr bedenklich auseinander klafften. Sie machte eine boshafte Andeutung über gute Hähne, die nicht dick würden…

Vincent schluckte. „Mir geht es gut, ich habe nicht mehr so viel Basketball gespielt." Er hätte gerne gewusst, ob sie mit einem Mann nach Frankreich fahren wollte, traute sich aber offensichtlich nicht, sie weiter danach zu fragen.

Doris erinnerte sich, dass er nach Amerika fliegen wollte, und erkundigte sich. Gleich zu Anfang ihrer Bekanntschaft wollte er nämlich mit ihr alleine im Frühling nach Alaska ….

„Wir werden erst nächstes Jahr nach Amerika fahren, voraussichtlich im Juni, mit meiner Tochter und ihrem Freund. Mein älterer Sohn und seine Freundin wollen mitkommen und eine Caravantour durch Alaska machen. Übrigens habe ich im letzten Winter für mehr als 100 Euro weniger an Oil verbraucht, heute Morgen war der Tankwagen zum Nachfüllen da!" erzählte er stolz. Aber sicher, dachte Doris, Du hast Dich drei lange Wintermonate bei mir fein durch gefuttert und angenehm aufgewärmt! Warum hatte sie so lange gebraucht um zu erkennen, wer und wie dieser Mann war?

Man verabschiedete sich in der Tiefgarage, wo beide ihr Auto geparkt hatten. Vincent sah Doris sehr merkwürdig an, gab ihr plötzlich einen Kuss auf die Wange und murmelte: „Ich hätte Dich lieben können!" Damit drehte er sich um und verschwand.

„…ich hätte Dich lieben können…" hatte er aber nicht! Liebe ist was ganz anderes, dachte Doris, stattdessen hatte er „Oil" gespart….. Sie fuhr nach Hause und war kein bisschen mehr traurig, im Gegenteil. Jetzt erst war sie zufrieden mit sich selbst und ihrem spontanen Entschluss …….

Es war der Tag 19 dieser Schiffsreise. Luise nahm ihre Brille ab, legte die Blätter, aus denen sie nach dem Frühstück vorgelesen hatte, auf den Tisch vor sich und sah ihre

Zuhörerinnen an. „Das ist eine von Deinen Geschichten?“ wollte Ulla wissen.

„Es ist die Geschichte einer unserer Kusinen namens Marianne. Martha ist Mariannes Erlebnis ebenfalls bekannt; sie hat es uns gemeinsam letzten Herbst erzählt. Ich habe gedacht, ich schreibe es mal auf, vielleicht kannst du es gebrauchen. Lieselotte? Passt zu unseren Geschichten, nicht war?“

„Ja, selbstverständlich verwenden wir das! Danke, dass du dir die Mühe gemacht hast, es gleich aufzuschreiben“ Lieselotte nahm die Aufzeichnung gerne entgegen.

„Also, vielleicht haltet ihr alle mich jetzt für verrückt, böse, gemein oder sonst etwas!“ Lenis Empörung war fast zum Greifen. „Wir haben beinahe ein ganzes Alphabet durch und einige Berichte dazu zu hören bekommen. Es gibt nur wenig Positives! Immer hacken die Männer die Frauen, wie die Spechte ihre Weiber! Ich wünsche mir von ganzem Herzen, dass es auch Situationen, sprich Geschichten gibt, wo die Männer von uns Frauen so rasiert werden, wie wir Bartlosen von den Herren der Schöpfung! Des mechat i dalebn! I bin fei net guat katholisch, aber da drum bitt i den Herrgott, dass er die Saumannsbuider a amoi richtig leiden lossat!“ Vor lauter Aufregung verfiel sie in ihren Dialekt.

„Ich kann mich nur anschließen! Seht ihr, bei diesen Geschichten frage ich mich – ihr wisst, ich bin eine alte Gewerkschaftlerin – wann und in welchem Jahrhundert auf unserem Planeten endlich die ach so vielzitierte Gleichberechtigung denn endlich Wirklichkeit wird! Wir ziehen stets den Kürzeren, auch wenn wir über die Jahrtausende langsam gelernt haben, uns zu wehren!“ Martha musste nach dieser aufmüpfigen Rede erst mal Luft holen.

Es war wohl gut, dass es ein Seetag war und keinerlei Ausflüge auf dem Programm waren, denn der Wettergott meinte es gar nicht gut. Ilse war bereits ganz früh am Morgen zu Ulla und Martha gegangen, hatte ihre Pillen gegen Seekrankheit verteilt und gute medizinische Ratschläge gegeben.

Das Frühstück hatte offensichtlich allen geschmeckt und

die erste Geschichte war erzählt. Auf Ilses besorgte Frage: „Wie geht es euch?“ erhoben sich keine Klagen, alle waren gesund, munter und wohlauf. Niemandem war schlecht, die Seekrankheit forderte keine Opfer, dank Ilses Pillen war wieder die Normalität eingekehrt..

„Wollen wir noch ein Kapitel aufschlagen?“ Lenis Vorschlag kam an und weiter ging das ABC….

W WIE WILLIBALD – WAS IST EIN GENTLEMAN?

„Du, Ilse, schreib mir bitte den Namen und die Herstellerfirma deiner Wunderpülverchen auf! Ich habe eine Nichte, deren Mann hat ein Boot am Chiemsee und ihr wird regelmäßig schlecht, selbst wenn der See beinahe spiegelglatt ist. Vielleicht kann ich ihr damit helfen!" Leni sah Ilse bittend an. „Aber gerne! Ich bring dir später die Adresse!"

„Schade, Ilse hatte gestern so recht, bald ist die Reise zu Ende!" Martha klang richtig traurig. „Aber ich freue mich schon auf die Party, wenn Lieselottes Buch vorgestellt wird! Wie geht denn so etwas, wie läuft das ab? Ich habe überhaupt keine Ahnung."

Lieselotte schmunzelte: „Das ist verschieden. Manchmal macht man gar nichts, das Buch erscheint einfach. Ein anderes Mal wird es auf einer Buchmesse vorgestellt oder aber im Fernsehen bei einer Talkrunde, es kann ebenso im Rahmen einer Buchbesprechung präsentiert werden. Es kann auch vorkommen, dass ein Buch gleich nach seiner Erscheinung von den Lesern sehr gelobt und durch Mundpropaganda viel gekauft wird. Wenn dann die erste Auflage ausverkauft ist und man neu drucken muss, gibt es oftmals eine Art „Erfolgsparty" vom Verlag für den Autor. Aber wir sollten erst wieder an Land sein, dann versuche ich etwas Ordentliches zu Papier zu bringen, der Rest kommt dann später – wenn es dem Verleger und den Lesern gefällt."

Jetzt sprachen wieder mal alle gleichzeitig: „Na, das wird ein Renner! - Bei diesem Bestseller! – Unsere Geschichten sind topp, keine Frage! – Ich bin fest überzeugt, das wird ein Erfolg!"…..„Warten wir es ab, wir haben noch vier Buchstaben!" Martha war wie immer bodenständig.

„Ich habe etwas zu erzählen, es ist mein letztes Erlebnis von diesem Frühjahr, dann war meine Mitgliedschaft im Internet beendet. Man muss bekanntlich die Kündigungsfrist genau beachten, sonst muss man für ein Jahr verlängern und der Preis ist dann doppelt so hoch!" Heike schüttelte den Kopf. „Genau!" Ilse wandte sich an die Truppe: „Nachdem ich gekündigt hatte, kamen keine Angebote mehr! Obwohl ich noch ein ganzes Quartal gezahlt habe, ist es euch auch so ergangen?"

Eine nach der anderen wollte ihre Erfahrungen berichten, doch Heike meldete sich erneut: „Wenn wir das >W< weitermachen wollen, dann solltet ihr mich plaudern lassen!" - „Keine Frage!" Leni bat Heike um ihren Bericht und Ruhe kehrte ein.

Heike ergriff das Wort: „Meine letzte Erfahrung hat mich endgültig zu der Überzeugung gebracht, dass es ein echter Glücksfall sein müsste, wenn man – vor allem in unserem Alter – einen Treffer landet, sprich den wirklich netten, sympathischen und passenden Partner auf diesem Weg findet. Mir ist es jedenfalls nicht gelungen. Ich habe mir Gedanken gemacht, was es alles >drum herum< gibt, vielleicht hört ihr >Gleichgeprüften< - das Wort Leidensgenossinnen will ich nicht gebrauchen - mir gerne zu.

Was wünscht man sich? Einen netten Mann! Aber vor allem einen Partner! Jemand zu finden, der Freude daran hat, einen neuen Lebensabschnitt zu beginnen – wie wir wissen, das ist unheimlich schwer. Man will nicht zu ihm ziehen, man hat ein eigenes zu Hause, Freunde und Bekannte, die Ärzte, den Friseur und vieles mehr – mit einem Wort: das gewohnte Umfeld, das >Zuhause<. Gleiches empfindet selbstverständlich ein Mann!

Jemand treffen mit denselben oder ähnlichen Interessen und Vorlieben, Gedankenaustausch, Geselligkeit, gemeinsame Unternehmungen, eventuell Reisen, Kunst und Kultur, die Liste ist beliebig fortzusetzen. Er lernt meine Freunde kennen, führt mich andererseits in seinen Freundeskreis ein. Alles schöne, aber unerfüllbare Hoffnungen!

Wie sagte doch Moliere? >Dem bärtigen Geschlecht ward alle Macht verliehen…< Die Männer glauben das fälschlicherweise immer noch! Was will man als gestandene Frau von heute nicht mehr? Nur Kochen, Waschen, Putzen, die Enkel anderer Leute betreuen.;nur die Interessen des Partners sollen gelten, sich selbst sollte man vergessen, sich ducken und unterordnen, den Pascha mit Bier und Hausschuhen bedienen, damit er nicht vom Fernseher weg gehen muss, wenn der Lieblingsverein Fußball spielt, und so weiter und so fort. Das soll nicht bedeuten, dass man nicht bereit ist, für einen Mann, in den man sich verlieben kann, auch da zu sein und alle die Dinge macht, die ich vorhin unter >was Frau nicht mehr will< abgelehnt habe! So inkonsequent können wir Weiber sein – aber, ganz großes ABER – der Mann muss es Wert sein! Ihr versteht alle, was ich damit sagen will? Fein, euer Kopfnicken ist mir Bestätigung genug!"

Heike machte eine kleine Pause, nippte an ihrem kalt gewordenen Kaffee und fuhr dann fort: „Die Männer wollen Sex – was aber keineswegs gleichzustellen ist mit Liebe! Sich in späteren Jahren seines Lebens zu verlieben, warum nicht? Da hat sich heutzutage vieles verändert. Mal ehrlich unter uns Schwestern, wir Frauen >Können< doch immer, aber kann der Mann in reifen Jahren? Es soll doch – ich sage jetzt – schön sein für beide Teile! Sicher gibt es Hilfsmittel in unserem modernen Leben, auch für uns. Wenn es aber nicht mehr so klappt, wie es gewünscht wird, warum kann der Mann das nicht einsehen? Frau ist gerne bereit, auf den Partner einzugehen. Werden nur wir Frauen alt und die Herren der Schöpfung bleiben ewig jung? Erinnert ihr euch an den Adonis aus der Pfalz in der Geschichte meiner Kusine Dörthe? Ein

Superbeispiel!

Wir haben das schon mehrfach durchgekaut: Der stete Wunsch der Herren – die Dame hat sofort umzuziehen, weil der Mann nicht alleine sein will! Nebenbei bemerkt, wer ist sich denn über die tatsächlichen Konsequenzen und Umbrüche des Lebens im Klaren, wenn einer der Partner praktisch sein ganzes Dasein ändern muss? Was ist nur beispielsweise mit den Möbeln, den Bildern, Teppichen, allem anderen Hausrat? Kann die Partnerin einen Teil ihres Hausrats mitbringen? Macht der Partner Platz in seinem Heim für sie? Oder ist das so wie in Ullas Geschichte von dem Schweizer Mariele? Nicht einmal der Topf für die Kartoffel darf geändert werden! Es wäre möglich, zwei Wohnsitze zu haben! Zum Beispiel mal einige Wochen in den Bergen, dann wieder in der Stadt, oder umgekehrt. Mir würde das sehr gefallen! Etwas, was ich persönlich als sehr wichtig ansehe, ist unbedingt bei einer neuen Verbindung in unserem Alter notwendig, nämlich viel mehr Toleranz als in jungen Jahren und zwar von beiden Seiten! Man ist nicht mehr so jung, vieles im eigenen Leben ist eingefahren und man will es nicht mehr ändern. Beim Gegenüber ist es genau so. Da braucht es viel Toleranz, Liebe, Verständnis – aber auch Durchhaltevermögen! Man muss sich doch erst aneinander gewöhnen!

Ein Aspekt, den wir – so weit ich mich erinnern kann – überhaupt nicht beachtet haben, käme hinzu: Wenn die Partner zusammenziehen, einer gibt sein Zuhause auf. Was passiert bitte, wenn derjenige, in dessen Wohnung oder Haus man gemeinsam lebt, plötzlich verstirbt? Was machen die Erben? Ich kenne einen Fall: Eine Frau, verwitwet, zieht zu einem geschiedenen Mann. Er hat zwei Mädchen im Teenager Alter, die sie gemeinsam aufziehen. Nach zwanzig Jahren stirbt der Mann völlig unerwartet an einem Herzinfarkt, ohne für diesen Fall Vorsorge für seine Lebensgefährtin getroffen zu haben. Fast noch am Grab, kurz nach der Beerdigung, teilen ihr die beiden Erbinnen mit, sie sollte bis Ende der nächsten Woche ausgezogen sein, denn sie wollen das Haus verkaufen. Was soll man dazu sagen? Diese Frau hat Mutterstelle an den beiden

Gören vertreten; jetzt bedankt man sich auf diese Weise? Grauenvoll! Sie ist darüber krank geworden, lebt mittlerweile im Haus ihrer Schwester….

Was geschieht, wenn Frau ein Pflegefall wird? Gleich ab ins Heim, sie hat eigene Rente und ein kleines Sparbuch? Wenn das nicht der Fall ist, was dann? Genau so scheußlich! Alle diese Gedanken einfach wegstecken, nicht daran denken bis zum bösen Erwachen? Ich gehöre zu den Menschen – vermutlich auch durch die Erziehung in meinem Elternhaus – dass ich als erste Maßnahme bei Schwierigkeiten immer daran denke, ob und was ich selbst falsch gemacht habe. Ulla nickt, sie weiß, dass das stimmt. Aber was um alles in der Welt habe ich bei der Suche nach einem Mann falsch gemacht? Mir ergeht es wie euch. Es kann doch niemand verlangen, dass man sich selbst aufgibt, sein eigenes Ich verleugnet, sich dumm und dämlich gebärden soll, weil intelligente und selbständige Frauen einfach nicht >in< sind?

Das Fazit meiner Hirngespinste wäre, wenn man es genau betrachtet und abwägt, nichts anderes als das ewige Singledasein. Damit würde man allen vorher geschilderten Gedanken und daraus folgernden Unglücksfällen gar nicht begegnen. Andererseits, was ist die Alternative? Immer alleine sein, wer will das schon? Also wieder ins Internet, vielleicht kommt er, der eine, den man sucht?

Ich gebe meinem heutigen Kandidaten den Namen >Willibald<. In seinem Profil schrieb er, dass er Diplomingenieur ist und er außerdem zusammen mit einem Freund nach der Pensionierung – so als Hobbybeschäftigung - eine kleine Immobilien– und Hausverwaltung betreibt. Er wohnte etwa 100 km entfernt von mir. Auf mein Anschreiben wollte er meine Telefonnummer und auch mein Bild sehen, er öffnete ebenfalls sein Bild – ein großgewachsener, gepflegter, schlanker, sympathischer Mann! Einige Tage später rief er dann an. Wir unterhielten uns sehr nett, fanden eine Reihe Gemeinsamkeiten. Beide lasen wir gerne Krimis und Biografien, hatten ähnliche Vorlieben in Bezug auf Musik, moderne Maler hatten es ihm genau so angetan wie mir. Ich erzählte von meinem Leben, er sprach viel von seinen sportlichen Aktivitäten, er spielte Golf und auch Tennis, war Mitglied in einem Fahrradclub. Ansonsten sprach er wenig über sich selbst. Ich nahm an, dass er verwitwet war. Er hatte drei Töchter, die aber alle im Ausland lebten. Er selbst wohnte in der Hohenloher Gegend, vielleicht auch im Schwarzwald oder auf der Alb, jedenfalls südlich von Stuttgart. So genau war es nicht zu erfahren, ich kannte seine genaue Adresse nicht, nur seine Handynummer, meist rief er jedoch an. So ging das eine ganze Zeit lang....

Eines Tages wollte er mich kennenlernen, wir waren immerhin schon mehrere Wochen in losem Kontakt. Er hätte eine berufliche Verabredung in Stuttgart. Weil der Termin ziemlich früh am Morgen wäre, würde er bereits am Vorabend kommen und hier übernachten. Deshalb hätte er Zeit und wollte mich zum Abendessen einladen. Wir fuhren in eines der etwas teureren italienischen Restaurants, wo er offenbar gut bekannt war. Ich freute mich darauf, ihn endlich persönlich kennenzulernen. Um ehrlich zu sein – ich war echt gespannt!

Das Foto, welches er geschickt hatte, schien einige Jahre alt zu sein. Na, wer will nicht gut dastehen, da ist ein wenig Schwindeln erlaubt. Er war sehr gut, mehr modisch gekleidet. Willibald hatte auf den ersten Blick eine angenehme und leutselige Art, die bei näherer Betrachtung nach meinem Empfinden jedoch eher herablassend wirkte, was mich etwas störte. Ich verspürte >ein unterschwelliges Unbehagen<. Vielleicht könnt ihr verstehen, was ich meine? Nicht beachten, dachte ich, einfach abwarten und sehen, was kommt. Im Nachhinein habe ich mich später über mich selbst gewundert, gibt es wirklich so etwas wie >Vorahnung<? Doch ich will nichts vorweg nehmen in meiner Erzählung.

Die Unterhaltung mit ihm war interessant und angenehm, nicht tiefschürfend, eher Smalltalk. Wir lachten öfter, hatten einen schönen Abend. Er war gebildet, hatte viele Hobbys, unter anderem spielte er seit Jahren in einer Jazzband das Schlagzeug. Ulla weiß, ich habe während meiner Ausbildungszeit in einer Studentenband Keyboard gespielt und gelegentlich gesungen…"

„Schau an, du warst ja eine wilde Hummel!" kam ein Zwischenruf von Luise. Heike ließ sich nicht stören und fuhr fort: „Durch seinen Beruf war er viel gereist, kannte besonders Afrika sehr gut. Er war ein passionierter Golfspieler, kannte alle Golfplätze der Umgebung, wohl von ganz Deutschland und dem angrenzenden Ausland. Er erzählte begeistert vom Kraichgau im Norden bis hin zum Bodensee im Süden, spielte auch Turniere in anderen Bundesländern. Besonders stolz war er darauf, dass er Mitglied in einem der Golfclubs von Kapstadt war. Er hatte für seine Firma einige Jahre in Südafrika die dortige Vertretung geleitet. Willibald betonte immer wieder, dass es eine besondere Ehre war, in diesen Club als Ausländer aufgenommen zu werden. Wir hatten inzwischen beschlossen, uns zu duzen, und beim Dessert fragte er mich plötzlich.: >Hast du Lust mit mir nach Kapstadt zu kommen? Ich will für drei Monate nach Südafrika fliegen, ich habe noch eine kleine Wohnung da. Wir könnten es uns schön machen. Der Golfplatz dort ist ein Traum, gleich beim Tafelberg und ganz nah am Meer! Du hast gar nichts erzählt, wie hoch ist dein Handicap?<

Erst war ich verwirrt, weil ich nicht wusste, was gemeint war. Dann fiel mir ein, dass das Wort „Handicap" auch einen Golfausdruck bedeutete. Ich lachte und sagte fröhlich: >Ich habe keines!<

>Was heißt das? Natürlich hast du ein Handicap! < Er tat ganz verwundert. Ich musste ihn aufklären und meinte geradeheraus ohne Umschweife. >Ich kann nicht Golf spielen, deshalb habe ich auch kein Handicap!" Er sah mich total verdattert und ungläubig an. >Du spielst nicht Golf?< Die Frage sprach er mit mindestens zehn Fragezeichen aus. Ich antwortete immer noch ganz unbefangen: >Leider nein. Aber ist das so schlimm?< Seine Augen wurden ganz schmal und er sah mich geradezu böse an: >So eine Unverschämtheit! Wenn ich gewusst hätte, dass du nicht Golf spielst, hätte ich dich nicht zum Essen eingeladen! < Er warf verärgert seine Serviette auf den Tisch. >Eine Frechheit von dir! Stiehlst

meine Zeit! Du wolltest mich wohl abkochen! Aber nicht mit mir!<

Er hörte gar nicht auf, mich zu beschimpfen, die Leute von den Nebentischen sahen bereits her. Gott war mir das alles peinlich.....aber langsam wuchs mein Zorn. Nur weil ich nicht Golf spielen konnte, war ich plötzlich nichts mehr Wert – persona non grata? Das hatte ich nicht nötig und ich beschloss, ihm eine Lektion zu erteilen.

Mein Dessert hatte ich nur zur Hälfte aufgegessen, ich schob den Teller zur Seite, nahm meine Handtasche und stand auf. Ganz ruhig und nicht allzu leise sagte ich: >Besten Dank für die Einladung zum Abendessen. Da du es verabsäumt hast, mich zu fragen, ob ich Golf spiele oder nicht, ist es deine Schuld. Viel Spaß beim Golf in Kapstadt !<

Hoch erhobenen Kopfes ging ich aus dem Speisesaal und verließ das Restaurant. Ich wusste, dass um die Ecke ein Taxistandplatz war. Ich fand sofort einen freien Wagen und fuhr nach Hause." Heike schwieg und presste die Lippen ärgerlich zusammen in Erinnerung an das Erlebnis mit diesem zweifelhaften >Golf-Gentleman<. „Was haltet ihr davon? Habe ich es richtig gemacht?"

Die Damenrunde schwieg betroffen. Leni überwand als Erste ihr Erstaunen: „Ja glaub'st es! A soichener Bazi! Entschuldigung, mit mir geht es wieder Bayrisch durch! Du hast das goldrichtig gemacht, einfach Spitze! Was glaubt dieser Kerl? Nur Golfer sind Menschen?"

„Nicht aufregen, Leni!" Lieselotte versuchte, die Wogen zu glätten. Es gelang ihr aber nur wenig. „Da soll man sich nicht aufregen?" Ilse hatte ganz rote Flecken im Gesicht. „Nur ein Wort: Männer!" Ulla wollte ihrer Freundin beistehen: „Du hast bestimmt das Richtige getan! Mach dir keine Gedanken, der ist schon lange mit irgendeiner Zicke nach Südafrika abgedampft!"

Martha, wie immer pragmatisch, wies daraufhin, dass das Mittagsbüffet schon längere Zeit im Gange war. Manche der Köstlichkeiten hätten ihre Abnehmer gefunden, es bliebe nur der schäbige Rest. „Nicht schon wieder essen! Mir ist das jetzt auf den Magen geschlagen!" meinte Luise.

„Vorschlag zur Güte," meldete sich Lieselotte. „Wir machen Pause und treffen uns um drei Uhr in der Cafeteria. Heute Abend ist das letzte Kapitänsdinner, da sollten wir uns vorher umgezogen haben. Dann werde ich euch mit dem nächsten Buchstaben, nämlich dem X – nennen wir ihn >Xaver< - unterhalten. Ruht euch bis dahin ein bisschen aus, seid gespannt und freut euch drauf!"

XAVER, DER „VELOZIPEDE“, AUF DEUTSCH: „DER FAHRRADFAHRER“

Was die Damen wohl antrieb? War es die anerzogene Pünktlichkeit, das gute Benehmen oder schlicht und ergreifend die Neugierde? – Vermutlich von jedem etwas... Genau zur vereinbarten Zeit saßen die Sieben an ihrem vorbestellten Tisch in der Cafeteria – Leni hatte gut vorgesorgt – und sahen Lieselotte gespannt an.

„Bitte, darf ich vorher meine Torte essen? Vielleicht wird es etwas länger, ich hatte keinen Lunch und ich breche sonst vor lauter Schwäche zusammen!“ Lieselottes Bitte löste lautes Gelächter aus, alle nickten und so gaben sie sich zuerst den leiblichen Genüssen hin, bis Lieselotte dann für „das geistige Wohl“ – wie Leni es bezeichnete – sorgen wollte.

„Alle gesund, gestärkt und aufnahmefähig? O.K., dann will ich mal beginnen!“ Lieselotte lehnte sich bequem auf der Bank zurück. „Das Leben ist wirklich eigenartig, man könnte auch sagen, dass es nichts Eigenartigeres als das Leben gibt. Ich habe erzählt, dass mir meine Nichte Vija diesen Internetzugang für die Partnersuche geschenkt hat. Ich war beruflich mit meinem letzten Buch zu Lesungen unterwegs, natürlich unter Pseudonym, demnach mehr als beschäftigt und lange Zeit nicht im Internet auf der Jagd nach einem Mann - nach >dem Mann< ohnehin nicht.... Obwohl, in mir reifte schon der Plan, diese meine Erfahrungen für ein Buch zu verwenden! Ich wusste zwar nicht, wie und mit wem oder wann und wo alles spielen sollte, aber es regte sich etwas und war >im Werden<. Ich muss ehrlich gestehen, das ist so meine Art, bevor ich ein Projekt wirklich ernsthafter angehe. Vija, dieses vorlaute Biest, hat es einmal mit >Tante Lilo geht mit einem Buche schwanger< bezeichnet.“ Luises Zwischenruf, dass der Vergleich recht passend wäre, löste allgemeine Heiterkeit aus.

„Als ich nach Hause kam, fand ich in meinen E-Mails die Nachricht: >Sehen Sie nach, wer sich für Sie interessiert, melden Sie sich bei Ihren Interessenten und schreiben Sie die neuen Mitglieder, die wir Ihnen genannt haben, gleich an< …. Na, ihr kennt die Vorgehensweise.

Bevor ich loslege, muss ich unbedingt etwas anderes sagen. Herzlichen Dank von uns allen an dich, Heike! Wir haben in dir ein echtes Talent in unseren Reihen! Heike, du bist eine kluge aber auch nachdenkliche und feinfühlige Frau und hast heute Vormittag eine exzellente Darstellung über die geheimen Wünsche von Frau bei der Suche im Internet gegeben. Wir alle haben dir sehr gespannt zugehört und ich glaube, niemand von uns hätte es besser sagen können.“ Das Lob und der anschließende Applaus ließen Heike erröten, aber sie freute sich sichtlich.

„Ich hoffe, die zu berichtende Begebenheit wird sehr gut verdeutlichen, was >gespielt< wird – wenn ich es in dieser Weise ausdrücken darf,“ begann Lieselotte. „Mann und Frau betrachten die Grundlagen und das Zustandekommen einer neuen Partnerschaft offenbar sehr unterschiedlich! Es gibt nicht nur den einen bekannten Unterschied – es scheint mir, dass es sehr viele Verschiedenheiten gibt.

Man hatte mir sage und schreibe neunzehn Herren als potentielle Partner aufgetischt – ich weiß, es klingt bösartig, doch man wählt ja aus – wie bei der Essenswahl aus der Menükarte! Ich habe fast alle gleich nach der ersten >Lesung< weggedrückt und gelöscht. Ein Einziger unter der Schar fand mein wirkliches Interesse. Er nannte sich von Beruf

>Geschäftsführer< - was immer das auch ist....“ Marthas Einwand unterbrach Lieselotte: „Sehr richtig! Auch jemand, der ein Bordell leitet, darf sich als >Geschäftsführer< bezeichnen!“

„Pfui Martha!“ rief ihre Schwester Luise. „Aber sie hat Recht!“ Lieselotte lachte. „Ganz so schlimm war es nicht, er vertrat sogar eine der namhaftesten Firmen dieses Landes – wenn es denn stimmt, was er erzählte. Nirgends wird so viel gelogen wie im Internet in diesen Foren! Dabei denke ich an deine Erfahrungen, Leni! Weiter in der Geschichte: Er war gebürtiger Berliner, lebte aber am Rhein, nicht so weit entfernt von mir. Von der Größe passte er gut, 8 oder 10 Zentimeter größer als ich, nur war er um mehr als drei Jahre jünger. Wie von diesen Partnervermittlern empfohlen, sollte man sich nicht scheuen und die Herren anschreiben – was ich natürlich tat. Ich gab meine Handynummer an und wartete.

Er schrieb mir eine kurze Mail und teilte mir mit, dass er am nächsten Tag um 10 Uhr Vormittag anrufen wollte, falls ich nicht zu erreichen wäre, würde er es um 18 Uhr noch einmal versuchen. Schlag 10 Uhr klingelte mein Telefon und wir führten ein ganz reizendes und nettes Gespräch. Am nächsten Abend meldete er sich wieder und wir sprachen volle zwei Stunden. Nach einigen Plaudereien per Draht vereinbarten wir schließlich ein Treffen und er lud mich zum Mittagessen ein. Wir wollten uns drei Tage später sehen, er wollte mich von zu Hause abholen. Ich sehe es deinem Gesicht an, Ilse! Das >zu Hause abholen< ist schon etwas Merkwürdiges, aber vielleicht auch ganz gut. Wenn man sich in einem Lokal trifft, hat man immer das Gefühl, alle Leute sehen einem zu. Ein Treffpunkt zum Beispiel auf der Straße oder im Park ist genau so komisch.

Jedenfalls stand er – bestens angezogen, ganz feiner Herr mit Schlips und Anzug – mit einem wunderschönen Blumenstrauß aus bunten Frühlingsblumen vor meiner Tür. Was blieb mir anderes übrig, als ihn hereinzubitten? Er sah sich sehr genau bei mir um, sagte aber kein Wort dazu.

Er hatte ein Restaurant einige Kilometer entfernt ausgesucht, übers Internet. Dahin fuhren wir in einem der teuersten Wagen, die der deutsche Automarkt erzeugt, dunkelblau außen, innen hellgelbes Leder, natürlich mit Automatik und allem technischen Schnickschnack, den man sich nur denken kann. Vielleicht vertrete ich in diesem Punkt eine andere Meinung als die meisten Menschen, aber für mich ist ein Auto ein Gebrauchsgegenstand, nicht unbedingt ein Statussymbol. Hier scheinen Männer generell eine andere Einstellung zu haben. Mein Lob über sein tolles Auto erfüllte ihn sichtlich mit großem Stolz.

Ich wollte ihm nicht die Freude an dem ausgesuchten Restaurant verderben, doch ich wusste, dass der Name und die Örtlichkeit klangvoller waren als das, was tatsächlich dahinter steckte. Als wir uns das Haus von außen ansahen und er kurz einen Blick ins Innere warf, entschuldigte er sich, seine Wahl wäre wohl falsch gewesen. Ich kannte ein gut bürgerliches, sehr gemütliches Lokal in der Nähe. Wir gingen dahin und Gott sei Dank war das Essen sehr gut, die Bedienung freundlich und wir konnten in einer lauschigen Ecke nach Herzenslust schwatzen.

Er erzählte von der sehr langen Krankheit seiner Frau, die erst vor knapp einem Jahr verstorben war. Sie war die ganze Zeit der Pflege daheim, mit dem nötigen Personal rund um die Uhr, umgeben von sämtlichem Komfort, der zu haben war. Der behandelnde Arzt war ein persönlicher Freund und kam selbstverständlich beinahe täglich ins Haus, vor allem in den letzten Monaten. Meistens hatten sie Pflegerinnen aus Ungarn, die sehr nett waren. Der Krebs lässt sich nicht besiegen – auch nicht mit viel Geld, das nur als Nebenbemerkung.

Sein beruflicher Werdegang war sehr interessant, er hatte fast die ganze Welt bereist, meistens in Begleitung seiner Gattin, natürlich auf Geschäftskosten. Diese Bemerkung hätte er sich sparen können…. Wir fanden sogar heraus, dass es Menschen gab, die wir beide kennen gelernt hatten. Er warf immer mal einige englische Brocken in die Unterhaltung, offenbar um zu testen, wie meine Sprachkenntnisse waren. Als ich das alles auf Französisch, Spanisch, Italienisch und Schwedisch ausdehnte, wurde er etwas vorsichtiger. Ich erfuhr auch, dass er unbedingt eine Frau finden wollte, mit der er sich sehen lassen konnte – man sollte ihn um >seine< Frau beneiden! Ich…"

„Verzeihung bitte, wenn ich dich unterbreche,!" Leni sah entschuldigend zu Lieselotte. „Der leidet an Komplexen! Was muss der Mann ein Idiot sein, dass er dir – ausgerechnet dir, einer super feschen, attraktiven, weitaus jünger aussehenden, gebildeten und klugen Frau – so etwas erzählt? Entweder ist er so unsicher, dass er unbedingt die Bestätigung der Umwelt braucht dafür, dass er sich eine tolle Frau gesucht hat… oder aber er lebt in einem Nebel der persönlichen Selbstüberschätzung! Bescheidenheit sei deine Zier – das hätte man ihm in diesem Fall sagen müssen!"

„Danke Leni für das unverdiente Lob meiner Person, aber hört euch die Geschichte weiter an. Auf einer Safari in Afrika vor einigen Monaten, die er nach seinen eigenen Worten zur Trauerbewältigung unternommen hatte, lernte er die Witwe eines Universitätsprofessors aus München kennen. Ihr Mann war schon länger tot, er war fünfunddreißig Jahre älter als sie gewesen, sie selbst war erst vierundfünfzig Jahre alt, als Xaver sie kennen lernte. Sie war in Begleitung ihrer Tochter, Mitte der Dreißig und nicht verheiratet. Sie hatten viel Spaß zusammen. Man verstand sich gut, telefonierte öfters nach der Reise. Das Weihnachtsfest verbrachten Xaver und Elvira – so hieß die Dame –zusammen. Er betonte jedoch immer wieder, dass er im Hotel abgestiegen war und nicht bei Elvira gewohnt hatte. Elvira lebte in einer wunderschönen Villa am Starnberger See, mit Park und Seezugang. Eine Stadtwohnung in München war ebenfalls vorhanden. Geld schien kein Problem zu sein. Einziges Ärgernis in ihrem Leben waren die beiden Kinder ihres Mannes aus der ersten Ehe, die sogar etwas älter waren als sie. Offenbar gab es gemeinsame Besitzungen, eine ertragreiche Erbengemeinschaft, bei deren Verwaltung und Verwendung des Ertrages ihr die Miterben das Leben schwer machten. Was noch fehlte, war der geeignete Schwiegersohn, da ihre Tochter offenbar nicht an den Mann zu bringen war.

Irgendwann stellte ich ihm die Frage, weshalb er sich jetzt im Internet nach einer Partnerin umsehen würde, denn es gäbe doch Elvira. Nach längerem Rumgerede kam dann heraus, die liebe Elvira war in ihren Ansprüchen sehr teuer. Er hatte sie zum Abendessen eingeladen, da er sich nicht so gut in Starnberg auskannte, hat sie das Lokal ausgesucht. Der arme Xaver hatte am Ende für das Menü und die Getränke – wohlgemerkt für zwei Personen - eine Rechnung von mehr als 600 Euro zu bezahlen. Es ginge ihm nicht ums Geld, das betonte er immer wieder. Aber die Tatsache, dass sie so unbescheiden war, hatte ihm sehr missfallen. Es gab einiges mehr, was ihn störte, er hat sich aber mir gegenüber nicht näher darüber ausgelassen. Zudem ärgerte es ihn unheimlich, dass ihn die teure Elvira stets >alter Mann<. nannte. Darauf angesprochen, erklärte sie leichthin, ihrem Mann hätte das überhaupt nichts ausgemacht, im Gegenteil, er hätte gelacht....“

„Wie denn auch, für eine Frau mit vierundfünfzig Jahren ist dieser Xaver – wenn ich richtig gerechnet habe – ein um fast zwanzig Jahre älterer Mann, eben ein alter Mann!“ Luises Einwand war schlüssig und die anderen Zuhörerinnen waren ganz ihrer Meinung.

„Wie lautet dieses Sprichwort,“ Lieselotte nickte bestätigend, „>wie man sich bettet, so liegt man<! Es war die Entscheidung dieser Leute, trotz eines Altersunterschiedes von 35 Jahren zu heiraten! Na ja, um auf Xaver zurück zu kommen, jedenfalls hätte er sich getrennt, schon alleine weil die Entfernung zu groß gewesen wäre. Irgendwie hatte ich den Eindruck, dass seine Darstellung nicht so ganz stimmte, aber es ging mich nichts an. Wenn ich ehrlich bin, hätte ich gerne mehr darüber gewusst, aber da war er ganz Gentleman und hüllte sich in Schweigen.

Ich wollte wissen, wie lange er im Internet zu Gange wäre, da lachte er und sagte, dass ich von 117 Damen, die ihn aus der ganzen Bundesrepublik angeschrieben hätten, die erste wäre, die er treffen wollte – weil ich nicht so weit entfernt wohnen würde. Anschließend wanderten wir gemächlich durch den nahen Kurpark und ich zeigte ihm einige Sehenswürdigkeiten der Stadt. Beim Spaziergang kam es dann auch zu Fragen über mich, was ich mache, meine Vorlieben, mein besonderes Hobby und so weiter. Ich habe vermieden, von meinen Büchern zu sprechen, das ging ihn bei der ersten Begegnung noch nichts an. Von meinem Mann erfuhr er nur, dass er mit 49 Jahren jung verstorben war. Er fragte nicht nach, meine früheren Lebensumstände schienen ihm nicht wichtig zu sein und deshalb hielt ich mich sehr bedeckt. Ich erzählte von meiner baltischen Herkunft und sagte, dass ich evangelisch bin, da machte er eine wegwerfende Handbewegung. Als ich daraufhin verwundert wissen wollte, warum er das verächtlich abtat, sagte er, dass er mal katholisch gewesen jetzt aber Atheist wäre. Bei seinem beruflichen Aufstieg und der Steigerung seiner Gehälter hatte er eines schönen Tages feststellen müssen, dass die Kirche >einen Haufen seines wohlverdienten Geldes< einstreichen, ihm aber auf der anderen Seite von der Kirche keine Gegenleistung geboten würde. Das hätte ihn zum Atheist gemacht. Eine, wie ich finde, merkwürdige Einstellung zum Glauben und der Religion.

Er lebte in einer Villa oder einem Schlösschen, das er als marodes Bauteil günstig erworben und adaptiert hatte, das Grundstück war mehr als 5.000 Quadratmeter groß. Der Blick hoch über den Rhein und die umliegenden Orte wäre phantastisch und er würde sich jeden Morgen über diese herrliche Aussicht freuen. Durch die Krankheit seiner Frau wäre der Garten etwas vernachlässigt worden, alleine wäre es zu viel für ihn. Xaver wollte wissen, ob ich an der Gartenarbeit Freude hätte. Sein Garten wäre für ihn eine stete Herausforderung, die richtige Pflege würde großen Einsatz verlangen. Mein Einwand, er sollte sich einen pensionierten Gärtner oder jemand anderen, der sich auf die Gartenarbeit verstand, zur Unterstützung suchen, fegte er mit den Worten hinweg: >Habe ich gemacht, aber das Ergebnis war alles andere als gut und schön. Dabei hat der Mann stolze 15 Euro Stundenlohn verlangt! Ich habe das einem meiner Freunde erzählt, dessen zutreffender Kommentar war: …was kann man denn von jemandem erwarten, der nur 15 Euro in der Stunde verdient! … <“ Lieselotte machte eine kurze Pause und nahm einen letzten Schluck von ihrem Kaffee.

Ihre letzten Worte waren >Wasser auf die Mühlen< der Gewerkschafterin Martha: „Das ist doch nicht zu glauben! Wie kann man nur so arrogant sein! Fünfzehn Euro netto sind – nehmen wir einen Mittelwert für die Abgaben Lohnsteuer und Soziales an – also dann ergibt das mindestens zwanzig oder zweiundzwanzig Euro brutto! Wenn man nur 150 Arbeitsstunden pro Monat berechnet, käme der Mann auf ein Brutto - Gehalt von mehr als dreitausend Euro! Wo leben diese großkotzigen Managertypen eigentlich? Fängt der Mensch erst bei einem Gehalt mit fünf Nullen an? Diese Leute sind vor lauter >money, money< total abgehoben und haben überhaupt keinen Bezug zur Realität, wie die Masse der arbeitenden Menschheit lebt! Wie wäre es gewesen, wenn sein engagierter Gärtner nur 10 Euro verlangt hätte? Hätte er das eher akzeptiert?“ Martha war richtig böse.

„Reg dich nicht auf!“ beruhigte sie Lieselotte. „Als ich die Kirchensteuerstory und ihre Begründung hörte, empfand ich bereits einen gewissen Widerwillen. Beim Stundenlohn von 15 Euro für den Gärtner war mir Xaver schlagartig gänzlich unsympathisch geworden, so charmant er sich zwischendurch gebärdete. Seine Frage nach meiner Liebe zur Gartenarbeit bekam jetzt eine ganz neue Dimension! Ich habe mich sehr beherrscht, denn am liebsten hätte ich fragen wollen, wie er meine Mitarbeit in seinem Garten berechnen und bezahlen würde? Diese Antwort hätte mich sehr interessiert! Aber als Dame muss man sich eben auch manchmal etwas Böses verkneifen.

Übrigens erwähnte er so ganz am Rande, als ich ihn fragte, wie er denn nun so alleine wirtschaften würde, dass er eine Putzfrau gehabt, sie aber vor zwei Woche gefeuert hätte. Da war mir klar. Siehe deine Rede, Heike! Frage 1: wann ziehst du zu mir? Frage 2: Du liebst doch Gartenarbeit? Frage 3: Wie kochst du? Frage 4. Gäste zu bewirten freut dich? Und so weiter und so fort.... Bei dem von ihm durchgeführten Fragequiz schienen meine sportlichen Betätigungen, besonders das Radfahren und Bergsteigen oder zumindest mehrstündige Wanderungen, ein weiterer ganz wichtiger Aspekt für ihn."

„Haussa, Ilse, hör zu!" Leni schrie es beinahe, „dein Prozentsportler mit der getrennten Rechnung!" Man erinnerte sich, lachte herzhaft, bis Luise zur Ordnung rief und Lieselotte um die Fortsetzung bat.

„Danke, Luise! Nun, er berichtete, dass er mindestens drei Mal in der Woche jeweils für zwei bis drei Stunden ins Fitnesscenter ginge und für sich nach dem Tod seiner Frau das Radfahren wieder entdeckt hätte. Am letzten Sonntag wäre er mit einem befreundeten Ehepaar mehr als 100 km unterwegs gewesen. Das hätte ihm sehr viel Vergnügen und Freude gemacht.

Dazu muss ich folgendes sagen: Ich habe von Geburt an irgendwo in meinem Herzen einen kleinen Defekt. Nicht so schlimm, meinen die Professoren, die das vor einigen Jahren entdeckten. Ich muss keine Medikamente nehmen, brauche auch nicht ständig zur Kontrolle, nur sollte ich ein normales Leben führen, ohne Anstrengungen für die Olympia - Reife. Meine Radfahrausflüge beschränken sich daher auf das Training auf meinem Hometrainer, dabei steht ein Fernseher und wenn ich mir so eine Vorabendserie ansehe, radle ich dabei leicht meine zehn Kilometer dahin. So viel dazu. Das habe ich ihm erzählt, mehr nicht. Er nahm es ohne Kommentar zur Kenntnis.

Wir machten bei Kaffee und Kuchen Rast in einem netten kleinen Café, dann brachte er mich nach Hause. Wir verabschiedeten uns und er wollte sich nach seiner Ankunft von zu Hause melden. Rückblickend stelle ich fest, der Tag war nicht unangenehm gewesen. Wir hatten viel Gemeinsames entdeckt, herzlich gelacht und uns nett unterhalten. Etwas kritischer betrachtet gab es jedoch manch Trennendes....

Am nächsten Tag schrieb er mir eine E-Mail, betonte und lobte immer wieder den schönen und sehr harmonischen Tag und – er schickte mir eine Aufnahme vom Grab seiner Frau.

Es war ihr erster Todestag, er hatte einen riesigen Strauss rote Rosen hingestellt. Er wollte sich in den nächsten Tagen wieder melden. Ich war peinlich berührt von dem Foto, das war seine Privatsache, dieses Grab ging mich nichts an, wir hatten uns erst einmal persönlich getroffen! Ich antwortete vorerst nicht.

Drei oder vier Tage später kam eine neue Nachricht, er wollte wieder um 10 Uhr am Vormittag anrufen. Pünktlich wie stets klingelte das Telefon. Er bedankte sich erneut für unser Treffen, es wäre so >harmonisch< gewesen, ich wäre eine kluge, gebildete und echt vorzeigbare Dame. Und dann begann er >sich zu winden<, so nennt man das im Volksmund: Durch die lange Krankheit seiner Frau hätte er immer alleine Fahrrad fahren müssen. Ich würde es sicher verstehen, ich würde nicht mit ihm Fahrrad fahren … er redete um den Brei herum, stammelte alles Mögliche, nur um die nackte Wahrheit drückte er sich.

Da konnte ich ihm helfen! Ich ließ ihn gar nicht weiter sprechen, sagte, falls es nur am Fahrrad hängen sollte, kein Problem, für mich ist damit Schluss. Ich habe mich nicht lange aufgehalten, sondern einfach >Adieu< gesagt und aufgelegt."

Ehe ein Mitglied aus der Damenrunde etwas sagen konnte, mischte sich vom Nachbartisch ein Herr ein: „So unhöflich und gemein sind Frauen, wenn Männer sich nicht beeinflussen lassen und ihren eigenen Weg gehen wollen! Dieser Mann hatte doch völlig Recht," er wandte sich direkt an Lieselotte: „Ihnen fehlt jedes Verständnis und Feingefühl für einen Mann! Während der Krankheit seiner Frau war er immer alleine mit dem Fahrrad unterwegs, er sucht jetzt eine neue Frau, die sein Hobby teilt und mit ihm gemeinsam die Zeit verbringt. Wo bleiben Ihre weibliche Intuition und das Verständnis für diesen Mann?"

Lieselotte hatte ihm mit unbewegter Miene zugehört. Wer sie ein wenig kannte, wusste, dass dies nichts Gutes verhieß. Eine Augenbraue hochgezogen antwortete sie ganz ruhig: „Sie haben mich leider nicht ausreden lassen! Wenn dieser Herr mit der Vorliebe für das Fahrrad denn vorrangig eine >Velocipedin< sucht, hätte er das a) in seinem Profil angeben sollen, b) wusste er, dass ich diesen Sport aus gesundheitlichen Gründen nicht machen möchte und c) hätte er zu diesem Zeitpunkt bereits dazu Stellung nehmen können. Was hat er stattdessen gemacht? Er hat mir immer wieder versichert, wie schön der Tag mit uns beiden gewesen wäre und Ähnliches. Sie sprechen von Verständnis! Nach einem einzigen Treffen mit Ausreden wegen meiner mangelnden Fahrradkünste ….! Pardon, wo bleibt das Verständnis des Herrn für mich? Mehr als 100 km pro Tag unterwegs per Fahrrad ist Schwerstarbeit und es wird bestimmt nicht viele Frauen im passenden Alter geben, die da mithalten können und alle anderen Kriterien aufweisen, die der Herr sich wünscht. Was die Dame Elvira anbetrifft, bin ich völlig überzeugt, dass sie an seinem Fahrrad - Hobby höchstens Anstoß aber keinesfalls Teil genommen hätte. Ohne Zweifel wird er in dem Angebot von über einhundert Damen eine finden - zwanzig Jahre jünger, sportlich und kann beim Fahrradfahren mithalten. Nicht zu vergessen: sein Geld, das protzige Auto, das Landhaus mit großem Grundstück, Affinität zur Gartenarbeit vorausgesetzt etc. sind nicht unwichtig dabei – aber vielleicht nennt sie ihn >alter Mann<? Abgesehen von diesem Punkt…."

„Da muss ich unterbrechen, Gnädigste! Was will ein Mann? Er sucht Verständnis bei einer Frau, er wünscht sich, dass diese Frau die Zeit mit ihm verbringt, sich liebevoll um ihn bekümmert, ihm treu ist, seine Neigungen und Interessen teilt…"

„Woher kommt der der Sprache nach? Er spricht so affektiert!" fragte Ilse leise ihre Nachbarin. „Das ist ein Kölner, >eene Kölsche Jeck<! Ich mag das auch nicht leiden!" flüsterte Heike.

„Dat habe ich jehört, werte Dame!" meldete sich der ungebetene Eindringling. „Ich bin stolz darauf, >ne Kölsche Jong< zu sein! Ich spiele übrigens Golf und habe Ihre Story ebenfalls mitbekommen. Der Mann, den sie getroffen haben, suchte jemand für den gemeinsamen Sport. Es war für ihn etwas sehr Wichtiges, nach Kapstadt zu fahren und dort Golf zu spielen. Dass er seinem Ärger Luft gemacht hat, war vielleicht nicht sehr passend in dem Lokal vor anderen Leuten. Er hat so viel von Golf erzählt, da hätten Sie doch drauf kommen müssen, dass er eine Golferin sucht! Was soll ein Golfer mit einer Frau, die seinen Sport nicht teilt? Er will das Spiel zusammen mit ihr machen, über das Green wandern, erfolgreich einlochen, plaudern, sich mal zwischendurch küssen, wenn es toll geklappt hat. Wenn die Dame nicht mitspielen kann, was hat es für einen Sinn, wenn sie bloß nebenher mitläuft, sieben Kilometer oder mehr entlang? Für mich käme als neue Partnerin auch nur eine Golferin in Frage – ebenso eine Radfahrerin, denn Rad fahre ich auch!“ Er schnaubte ärgerlich durch die Nase und sah die Damen aus zusammengekniffenen Augen richtig böse an.

„Dann wären dies bereits zwei Gründe, weshalb Damen aus unserer Runde nicht für Sie in Frage kommen!“ Ilse, die sonst eher >Stille<, funkelte den Kölner an. „Sie drängen sich ungebeten in unsere Unterhaltung, wollen uns Vorhaltungen machen, wie wenig Verständnis wir für Männer aufbringen und wie falsch unser Verhalten und Benehmen gegenüber Ihren Geschlechtsgenossen ist? Wo bleibt das Verständnis der Männer für die Frauen? Wenn man Sie reden hört, sind Sie der Prototyp eines ausgewachsenen Machos! Sie haben kein bisschen Anstand am Leib, Ihre Arroganz und Besserwisserei macht Ihnen wenig Ehre, mein Herr! Sie haben keine Berechtigung, uns zu maßregeln oder unser Richter zu sein!“ Und Leni fügte ganz kühl hinzu: „Es wäre nett, wenn Sie uns von Ihrer Gegenwart befreien!“

Der Kölner glotzte erst Ilse und dann Leni verständnislos an, bis er begriff, was ihm da gesagt wurde. „Unverschämtheit!“ zischte der Störenfried, betrachtete alle verächtlich, schnaubte erneut durch die Nase, stand schließlich auf und verschwand ohne ein Wort des Abschieds.

Luise hob warnend die Hand: „Bitte seid still, nicht aufregen! Ein ungezogener arroganter Flegel! Dieser Mensch ist es nicht wert, dass wir überhaupt darüber reden. Wir wollen niemanden ändern, wir wollen nur ganz einfach respektiert und akzeptiert werden, so wie wir sind. Ich glaube, dass wir alle hier am Tisch genügend Herz und Verstand haben, um für einen Mann Verständnis, alle Zeit und auch Liebe aufbringen zu können, inklusive allem, was dazu gehört. Aber wir fordern auch für uns das Gleiche! So und jetzt lasst uns zum Dinner gehen, heute ist unser vorletzter Abend. Ich nehme an, Leni du hast wieder vorgesorgt? Also bis dann in der Bar!“

Sie marschierten gemeinsam Richtung Fahrstuhl, sie mussten zwei Decks tiefer ins Restaurant, nur Lieselotte fuhr in die andere Richtung, die VIP’s dinierten einige Stockwerke weiter oben.

Luises Empfehlung zum Trotz diskutierten sie über diesen >ungebetenen Eindringling< weiter und alle fanden, dass seine >Auslassungen< - so nannte es Leni - unverschämt und typisch für diesen arroganten Kerl gewesen wären. „Ich sagte es doch, er ist ein ungehobelter Macho!“ empörte sich Ilse. Alle waren aufgebracht. Martha versuchte die Wogen zu glätten, aber es gelang ihr nur teilweise.

Später im Fahrstuhl fragte Ulla Heike: „Sag einmal, ist dir der freche Mensch von vorhin nicht bekannt vorgekommen? Wir haben in Binz damals beim Essen in dem Fischlokal eine ähnliche Szene beobachtet, kannst du dich nicht erinnern?“ Martha beendete die Diskussion ganz ruhig: „Kann schon sein, aber wie der Typ in Binz damals aussah? Lass uns den Vorfall am besten vergessen, wie Luise sagte!“

NÄCHSTER BUCHSTABE >YPSILON< – ODER FEHLT ETWAS?

Lieselotte dachte, sie hätte noch genug Zeit, doch siehe da, alle waren bereits versammelt und sie kam heute Abend als das „Schlusslicht" in die Bar.

„Verehrte Schriftstellerin und Chronistin unserer Erlebnisse, beeile dich bitte, es geht gleich los! Du bist dir im Klaren - die letzten Buchstaben wollen abgearbeitet werden!" Nach Lenis launigen Worten rückten alle zusammen, damit Lieselotte, „ihre Dichterin", Platz hatte und alles mitbekam. Nun saßen sie erwartungsvoll da, doch keine sagte etwas. Jede wartete auf den Beginn der nächsten Geschichte, doch wer war dran?

„Die nächste Erzählung sollte mit Y wie Ypsilon beginnen, stimmt doch? Ich will euch mal aus der Patsche helfen, die Anspannung nehmen und stelle mich freiwillig." Ullas Ankündigung – niemand bekam offenbar mit, dass sie dabei rote Backen bekam - wurde mit lautem Hallo begrüßt.

„Verzeih mir bitte, Ulla! Ich muss unbedingt etwas einfügen, bevor du beginnst. Ich habe vorhin ein wenig in den bisher gemachten Notizen gelesen, deshalb meine Verspätung. Dabei ist mir aufgefallen, dass uns der Buchstabe S, wie zum Beispiel Siegfried, fehlt!"

Lieselotte zog einen Zettel zu Rate und las vor: „Ilse hat

von ihrem Hofrat a. D. Ottokar erzählt und Leni von dem hochstaplerischen Heiratsschwindler alias Philipp oder Peter. Martha hatte die Geschichte von Quentin, dem Raucher, und Ullas Cowboyverschnitt Rudi ist euch sicher noch im Gedächtnis. Das wären also die Buchstaben O, P, Q und R. Die in England spielende Story von Thomas und Uma hatten wir als nächstes, ihr erinnert euch? Ilse bekam das anonym für uns. Weiter ging es dann mit dem Vincent von Luises und Marthas Kusine sowie mit Willibald, dem Golfer, der kein Gentleman war. Das wären dann die Buchstaben T, U, V und W! Aber dazwischen fehlt das S – habe ich das richtig gesehen und notiert?“Die Damen hatten alle aufmerksam zugehört und mussten Lieselotte zustimmen.

„Was bedeutet das jetzt?“ wollte Martha wissen. „Na, wenn Du noch eine passendes und unterhaltsames Erlebnis mit einem potenten Herrn hättest – unser Kritiker von vorhin würde es sicher als >Gemeinheit< bezeichnen – welches du mit dem Buchstaben S wie Siegfried, Stefan, Sigismund, Sascha, Sebastian, Sergio, Stanislaus oder zum Beispiel Simon – der Name kommt übrigens aus dem Hebräischen und bedeutet > Er – der liebe Gott – hat gehört<, besser frei auf unser heutiges Deutsch übersetzt etwa: >Gott hat dich erhört< verbinden kannst, dann liebe Martha, solltest du uns den Genuss dieses Erlebnisses nicht vorenthalten!“

„Ach Leni, du Unvergleichliche! Das hast du aber poetisch ausgedrückt, ein dreifach Lob für dich!“ Luise grinste wie ein Faun. Martha guckte verdutzt und stimmte dann in das Gelächter der anderen mit ein.

„Wie war das neulich? Die Kleinen, Dicken und frisch Operierten? Ich bin zwar nicht groß, auch nicht dick sondern allerhöchstens vollschlank und Gott sei Dank nicht operiert! Ich will kein Spielverderber sein, ich nenne ihn Salvatore, er war nämlich Italiener!“ Martha schmunzelte vergnügt.

„Was hast du mir noch alles verschwiegen, Schwester Martha? Langsam überkommt mich Panik über deinen Lebenswandel!“ Das erneute Gelächter veranlasste einige Herren an der Bar, sich die Damen in der lauschigen Ecke genauer zu betrachten, aber Martha blieb ganz cool: „Nicht aufregen Luise! Es ist nur eine ganz kurze Story!“

Martha dachte einen Moment nach, dann begann sie: „Bei uns um die Ecke ist eine Pizzeria, etwas gehobener, mit weiß gedeckten Tischen, anständiges Besteck und Stoffservietten. Der Inhaber und gleichzeitig Oberkellner trägt den schönen Namen >Salvatore<, aus dem lateinischen: der Retter, der Erlöser…..“ - „Drum gibt’s in München das >Salvator-Bräu<“ murmelte Leni dazwischen.

„Du kannst da vielleicht richtig liegen! Also der Salvatore…. Er war ein typischer Italiener, wie ich später herausfand, stammte er aus Kalabrien. Die Geschichte ist fast 20 Jahre her. Mein Mann war erst kurz vorher verstorben, ich trug noch dunkle Kleidung. Eines Tages wollte ich nicht kochen, mein Sohn war schon in der großen weiten Welt um das Kochhandwerk zu erlernen. Da beschloss ich sehr spontan, um die Ecke beim Italiener eine Pizza zu holen. Holen? Wenn ich aus dem Haus gehen musste, könnte ich gleich dort essen! Es gab einen kleinen Tisch für zwei Personen, der frei war, und dort setzte ich mich hin. Salvatore bediente mich selbst. Die Pizza – ich esse gerne die mit Schinken und Ananas – war ein Riesending und ich hatte Mühe, alles zu verspeisen, so nach deinem Motto, Ilse: >Besser den Magen verrenkt, als dem Wirt etwas geschenkt.< Salvatore bemerkte meine Bemühungen und kam mit einem Grappa an, den ich eigentlich nicht gerne trinke, lieber wäre mir ein Fernet gewesen. Da begann er, sich mit mir zu unterhalten. Er hatte Zeit, denn mittlerweile war das Lokal fast leer, es war nach 14 Uhr.

Meine eigentliche Haarfarbe ist nicht besonders hübsch und ich ließ mich beim Friseur in regelmäßigen Abständen ein bisschen >aufnorden<, wie mein Mann das nannte. Ob Salvatore es bemerkte oder nicht, kann ich nicht sagen. Jedenfalls legte er los: >Bellissima bionda, Sie haben heute bissele Zeit für Salvatore? Meine Dienst sein bald zu Ende. Wir machen eine kleine passeggiata in Stadt über Ku - Damm! Ich machen Einladung für Sie und gehen wir bei Mama Anna auf schöne Cassata - Eis! Habe gehört von Ihre marito, will ich sagen Mann. Peccato, tut mir sehr leid! Sie nicht mussen bleiben alleine, ganz so nette Signora Sie sind! < ….So ging das eine ganze Weile weiter, bis ich ihm erklärte, dass ich keine Zeit hätte, mein Sohn käme gleich nach Hause. Er betrachtete mich ein wenig zweifelnd und beteuerte, wie sehr er >sehr traurig sein<.“

Martha musste sich räuspern, Leni schob ihr geistesgegenwärtig ein Glas Wasser rüber und fragte mit hinterhältigem Schmunzeln: „War die Bekanntschaft tatsächlich nur so kurz? Du kannst den Signore Salvatore wunderbar nachmachen!“

Martha schüttelte den Kopf, zuckte mit den Schultern und fuhr unbeirrt fort: „Einige Tage später traf ich Giovanna, die ab und an in der Pizzeria aushalf, wenn Not am Mann war. Wir kannten uns gut, sie war etwa zehn Jahre jünger als ich. Eine ihre Nichten lebte bei ihr und war bei uns in der Firma als Lehrling. In meinem Betriebsratsjob oblag mir die Betreuung der weiblichen Azubis. Giovanna erkundigte sich ab und an, ob ihre Nichte brav wäre. Die Mutter des Mädchens war verwitwet und hatte wieder geheiratet – ausgerechnet nach Apulien in ein Dorf jwd! Giulia wollte nicht mit und blieb bei der Tante, der nun die Aufgabe zufiel, einen sechzehnjährigen Teenager durch die Klippen dieser manchmal schwierigen Zeit des Erwachsenwerdens zu führen.

Giovanna druckste herum, bis ich sie direkt fragte, was los wäre. Und dann kam es: Salvatore hatte noch eine Pizzeria in Amalfi, eigentlich gehörte dieses Restaurant der Familie seiner Frau. Außerdem hätte er sieben Kinder, deshalb wollte die Frau nicht nach Deutschland kommen, offenbar waren ihr sieben Kinder genug! Ich konnte mir das Lachen kaum verbeißen und hatte echt Mühe, Giovanna zu beruhigen. Sie hatte furchtbare Angst, dass ich dem Charme des Casanova Salvatore erliegen würde. So weit mein Erlebnis mit dem Buchstaben S!“

„Du hast dich nicht erweichen lassen vom charmanten Italiano? Jeden Tag die Lieblingspizza, das wäre doch etwas!“ Heike lachte. „Nein, absolut nicht! Zum Schluss noch eine

Bemerkung: Mir schmeckt die Pizza mit Schinken und Ananas immer noch, trotz oder vielleicht wegen Salvatore! Nur jeden Tag Lieblingspizza würde meiner Linie ganz und gar nicht bekommen!“ war Marthas Antwort. „Frau soll eben nicht alleine zu Italiener gehen essen!“ Luises trocken vorgebrachtes Kommentar brachte neuerliches Gelächter in der Damenrunde.

„Sehr gut, Martha! Danke dir! Damit hast du mir den Buchstaben S wie Salvatore als Vorlage für das Buch gerettet und das Männer – ABC ist wieder in Ordnung!“ Lieselotte wandte sich an Ulla: „Sei mir bitte nicht böse wegen der Unterbrechung!“

„Aber nein! Wir hatten gerade einen Italiener und ich erzähle jetzt von einem Franzosen!“ begann Ulla. „Sechs oder sieben Wochen vor Beginn dieser Seereise war ich bei Heike in Stuttgart zu Besuch. Wir wollten gemeinsam >shoppen gehen<, um auch auf hoher See schicke Damen zu sein. Dass wir natürlich über die Internet-Aktivitäten sprachen, war selbstverständlich. Ich sah nur sporadisch hinein und wusste die neuesten Nachrichten daher nicht. Mein Passwort kannte ich und so suchten wir mal in meinem Profil, ob denn endlich der Mann aller Männer angeboten würde.

Wir hatten beide nur mehr wenige Wochen bis zum Ende der Mitgliedschaft, gekündigt hatten wir bereits länger. Wie bei euch auch, bekamen wir in den letzten Wochen nur mehr ganz selten Angebote, und wie stets sehr weit weg. Zu meiner großen Überraschung wurden mir drei neue Herren vorgestellt. Ich hatte Frankreich nicht angegeben, aber es war jemand aus dem Elsass dabei. Sein Profil war auf Deutsch, jedoch recht dürftig, wie das bei den Herren meistens ist. Komisch, die Männer wollen alles über uns wissen, sich selbst aber in nebelhafte Schleier hüllen!“ Ulla machte eine Pause und blickte nachdenklich vor sich hin.

„Nicht Pause machen, weiter bitte! Jetzt wo es spannend wird!“ Leni rutschte ungeduldig hin und her. „Ja, ja!“ sagte die so Angefeuerte, ich muss mir überlegen, wie ich das erzählen soll! Es begann beinahe kompliziert…“ „Bitte genauere

Angaben über diesen Elsässer!" mahnte Leni wieder.

„Sei bitte nicht so penetrant! Ich hab' doch gesagt, sein Profil war dürftig. Angegeben war, dass er in Pension ist, 75 Jahre alt, 180 groß und schlank. Sprachen französisch, deutsch und englisch, abgeschlossenes Studium aber nicht welches, Witwer, drei Kinder. Er liebe das Leben und reise gerne. Als kulturelle Ambitionen nannte er Opern, Operetten und einige andere Dinge. Ich wollte das Profil bereits löschen, aber Heike war dagegen, weil die Entfernung von mir ins Elsass nicht groß wäre – gemessen an dem, was man sonst angeboten bekam. Heike ließ nicht locker und dann haben wir den Mann angeschrieben. Seine Antwort kam natürlich nicht spontan, obwohl Heike – die Neugier in Person – immer wieder nachgesehen hat! Erst nach fünf oder sechs Tagen, wieder zu Hause, habe ich in den Computer geschaut. Da fand ich einen langen, sehr netten Brief, ein gutes Foto und seinen Wunsch, uns baldigst zu treffen, die Wahl des Ortes der Handlung wollte er mir überlassen.

Ihr wisst alle, wie es ist, wenn man verreisen will. Ich musste sozusagen >mein Haus bestellen<, denn unsere Reise dauert über drei Wochen. Der Garten verlangte meine Pflege, ich sollte einige Blumen umtopfen. Der Friseurtermin für neue Locken musste wahrgenommen werden. Zum Zahnarzt wollte ich ebenfalls. Die Entscheidung, was nehme ich mit und was nicht, vielleicht doch was Anderes – das alles braucht Zeit.

Mein Enkel Ludwig – sehr lebhaft und manchmal sage ich zu ihm, er wäre >Ludwig der Schreckliche< was ihn nur zu infernalischem Gelächter bewegt – hatte seinen zwölften Geburtstag, da gab es eine Kinderparty vorzubereiten, mit den Eventualitäten für schönes und für schlechtes Wetter. Kurzum ich war voll beschäftigt.

Es wäre natürlich unhöflich – Heike hat mir gesagt, es wäre dumm – nicht zu schreiben. Deshalb habe ich auf den Brief von Yves, so war das Schreiben aus dem Elsass unterzeichnet, geantwortet. Da er ein Foto freigegeben hatte, öffnete ich auch meines. Ich musste ihm mitteilen, dass ich in drei Wochen auf große Schiffsreise rund um Island und bis

Grönland unterwegs sein werde. Falls er möchte, könnten wir uns nach meiner Rückkehr, das wäre in sechs Wochen, gerne treffen.

In Colmar findet so eine Art >Bauernmarkt< statt, da geht es immer sehr turbulent zu. Es gibt unzählige Stände mit Essbarem, aber auch anderes. Natürlich sind Weinverkostungen, Straßenwirtschaften und allerlei Buden zu finden, ein richtiges Kunterbunt. Es ist zwar viel Trubel, aber man kann – wenn man Glück hat - sogar für wenig Geld Hübsches und auch Nützliches finden. Man muss nur achtgeben auf Taschen und Geldbörsen, denn wo viel Volk ist, gibt es auch Langfinger.

Meine Schwiegertochter Helga, die mit dem hellen Köpfchen, ich habe in der Story vom Cowboy-Verschnitt Rudi von ihr erzählt, wollte unbedingt mit mir auch in diesem Jahr wieder nach Colmar. Vor Jahren haben wir mit diesem Besuch auf dem Markt begonnen, hatten viel Spaß dabei und mittlerweile ist es so eine Art Tradition für uns beide geworden. Nach zwei Stunden. voll bepackt mit unseren Einkäufen, müde geworden durch die >Arbeit< des Schauens, Aussuchens und Kaufens suchten wir ein angenehmes Plätzchen für Speis und Trank – ich wollte auch meinen armen Füßen Ruhe gönnen! Im letzten Jahr hatten wir in einer der kleinen Nebenstraßen ein Restaurant entdeckt, es führte den klangvollen Namen >A la table du bon goût<, frei übersetzt etwa >Zum wohlschmeckenden Tisch<. Dahin lenkten wir unsere Schritte und hofften, ein freies Plätzchen zu finden. Gerade als wir eintraten, wurden an einem Tisch für vier Personen drei Plätze frei, übrig blieb ein älterer Herr, der uns erwartungsvoll entgegenblickte.

Unsere Frage – von Helga in einwandfreiem Französisch vorgebracht, denn sie hat viele Jahre ihre Ferien in der Gegend von Ribeauville verbracht, wo die Schwester ihrer Mutter lebt – beantwortete der Herr mit einem freundlichen Kopfnicken und der Ankündigung, dass er sich über unsere Gesellschaft freuen würde. Man plauderte ein wenig auf Französisch. Dazu muss ich erwähnen, dass ich es ganz gut verstehe, aber selbst sprechen ist weitaus schlechter. Als Helga mal für >kleine Mädchen< verschwand, sah mich der französische Tischgenosse verschmitzt an und sagte auf Deutsch: >Sie sind Ulla, nicht wahr?<

Ich war sprachlos! Natürlich wollte ich wissen, woher er meinen Namen kannte, denn Helga nannte mich >Mama<. Er streckte mir die Hand hin und sprach: >Ich bin Yves Gérard Holler aus dem Internet, ich habe Sie sofort nach dem Foto erkannt! <"

Das gab ein Hallo bei den Damen! Sie wollten alles, aber wirklich alles über Yves wissen! Diese Sensation konnte man sich nicht entgehen lassen. Ulla wurde mit Fragen bestürmt, bis Martha, die stets Besonnene, an ihr Glas klopfte, zur Ruhe mahnte und Ulla ganz einfach bat, die Einzelheiten jetzt aber auch genauestens zu erzählen!

Ulla zierte sich ein wenig, was Leni zu dem burschikosen Hinweis herausforderte: „Na jetzt Butter bei die Fische, wie das in Norddeutschland heißt! So eine Story und dann beim vorletzten Buchstaben, da kannst Du uns doch nicht so auf die Folter spannen! Bitte schön Ulla, diesen Qualen kannst Du uns nicht unterwerfen!" Ulla lachte:„Euch so leiden zu sehen, wäre natürlich nicht gut, da hast du recht! Dann will ich die Damen erlösen und weitererzählen!"

„Moment, noch eine kurze Frage, Ulla!" Heike sah ihre Freundin prüfend an. „Gehe ich richtig in der Annahme, dass Du bei unserem letzten Landgang, als du eine halbe Stunde nicht auffindbar warst, mit Deinem Yves telefoniert hast? Du bist nämlich so merkwürdig aufgekratzt mit glänzenden Äuglein wieder erschienen! Als ich besorgt wissen wollte, wo du warst und ob dir etwas fehlt, hast du mir keine Antwort gegeben!" Ulla wurde prompt rot wie ein Schulmädchen, das beim Schwindeln ertappt wurde. Schließlich nickte sie und gab zu, mit Yves von der Poststation auf der Insel aus gesprochen zu haben.

„Was seid ihr gemein, lasst die Arme endlich weiter erzählen! Wenn wir sie ärgern, erzählt sie am Ende nichts mehr und das wäre ehrlich schade!" Ilse hatte ihre Worte mit erhobenem Zeigefinger unterstrichen und bat Ulla um den weiteren Bericht, aber mit allen Details bitte!

Ulla bedankte sich bei Ilse und setzte Ihre Erzählung fort: „Wie schon erwähnt, ich war völlig von den Socken. Jetzt, nachdem ich wusste, dass er Yves aus dem Internet war, verstand ich, weshalb er mir irgendwie bekannt vorgekommen war, als wir in das Restaurant an seinen Tisch kamen. Ich wusste nur nicht, wo ich ihn getroffen haben könnte oder wer er war.

Helga kehrte zurück und Yves sah mich fragend an, ob er sich wohl auch bei Helga vorstellen durfte. Ich nickte zustimmend, was blieb mir anderes übrig? Helga wusste neben Heike als einzige Person, dass ich mich im Internet herumtrieb. Sie wäre echt beleidigt gewesen, wenn ich ihr Yves verheimlicht hätte.

Zuerst dachte Helga, wir hätten uns hier verabredet, erst als sie uns glaubte, dass es wirklich Zufall war, dass wir uns hier in diesem Restaurant zum ersten Mal trafen, war die Überraschung groß. Es wurde ein sehr netter Nachmittag. Nach dem Essen begleitete er uns zum Auto, half auch beim Tragen der Einkäufe. Anschließend lud er uns in eines der besten Kaffeehäuser der Stadt ein.

Bei der sehr angeregten Unterhaltung vergaßen Helga und ich, wie spät es bereits war. Plötzlich meldete sich Helgas Handy, mein Sohn war dran und wollte wissen, ob es uns denn gut ginge. Er mache sich Sorgen und ob denn das Auto in Ordnung wäre? Wir hätten uns nicht gemeldet und wann wir nach Hause kämen. Helga konnte ihn beruhigen und dann mussten wir wohl oder übel aufbrechen.

Yves nahm mich ein bisschen zur Seite und gab mir seine Visitenkarte, er fragte nach meiner Telefonnummer und wollte sich bei mir melden und ein Treffen ausmachen – aber nicht erst, wenn meine Reise vorüber wäre! Um es abzukürzen, wir haben uns mehrmals getroffen…“

„Du hast aber nur von einem Treffen erzählt, du Heimlichtuerin!“ Heike unterbrach ihre Freundin, aber der Schalk blitzte aus ihren Augen. „Warum soll eine Frau kein

Geheimnis haben?" Ulla sang den alten Schlager von Zahra Leander leise an. „Alles kann man auch der besten Freundin nicht erzählen! Ja, ich weiß, ich habe rote Backen, aber umso mehr bleibt euch zum Nachdenken."

„Rote Backen hin oder her!" Lieselotte meldete sich mit ernstem Gesicht. „Ulla, als die Chronistin deiner Taten musst du jetzt etwas Ausführlicher werden, bitte! Wie soll ich das Kapitel mit Yves denn schreiben, wenn du dich in Schweigen hüllst?" Das auf diese Frage aufbrausende Gelächter der Damenrunde sprach für sich…

„Überredet! Ich werde weiter erzählen, sonst geht dir beim Dichten womöglich die Fantasie durch!. Yves und ich trafen uns am nächsten Tag in Freiburg, da gibt es ein sehr nettes Lokal am Domplatz. Jetzt hatten wir Gelegenheit, ein wenig mehr über den anderen zu erfahren. Er hat ein Weingut in der Nähe von Andlau an der elsässischen Weinstraße. Seine Frau ist vor vier Jahren gestorben, vor zwei Jahren dann hat er sich aus dem >Alltagstrott< zurückgezogen, wie er es bezeichnete. Jetzt bewirtschaften seine beiden Söhne und die Tochter diesen Besitz. Besonders freue ihn, dass seine Kinder in den letzten Jahren immer wieder hoch prämierte Weine erzeugt haben und den Standard der Güte sogar noch ausbauen konnten. Alle drei Kinder sind gut verheiratet und die jeweiligen Familienzuwächse arbeiten im Betrieb mit. Sein ältester Enkel macht bald Abitur und soll dann nach Geisenheim auf die deutsche Weinbauschule gehen. Das Weingut der Hollers ist wohl ein Vorzeigebetrieb seiner Art. Auf den Lagen wachsen neben Riesling und Gewürztraminer auch die Sorten, aus denen der bekannte Schaumwein erzeugt wird. Die anderen, teils hoch prämierten Weinsorten, habe ich vergessen. Bitte fragt nicht allzu viel nach, ich habe mir nicht alles, was Yves mir erzählt hat, gemerkt…

Ich finde es fantastisch, wie er anderen Menschen sein enormes Wissen über den Wein und alles, was damit zusammenhängt, beibringt. Er ist nicht einfach ein trockener Erzähler, nein, er kennt viele Einzelheiten über die geschichtliche Entwicklung, die Veränderungen der Reben über die Jahrhunderte und den Wandel auch in der Herstellung des Weines. Alles hochinteressant. Über diese Dinge habe ich mir nie Gedanken gemacht. Ich muss noch eine Menge lernen, dazu bin ich kein Weintrinker. Zu meiner Schande muss ich gestehen, ein Glas Bier war mir immer lieber. Vielleicht finde ich auf meine alten Tage Geschmack am Saft der Reben, was nicht ist, kann noch werden!

Obwohl Yves 75 Jahre alt ist, arbeitet er immer noch, aber mehr wissenschaftlich, auch für das Weinmuseum des Elsass. Er hat Weinbau studiert, arbeitete nach dem Studium in den berühmten Weinbaugebieten im Nappa Valley in Kalifornien, sogar in Südafrika hat er sich ein halbes Jahr auf einem Weingut weitergebildet. Dass er die deutschen, österreichischen und italienischen Weinbaugebiete gut kennt, muss man nicht ausdrücklich erwähnen. Er ist überall in Kontakt mit Berufskollegen, unterhält viele freundschaftliche Beziehungen. Die EU hat ihm in den letzten Monaten eine Beraterposition angeboten und er hat offenbar viel Freude daran, sein Können und Wissen über den Wein weiterzugeben. Vor einigen Monaten war er in England, da soll es auch Weinbau geben.

An einem anderen Tag haben wir uns außerhalb von Colmar getroffen, ich habe mein Auto bei einem seiner Freunde untergestellt. Dann sind wir in seinem Wagen weitergefahren Richtung Andlau und zu seinem Gut. Es war eine wunderschöne Fahrt, ein herrlicher warmer Tag. Da er die Gegend natürlich sehr gut kennt, konnte er mir sehr viel darüber berichten. Vieles davon wusste ich gar nicht, obwohl ich so lange Jahre in der Nähe lebe. Ich war meist nur in Straßburg oder in Colmar, so richtig über Land gefahren bin ich nie.

Das Haus ist eher ein Schloss, mehrere Gebäude, sogar Stallungen für eine kleine Pferdezucht sind vorhanden. Man sieht, dass es eine glückliche Familie ist, die da ihr Zentrum hat. Er hat – ähnlich wie ich – ein Haus etwas abseits für sich gebaut, mit einem Arbeitszimmer und einer großen Bibliothek, ein kleines Labor gibt es ebenfalls, wo er seine Versuche und

Prüfarbeiten macht.

Wir verstehen uns prima – so weit ich das nach der kurzen Zeit, in der wir uns kennen, sagen kann. Nach dieser Reise wollen wir ein paar Tage zusammen an den Lago Maggiore fahren, Freunde von ihm haben dort eine kleine Ferienwohnung, die er ab und zu nutzen darf."

Ulla schwieg. Es war deutlich zu sehen, dass ihre Zuhörerinnen gerne so manche Frage gestellt hätten, aber sie hielten sich zurück. Heike als ihre beste und älteste Freundin war nicht ganz zu bremsen. „Eines hätte ich nur gerne gewusst: War er auch bei Dir zu Hause?"

Diese Frage machte Ulla sehr verlegen und man merkte ihr an, sie wusste nicht, wie sie sich ob dieser sehr direkten Attacke aus der Affäre ziehen sollte. Schließlich nickte sie kurz und sagte recht beiläufig: „War er und das Häuschen hat ihm gut gefallen, auch meine Blumen fand er schön."

Lieselotte stupste Heike an, zwinkerte ihr zu und meinte: „Danke Ulla, jetzt habe ich schon mal Stoff!" Leni bedankte sich im Namen der anderen für Ullas Mut und fügte etwas süffisant hinzu: „Den Rest der Geschichte übernimmt dann Lieselotte mit ihrer dichterischen Freiheit!

Trotz der Hänseleien, die aber natürlich nicht böse gemeint waren, so offen über eine >laufende Bekanntschaft< zu sprechen, war Ulla nicht leicht gefallen. Es war leider nicht alltäglich, dass eine durch das Internet zustande gekommenen Partnerschaft so glücklich zu werden versprach, wie es den Anschein bei Ulla und Yves hatte….. und alle freuten sich darüber.

Martha sah auf die Uhr. „Es ist bald Mitternacht!" Luise widersprach ihrer älteren Schwester nicht oft: „Nein, da fehlt mehr als eine Stunde drauf!" Sie sah fragend in die Runde. „Wie wäre es, hat jemand eine letzte Geschichte für den Buchstaben Z?"

Erst einmal war es vollkommen still und niemand sagte etwas. Leni sah nachdenklich vor sich hin und runzelte die Stirne. Dann ergriff sie sehr ruhig - fast schüchtern – das Wort und begann zu erzählen: „Ich werde es versuchen, obwohl ich nicht allzu viel im Augenblick beitragen kann. Er heißt wirklich und wahrhaftig Zacharias. Wie die Bayern schon sind mit der Verballhornung der Vornamen, wird er >Zacherl< genannt.

Aber zur Erklärung die Vorgeschichte: Einige dieser Internet - Portale veranstalten Treffen für ihre Mitglieder, zum Beispiel ein Abendessen in einem angesagten Spezialitätenrestaurant, Frühstück in einem bekannten Hotel oder, was offenbar sehr en vogue zu sein scheint, sogenannte Stadtspaziergänge. Bei einem solchen Spaziergang in Wasserburg am Inn habe ich teilgenommen. Mir war langweilig zu Hause und so habe ich mich ein oder zwei Wochen vorher für diesen Termin angemeldet. Wasserburg selbst habe ich nie besichtigt, wenn ich in der Nähe war, bin ich immer nur vorbei oder durchgefahren. Also auf nach dem schönen Wasserburg, dachte ich.

Der Treffpunkt war auf einem Platz vor der Stadtpfarrkirche, mein Navi hat das gut gefunden, nur mit dem Parkplatz hatte ich Mühe. Es hatten sich etwa zwanzig Leute versammelt. Erst standen wir alle ein wenig verloren herum, dann kam der Coach mit einer älteren Dame, die für uns den Stadtführer machte, und die Wanderung ging los.

Wir hatten bereits einiges über die alte Stadt Wasserburg und ihre Bedeutung vom Mittelalter bis heute gehört, da tauchte plötzlich neben mir ein älterer Herr auf. Die Bayern stellt man sich meist mit Bierbauch, Schnauz und Gamsbarthut vor – er war das Klischee davon! Die Beleibtheit hielt sich angenehmer Weise in Grenzen, der Schnauz war sehr gepflegt und der entsprechende Hut war mit einem ausgesucht schönen Gamsbart todschick. Er trug einen Trachtenjanker und Hirschlederne. Ihr wisst, was das ist? Die Ilse ist sicher im Bilde, aber für die Nordlichter erkläre ich das: Eine Hirschlederne ist eine Lederhose aus Hirschleder, etwas ganz Feines und echt teuer, meist maßgeschneidert für den Besitzer dieses edlen Teils. Mit einem Wort, er war nicht nur ein Salon - Bayer, nein, sogar ein waschechter!

Er sah mich aufmerksam an und sagte dann – natürlich in reinstem Dialekt, aber ich erzähle es in verständlichem

Hochdeutsch: >Sie kennen mich nicht mehr, gelt? Erinnern Sie sich wirklich nicht an mich?“ Ich schüttelte den Kopf und musste seine Frage verneinen. Gleichzeitig bat ich ihn um Aufklärung.

>Sie sind die Frau Oberlechner aus der Zentrale ihrer Bank und waren für die Großkredite zuständig, ich bin einer Ihrer Kunden gewesen. Es ist allerdings schon an die zwanzig Jahre her, ich war damals noch dunkelhaarig und trug einen Vollbart, hatte mehr Haare auf dem Kopf und war etwas schlanker!< Ich fand es sympathisch, dass er sich selbst ein bisschen auf die Schippe nahm. Er lachte dabei sehr herzlich und nett, man konnte ihm irgendwie nicht böse sein. >Darf ich mich vorstellen: Zacharias Wiesinger, Bau- und Landmaschinen. Es ist allerdings – wie bereits gesagt - schon Jahre her, dass wir zwei mit einander dienstlich zu tun hatten! Ihren Chef, den Loisl Brunner, kannte ich gut. Wir sind als Kinder in einer Straße in Landshut aufgewachsen, schade, dass er so früh gestorben ist,<

Nach diesen Worten sah ich ihn mir genauer an – richtig – das war der Zacherl Wiesinger, ein persönlicher Freund meines alten Chefs, der mir diesen Kunden besonders ans Herz gelegt hatte. Es fiel mir auch ein, dass Dr. Brunner, mein Chef, damals sogar gemeint hat, der wäre was für mich zum Heiraten, weil der „Zacherl“ wohl zu dieser Zeit in Scheidung lebte oder gerade geschieden worden war, so genau konnte ich mich nicht mehr erinnern….

Nachdem wir uns also erneut bekannt gemacht hatten, haben wir diesen Tag in Wasserburg so ziemlich gemeinsam verbracht, nach dem offiziellen Teil gingen wir Essen, er kannte ein besseres Lokal, als das von unserem Coach ausgesuchte. An diesem Nachmittag haben wir uns der anderen Gesellschaft nicht mehr angeschlossen.“ Leni machte eine kurze Pause, denn Alfredo, der besondere >gute Geist< der Damenrunde, stand vor dem Tisch.

Alfredo wandte sich an Lieselotte, die er aufgrund ihrer profunden Sprachkenntnis sehr bewunderte. „Mi scusi, Dottoressa, ma è gia mezzanotte e dobbiamo chiudere il bar.“

Lieselotte nickte und sagte: „Va bene, Alfredo! Andiamo e buona notte! A l'ultima volta domani sera!"

"Und was hast du ihm jetzt gesagt?" wollte Martha wissen. „Er will schließen, es ist nach Mitternacht! Ich habe gesagt, dass es gut ist und wir gehen. Morgen Abend, zum letzten Mal!" antwortete Lieselotte. „Ich denke Leni, du musst deine Geschichte um einige Stunden vertagen! Jetzt eine Bitte an euch alle: Ich habe mich so wohl gefühlt mit euch auf dieser Reise, wir haben viel gesehen – auch wenn wir nicht alle Ausflüge mitgemacht haben. Unsere Gespräche und Diskussionen waren wunderschön und interessant. Außerdem habt ihr alle mir so viel Material für meine geplante Schreibarbeit verschafft – es ist bereits die halbe Miete! Ich werde versuchen – so hoffe ich wenigstens – alles zu einem liebenswerten Buch zu verarbeiten. Als kleines Dankeschön dafür und auch für die Freundschaft, die wir begründet haben und von der ich sehr hoffe, dass wir sie noch weiter pflegen werden, möchte ich euch alle für morgen Abend 19.30 Uhr ins City-Restaurant auf dem obersten Deck einladen, damit wir zünftig Abschied feiern. Macht ihr mir die Freude und ist das hiermit genehmigt?"

Die Zustimmung aller war voll Begeisterung und Luise drückte das aus mit den Worten: „Leni nannte dich die >Chronistin unserer Erlebnisse< und wir danken dir bereits jetzt für die Einladung und einen weiteren tollen Event. Morgen wünsche ich für uns alle einen schönen Tag in Amsterdam, bei van Gogh in seinem Museum und – last but not least – den berühmten Diamantenschleifern dieser Stadt! Haltet die Börse zu und kauft nicht alles, was so schön glitzert! Schlaft gut in Morpheus Armen, er schenke euch süße Träume! Da wir unsere Koffer packen müssen, bis 23 Uhr sollte alles vor der Tür stehen, ist der von Lieselotte genannte Termin ganz prima. Pünktlich morgen Abend um 19,30 Uhr auf dem obersten Deck. Schlaft alle schön und tschüs!" Martha fügte hinzu: „Die Busse starten um 9 Uhr Früh, seid pünktlich da zur Abfahrt!"

DAS ENDE VOM ALPHABET UND DER LETZTE ABEND AN BORD

Der Tag 20 begann allgemein hektisch, denn ein großer Teil der Passagiere wollte die Amsterdam-Tour mitmachen. Daher strömte alles zum Frühstücksbuffet, es gab ein richtiges Gedränge. Die Damenrunde beeilte sich ebenfalls, ihre Busse zu erreichen. Man wünschte sich viel Spaß und los konnte die Stadtrundfahrt gehen…

Wie verabredet kamen alle pünktlich Lieselottes Einladung nach. Bald saßen die sieben Damen an einem schön gedeckten Tisch, etwas abseits in einer gemütlichen Ecke. Lieselotte hatte ihre Mitstreiterinnen in den letzten Wochen näher kennengelernt und wusste über die besonderen Vorlieben oder auch die nicht so sehr gewünschten Speisen etwas Bescheid. Sie hatte schon Tage vorher mit dem Chef de salle ein tolles Essen zusammengestellt.

Sie prosteten sich zu, ließen es sich schmecken. Doch dabei kam immer wieder Wehmut auf, dass diese schöne Schiffsreise und die nette und unterhaltsame Geselligkeit bald zu Ende ging. Wie nicht anders zu erwarten – trotz Luises Mahnung – hatten alle fleißig eingekauft. Heike fand mit der Begründung, weil es denn keinen Mann in ihrem Leben gab, ein als „Trostpflaster" einen wunderschönen Ring, der natürlich gebührend bewundert wurde.

Leni hatte einen hübschen Schal erstanden, mit ganz ausgesuchtem Muster. Ilse wollte dem Herrn Hofrat mit einem Buch über das van Gogh – Museum eine Freude machen, Ulla hatte für ihren Yves die gleiche Idee gehabt. Luise fand in einem kleinen Geschäft entzückende Kindersachen für die Zwillinge ihrer Tochter. Martha brachte ihrem Sohn eine tolle Krawatte mit, für die Schwiegertochter gab es eine moderne Handtasche und für die beiden Enkelinnen Naschwerk, das diese sich gewünscht hatten.

Amsterdam war eine interessante Stadt. Alle bedauerten, dass nicht mehr Zeit zur Verfügung gestanden hatte für die anderen Sehenswürdigkeiten. Heike meinte jedoch, dann hätte sie vielleicht noch mehr Geld ausgegeben. So ging die Unterhaltung munter weiter. Nur Lieselotte schwieg, bis es Luise auffiel und sie direkt wissen wollte, was Lieselotte sich denn selbst „Gutes getan" hätte.

„Wie findet ihr denn meine Bluse und den Rock?" fragte Lieselotte. „Sehr hübsch! Vornehm! Hochelegant!" war die allgemeine Meinung, „und wo hast du dieses tolle Ensemble her?"

„Ich kenne eine kleine Boutique in einer fast unbekannten Nebenstraße und immer, wenn ich in Amsterdam war, habe ich mir dort etwas gekauft. So eine Art Tradition für mich."

Man war beim Dessert – einer grandiosen Eistorte mit Früchten und dazu passendem Likör – angekommen, da meldete sich Leni und wollte wissen, ob sie denn die Geschichte vom Zacherl vervollständigen dürfte.

„Wir warten schon gespannt! Nach dieser opulenten Stärkung bist du sicher für eine längere Story gut gewappnet und kannst gleich loslegen!" Ilse lächelte Leni herzlich zu. Die beiden hatten vereinbart, nicht gleich nach Hause zu fahren sondern noch einige Tage „Hamburg – Besuch" anzuhängen – wenn man denn aus dem Süden mal so weit im Norden war....

„Sicher könnt ihr euch denken," begann Leni „dass ich den Zacherl – wir waren mittlerweile zu den Vornamen übergegangen – gefragt habe, weshalb er ins Internet auf Partnersuche gegangen ist. Was ich da zu hören bekam, wird euch überraschen!

Vielleicht sollte ich vorausschicken, dass der Zacherl ein gewiefter Geschäftsmann war. Er hat mit dem Kredit seine Firma ausgebaut, ein zweites Produkt und später eine dritte Linie dazugenommen. Die Angebotspalette seiner Waren hat er noch erweitert, hier sogar die Generalvertretung für die Bundesrepublik erhalten. Diese Erfolgsstory hat er fleißig weiterbetrieben. Er meinte dazu, er hätte eben nach der Scheidung nur seine Arbeit gehabt und die wollte er gut machen, wenn denn schon das Privatleben auf der Strecke geblieben ist. Sein einziger Sohn, damals 13 Jahre alt, ging mit seiner Frau nach Hamburg, der Vater war ihm zu streng. Leider war der Andreas in schlechte Gesellschaft geraten, seine Frau kümmerte sich nicht allzu viel um das Kind. Er ist zweimal im Gymnasium sitzen geblieben, musste diese Klassen wiederholen, bis er mit Ach und Krach das Abi geschafft hat. Dann begann er verschiedene Studien, landete beinahe im Knast, weil er beim Dealen erwischt wurde. Im Alter von 23 Jahren hatte der Junge einen tödlichen Autounfall. Zacherl gibt sich bis heute die Schuld, denn er hätte als Vater versagt. Ich glaube, manche Dinge im Leben sind einfach vorprogrammiert."

„Wie Gott will, ich halt still…" Ilse intonierte dieses Heurigenlied ganz leise. „Ja, ich sehe das so." Leni zuckte mit den Schultern, dann sprach sie weiter: „Es hat wohl jeder Mensch, so erfolgreich er manchmal sein mag, irgendwo eine >Achillesferse<, die Schwachstelle, die ihn zu Fall bringen könnte. Vor lauter Arbeit und Erfolg hat der Zacherl wenig Kontakt zum weiblichen Geschlecht gehabt – vorsichtigerweise sage ich >nach seinen eigenen Angaben< dazu. Deshalb hat er gedacht, er könnte es übers Internet versuchen. Mich hat fast der Schlag getroffen, als ich erfuhr, was er in sein Profil hineingeschrieben hat und als Gipfel der Unvernunft hat er außerdem die Suche >bundesweit< eingegeben. Ich will es kurz machen. Er gab an, erfolgreicher Unternehmer gewesen zu sein, jetzt im Ruhestand, die Firma hätte er gewinnbringend verkauft. Er lebe in einem netten

Anwesen an einem kleinen See in Bayern und hätte gerne die entsprechende Lebensgefährtin, Heirat bei gutem Verstehen nicht ausgeschlossen!“

Leni wurde abrupt durch den lauten Protest und die Aufschreie ihrer Zuhörerinnen unterbrochen: „Ein Wahnsinn! - Wie kann man nur so naiv sein! - Der Mann hat eine Leimrute ausgelegt für alle diese Fliegen! - Da waren bestimmt unendlich viele, die sich gemeldet haben! - Der arme Mensch, was hat er sich da eingebrockt!“ – und so ähnlich ging es weiter.

„Ja, genau! Es waren, nachdem er sich fix angemeldet hatte, auf einen Streich genau 251 Damen – wobei nicht immer das Wort Damen angebracht war! Der Querschnitt war enorm: von der Alleinerziehenden mit einem Kind bis hin zur mehrfachen Mutter, den Sozialhilfeempfängerinnen, begüterten >alten Mädchen<, Hausfrauen, von zwei pensionierten Pfarrersköchinnen über eine ganze Reihe respektabler Damen aus Akademikerkreisen, vornehmlich die Witwen davon, vielen Angeboten aus den ehemaligen Ostblockstaaten, mehreren Asiatinnen, ganz zu schweigen von den Stripperinnen und einer Domina mit ihren Häschen! Es war alles dabei, was man sich nur vorstellen kann! Viele waren zum sofortigen Umzug bereit, andere boten ihre Villen zum gemeinsamen neuen Heim, es war sogar eine Finca auf Teneriffa dabei! Wer kein Geld hatte, bot andere Dienste an, von guter Küche, Häuslichkeit und Gartenarbeit inklusive aller Arten von Sex und Liebe und was es ansonsten auf Erden alles gibt oder geben soll. Über die Sexangebote mit Möglichkeiten, die eine normale Frau gar nicht kennt, hat er mich nur kurz am Rande unterrichtet, ich brauche es nicht weiter auszuführen.“

„Was hat er dann gemacht?“ Luise sah Leni fasziniert an.

„Als erstes hat er gelöscht, was zu löschen war. Der Run ging weiter und da kam er dann endlich auf die rettende Idee – er hat sein Profil total geändert und die Suchweite eingegrenzt. Nachdem er den ersten Ansturm auf das Profil Nr. 1 eliminiert hatte, ging es etwas gesitteter zu und er konnte sich einer echten Auswahl zuwenden. Weit gefehlt! Was sich da bot, war nicht das >Gelbe vom Ei< ....

Er wollte eine Partnerin, die natürlich nett anzusehen und mit Herz, Hirn und Humor gesegnet sein sollte. Seine Erfahrungen decken sich in vielen Dingen mit dem, was auch wir erlebten. Alle, die ihm gefallen hätten können, wohnten zu weit weg. Ihm hatte vorgeschwebt, ich musste lachen bei seinen naiven Visionen, jemanden in der Nähe zu finden, der mal mit ihm ins Konzert, ins Theater, in ein Museum gehen würde, Einladungen zum Essen, gemeinsame Ausflüge oder kleinere Reisen – für den Anfang eben, um sich besser kennen zu lernen. Alle weiteren Ereignisse so nach dem Motto >schauen wir einmal.<

Großer Knackpunkt bei seinen Vorstellungen – wie auch bei uns bekannt und bereits mehrfach ausgeführt – war die Entfernung! Jede der Aspirantinnen auf eine gedeihliche Zweisamkeit, die wirklich in Frage gekommen wäre, lebte mindestens 100 bis 200 km entfernt, und darüber hinaus! Dies ist freundschaftlichen oder amourösen Entwicklungen nicht zuträglich. – von uns alles selbst erlebt.

Ein gestandener Bayer – der der Zacherl nun einmal ist – kann sich nur schwer mit dem >Kölschen< (nur nebenbei: wir erinnern uns an unseren ungebetenen Kritiker und seine Sprechweise) abfinden oder sich an die sächsische Mundart, wenn sie dann auch noch breit gesprochen wird, gewöhnen. Ich will nichts gegen andere Landsmannschaften sagen, jede hat ihre Eigenheiten, liebenswerte und weniger liebenswerte. Gilt auch für uns Bayern! Wenn ich Ilse betrachte, möchte sie sagen, dass der ausgesprochene >Weaner< in den anderen österreichischen Bundesländern nicht als das unbedingte Highlight angesehen wird. Stimmt' s? Ja, denn du nickst! Übrigens habe ich ganz reizende Freunde im Bergischen Land, deren Aussprache mich keineswegs stört – der Mensch ist es, nicht sein Dialekt! Ich glaube, Männer haben mit diesen Dingen größere Schwierigkeiten als wir Weiberleute. Es hat eben jeder so seine Macken, ganz besonders wir in Bayern! Das geben wir auch gerne zu!

Über all der Arbeit und dem Ärger mit den Angeboten hat er tatsächlich vergessen, seinen Jahresvertrag zu kündigen! Als er die erste Folge - Quartalsabbuchung mit der stolzen neuen Beitragsrechnung erhielt, war er furchtbar wütend, aber er kam nicht aus dem Vertrag heraus. Wie gesagt, Vertrag ist Vertrag! Über das verlorene Geld hat er sich nicht so sehr aufgeregt, nur die Art der >Abzocke< hat ihn schrecklich geärgert. Er konnte diesen Anschluss - Jahresvertrag sofort kündigen, aber er zahlt bis zum Vertragsende lustig weiter." Leni machte Pause und trank ein Glas Mineralwasser in einem Zug leer, so viel Reden macht durstig.

Martha, die eigentlich nie so die Neugier zeigte wie die anderen, war dieses Mal die Erste: „Deine Erzählung war hochinteressant, dass das andere Geschlecht auch leiden muss, nicht nur wir. Wenn ich gemein wäre, würde ich etwas über die ausgleichende Gerechtigkeit sagen. Aber in unser aller Namen, Luise würde es poetisch vielleicht so ausdrücken: >die wir voll an deinen Lippen hängen<, stelle ich jetzt die Frage: wie ging, oder besser gesagt, geht es mit dir und dem Zacherl weiter? Wir bitten um die genauen Details!"

Wer hätte sich das je träumen lassen – die sich manchmal total abgebrüht gebende >selfmade woman< Leni konnte herrlich mädchenhaft erröten und begann zu stottern! „Na ja, wir haben uns einige Male getroffen, Theater, Kino, Konzert und so weiter. Einmal waren wir im Münchner Zoo, diesen Besuch haben wir beide sehr genossen und wollen ihn wiederholen. Er hat aus einer Versteigerung vor Jahren ein Grundstück an einem See in der Nähe von Rosenheim gekauft. Da hat er sich nach dem Verkauf der Firma einen kleinen Bungalow in Fertigbauweise hingestellt, mit einer angebauten Garage und Werkstätte, wo er seinen Bastelambitionen frönen kann. Es gibt keinen direkten Seezugang, aber der Nachbar lässt ihn bei sich >ins Wasser steigen<. Der Garten ist zwar nicht verwildert, aber urig gehalten; die Wiese wächst ganz in Natur, wird ab und an gemäht und das Heu bekommt der Nachbar für seine Geißen. Somit braucht der Zacherl keinen Gärtner und mich hat er ebenfalls nicht nach der Liebe zur

Gartenarbeit gefragt – Gott sei Dank! Das macht mir sein Zuhause sehr sympathisch!

Wir haben uns gut angefreundet und ich kann es gestehen, er hat mir ein Satellitentelefon mitgegeben, wir haben beinahe jeden Tag miteinander telefoniert. Er ist sehr lieb und hat auch nichts dagegen, dass ich mit Ilse noch ein paar Tage länger in Hamburg bleibe. Um eure Neugier zu befriedigen, ich glaube, es ist ein echter Glücksfall für mich, dass ich in Wasserburg war. Ich will meinerseits alles tun, dass ich es nicht vermassle! Jetzt habe ich mich genügend entblättert, weitere Fragen werden nicht beantwortet!"

„Das war das letzte Wort des Indianers!" lachte Heike. „Aber es war wirklich interessant – abgesehen davon, dass du jetzt in festen Händen bist, worüber wir uns alle von Herzen mit dir freuen! Wir sind bei unseren Erzählungen über die Männer hergezogen, das stimmt schon. Aber ich glaube, Adam im Internet hat es mit der Eva und den Äpfeln auch nicht so leicht, was meint ihr?"

„Ganz bestimmt ist das so!" bekräftigte Luise und Ulla fügte schmunzelnd hinzu: „Ich muss Yves unbedingt auf den Zahn fühlen und herausfinden, was er denn so erlebt hat! Ich bin eigentlich blöd, denn ich habe ihn gar nicht gefragt, warum er ins Internet gegangen ist! Leni, du hast mich auf völlig neue Ideen gebracht! Diese Gedankenpfade werde ich weiter verfolgen, ihr erhaltet dann Bericht!" Sie lachten herzhaft über diese interessante Ankündigung.

Da meldete sich Heike erneut zu Wort: „Ich komme etwas spät und das Alphabet ist zu Ende, aber ich hätte noch etwas, ich nenne es >Das Allerletzte<! Darf ich das noch berichten? Ich fasse mich auch ganz kurz!" Alle nickten und Lieselotte forderte Heike auf, zu erzählen.

„Mein letztes Abenteuer! Eines Tages habe ich in mein Account gesehen und siehe da, ein Mensch aus Stuttgart hatte eine kleine Mail geschrieben unter Angabe seiner Telefonnummer. Na ja, dachte ich, kostet nichts und kann auch nicht schaden. Also rief ich ihn an. Er meldete sich nur mit >Helmut<, kein Nachname; genau so hielt ich es auch, die

Handynummer war ohnehin nicht zu erfahren. Wir unterhielten uns kurz, ich wohne eher im Süden, er war im Norden von Stuttgart zu Hause. Die Entfernung zwischen uns war nicht groß, hoch gerechnet etwa 15 bis 20 km, wäre sensationell nahe und damit endlich angenehm gewesen. Da druckste er herum, er hätte noch eine Sache, die müsste er mir sagen. Er hätte vor etwa zwei Jahren bereits in dem Portal gesucht und seit etwas mehr als einem Jahr habe er eine feste Beziehung. Nur ist die Dame am Bodensee in der Überlinger Gegend zu Hause, mehr als 180 km von ihm von Haus zu Haus. Sie – er sagte einfach sie – ist nicht geschieden, lebt nur getrennt von ihrem Mann. Er ist offenbar sehr reich und finanziert die Kosten für ihr Leben großzügig: Villa am See mit großem Garten, Motorboot, Mercedes-Coupe, genügend Taschengeld usw. Ihr Mann hat nichts dagegen, wenn sie einen Lebenspartner hat, aber sie will nicht mit jemandem jeden Tag zusammen wohnen, andererseits aber auch nicht nach Stuttgart ziehen. Nur ihm wäre dieser Zustand nicht so angenehm, deshalb will er eine andere Partnerin suchen. Allerdings würde er sich von dieser Dame am Bodensee erst dann trennen, wenn er sicher wäre, dass die neue Verbindung genau das ist, was er bis jetzt hat: denn der Sex am Bodensee wäre einfach toll und den will er nicht missen! Wenn er dort wäre, käme es manchmal mehrmals täglich dazu. Ich hätte doch sicher nichts dagegen einzuwenden?“

Es war ein fast einstimmiger Aufschrei, der den letzten Worten von Heike folgte. Ulla griff nach Heikes Arm und man konnte heraushören, wie entsetzt sie war: „Du hast mir das gar nicht erzählt!“ Heike schüttelte den Kopf: „Wollt ihr denn nicht warten, die Geschichte ist noch nicht zu Ende! Nach diesen Ausführungen war ich erst einen Augenblick sprachlos. Dann wollte ich es genauer wissen: >Verstehe ich richtig, Sie wollen mit mir ein Techtelmechtel anfangen um herauszufinden, wie das so wäre? Aber die andere Verbindung bleibt weiterhin bestehen?<

Seine Antwort, dass er die Beziehung am Bodensee erst abbricht, wenn es mit uns genau so gut – er benutzte tatsächlich den Ausdruck – „hinhaut“, brachte mich vollends auf die Palme! Am Anfang seiner „Bedingungen“ war ich versucht gewesen, den Hörer aufzulegen, aber jetzt begann mich die Sache zu interessieren.... Ich habe ihm ganz klar gesagt, dass er spinnt und keine Frau, die etwas auf sich hält, auf sein Angebot eingehen würde. Ihr glaubt es nicht, aber seine Entgegnung, dass er unehrlich wäre, wenn er das nicht alles so darstellt, wie es ist, brachte mich zu einem lauten Lacher! Er sagte fast kleinlaut, er hätte bis jetzt sechs Absagen erhalten, gleich am Telefon, nur eine wollte sich mit ihm treffen. Bei dem Date hat diese Dame ihm dann so den Kopf gewaschen, dass er beinahe geflüchtet wäre, weil es ihm zu viel wurde. Sie hat ihm gedroht, ihn im Internet-Portal zu melden, denn sie wäre keine Nutte. Zwei hätten gleich aufgelegt. Eine andere habe gesagt, sie wäre nicht am Markt feil und ähnliche nette Dinge...!“ - „Na, der hätte sich von mir eine Abreibung einfahren können!“ Leni lachte.

„Lasst mich weiter reden, bitte! Ich habe ihm die Frage gestellt, ob die Bodensee-Frau von seinen Absichten weiß. Natürlich nicht, hat er ganz empört gesagt. Daraufhin wollte ich wissen, ob er da nicht auch unehrlich wäre? Diese meine Frage hat ihn verblüfft. Was glaubt ihr, was dann kam? Er hat mich gefragt, was er denn jetzt tun soll!“

„Nicht zu fassen!“ Martha brachte es auf den Punkt. „So sind die Männer! Wenn es brenzlig wird, brauchen sie eine Frau, die sagt wo es lang geht!“

„Ich habe ihm geraten, sich in psychologische Betreuung zu begeben, denn irgendwo hätte er kein – ich glaube, man nennt es so – >Unrechtsbewusstsein< und er wäre krank. Dann habe ich aufgelegt! So viel als Allerletztes zum Verständnis der Herren und dem Sex!“

Sie lachten, schüttelten die Köpfe und begannen zu diskutieren, bis Heike unterbrach: „Ich will noch einen Satz dazu sagen: Meiner Meinung nach - und ich sage es nicht, weil ich ohne Erfolg bei der Suche nach einem neuen Partner war - können diese ganzen Portale, Eheinstitute, Partnervermittlungen oder wie immer man es nennen mag,

Erfolg versprechend für junge und jüngere Menschen sein." Heike holte tief Luft und fuhr fort: „Für uns Ältere glaube ich aber, dass es nur in ganz seltenen Fällen, wie etwa bei dir Ulla, wirklich zu einem schönen Ende kommt. Trotz allem hatte ich einen guten Zeitvertreib. Es hätte mich zwar gefreut, den Richtigen zu finden, war halt nicht und ich nehme es mit Humor! Dafür habe ich eine tolle Reise mit euch gemacht, habe euch als Freundinnen gefunden und wir hatten viel Spaß, also ein Hoch auf uns!" Sie hob ihr Glas und prostete den anderen zu.

Lieselotte stellte ihr Glas ab und wandte sich zu Heike: „Adam und die Äpfel, dein Vergleich war gut! Wenn man uns so hört, kommen nicht eingeweihte Lauscher sicherlich zu der Ansicht, dass wir ein Haufen oberflächlicher Weiber ohne jede Moral und Gewissen sind. Für Außenstehende klingt es arrogant und hochnäsig, wenn ich sage, dass wir >sozusagen in uns selber ruhen<. Ich will damit ausdrücken, dass wir uns unseres Wertes bewusst sind, ohne aber den Wert des Gegenübers klein machen zu wollen. Wir haben gewisse Vorstellungen bezüglich eines neuen Partners und einer Zweisamkeit im Alter, die ich aber nur als natürlich und keineswegs überkandidelt – blödes Wort, aber es passt gut – bezeichnen will. Vielleicht scheitert es wirklich oft an der fehlenden Toleranz von beiden Seiten. Aber wir machen es anders: wie nehmen die Sache von der heiteren Seite. Wenn die Suche nicht erfolgreich verläuft, regt uns das nicht weiter auf. Für uns war – die Leni nennt das >ketzerisch ausgedrückt< - das geeignete Objekt oder besser Subjekt nicht dabei. Das bedeutet im Klartext: weiter suchen oder eben sein lassen!

Stellt euch ein ganz anderes Szenario vor: Da ist so ein Sensibelchen – kann männlichen oder weiblichen Geschlechtes sein. Dieses Menschenkind hält verzweifelt nach einem Partner oder einer Partnerin Ausschau, hat unglaubliche Sehnsüchte und würde zur Erfüllung dieser alles dafür tun, findet leider nichts und niemand. Dann trifft er oder sie auf einen – du nanntest ihn Helmut, nicht wahr, Heike? – bleibt damit also auf der Strecke und wird darüber kreuzunglücklich?"

Alle waren von den Worten Lieselottes betroffen und schwiegen nachdenklich. Lieselotte nickte und schloss: „Ich wollte nur einen anderen Aspekt aufzeigen! So lustig unsere Geschichten manchmal waren, es steckt bei der ganzen Sache unendlich viel Tragik im Verborgenen! Diese Portale, wie immer sie sich nennen mögen, haben immer junge Menschen in der Werbung abgebildet. Oder habt ihr schon mal eine Witwe oder einen Single-Mann in unserer Altersgruppe im Fernsehen auf Freiersfüßen gesehen? Es gäbe sicherlich noch einiges zu sagen, lassen wir es gut sein! Ich will uns den letzten Abend nicht verderben.... Wir sehen uns morgen beim Frühstück, nicht wahr?“

Allgemeine Zustimmung und Ilse wollte wissen: „Wenn wir unsere Koffer draußen, ich meine an Land, wieder haben, treffen wir uns noch? Wer fährt denn wie nach Hause?“

Martha und Luise fuhren mit ihrem Reisebüro per Bus zurück nach Berlin. Ulla wollte ihren Bruder in Hannover überraschen, ihr Zug ging so um die Mittagszeit. Heikes ICE Richtung Heimat fuhr eine halbe Stunde später ab. Ilse und Leni blieben und wollten sich eine hübsche Bleibe in einem netten Hotel suchen. Lieselotte war mit dem Wagen da, dadurch hatte sie keinen Zeitdruck für die Heimreise; sie wollte ohnehin ein oder zweimal übernachten und alte Freunde besuchen.

Der Chef de salle stand schon eine ganze Weile in der Nähe ihres Tisches, sie waren die letzten Gäste. Lieselotte winkte ihn heran und zeichnete die Rechnung ab. Dann brachen die Damen auf. Zum letzten Mal sollte es einen >Absacker< in der Bar geben...

DER ABSCHIED

Der Tag 21 – das Ende dieser Seereise. Das Frühstück begann bereits um 6 Uhr, und die ersten Hungrigen drängten ans Büffet. Alfredo hatte Mühe, den Tisch >seiner Damen< frei zu halten. Endlich kamen Martha und Luise, die anderen trudelten nach und nach ein.

Sie hatten am Vorabend in der Bar ein letztes Glas Champagner getrunken, sich immer wieder fest versprochen, diese nette Freundschaft weiter zu pflegen und sich in nicht allzu weiter Ferne – spätestens bei der Präsentation von „ihrem" Buch – wieder zu treffen. Ilse fasste es in einem langen Satz zusammen: „Für mich war diese meine erste Seereise wirklich ein tolles Erlebnis, ich möchte keine Sekunde davon missen und hoffe, dass wir weiterhin in Verbindung bleiben und vielleicht im nächsten Jahr zu einer nächsten gemeinsamen Reise in See stechen!"

Ein interessanter Aspekt war aufgetaucht, den sie gestern in der Bar eifrig von allen möglichen Seiten beleuchtet hatten, nämlich: Man sollte eine Art „Leitfaden" für den Umgang mit den Männern und eine „Anleitung" für diese für den Umgang mit den Damen schreiben - mit Beispielen! Es war heiß diskutiert worden und Lieselotte hatte sogar zugegeben, dass sie dieses Thema bereits angedacht hatte – vielleicht als Anhang zum Buch? Zuerst aber musste es geschrieben werden....

Lieselotte, der VIP-Passagier, kam als erste an Land. Sie hatten vereinbart, dass sie sich mit ihrem roten Regenschirm, ausgespannt natürlich, in eine passende Ecke stellen sollte, die anderen wollten dann dazu kommen. Es dauerte eine ganz Weile, bis alle da waren.

Sie waren dabei sich wortreich – keine Tränen bitte, hatte Leni befohlen – zu verabschieden, da erstarrte Ulla plötzlich. Heike bemerkte dies und sagte: „Ulla, was ist los? Ist dir schlecht?“

„Nein, nein!“ stammelte Ulla, „da drüben steht Yves, er kommt jetzt auf uns zu!“ Alle drehten sich in die Richtung, in die Ulla sah. „Wo ist deine Überraschung?“ Martha stellte sich auf die Zehenspitzen, um besser sehen zu können, auch alle anderen suchten eifrig in der Menge.

Da stand er schon, genau wie von Ulla beschrieben. „Bonjour, Mesdames!“ grüßte er mit einer kleinen Verbeugung und streckte Ulla die mitgebrachten Röschen entgegen. Dann nahm er sie in den Arm, küsste sie liebevoll, betrachtete sie forschend und war offensichtlich mit dem, was er sah, sehr zufrieden. Nun wandte er sich erneut an die ihn aufmerksam musternden Damen: „Ich freue mich sehr, Sie alle gesund und munter nach dieser aufregenden Reise endlich persönlich kennen zu lernen! Ulla hat mir so viel am Telefon erzählt“ Sein elsässisch gefärbtes Deutsch hörte sich sehr charmant an.

Nachdem man sich von dieser Überraschung etwas erholt hatte, begann Ulla die Vorstellung der Freundinnen. Martha musste leider zur Eile mahnen, denn ihr Busfahrer strebte eilends auf sie und Luise zu, wollte ihr Gepäck abholen und betonte, er müsste pünktlich abfahren.

„In diesem Fall meine Damen muss ich mit der Tür etwas rascher ins Haus fallen, so sagt man doch auf Deutsch, nicht wahr? Ulla hat in diesem Herbst – im Oktober – einen runden Geburtstag, den wir natürlich gebührend feiern wollen. Dazu lade ich Sie alle zu uns ins Elsass ein – und bitte auch die jeweiligen Herren mitzubringen! Wir werden alles organisieren, für Unterkunft etc. wird gesorgt sein. Der Ort des großen Abends ist bei uns auf dem Hof, wir haben Platz genug! Über die Einzelheiten werden Ulla und ich später genauestens informieren!" Er wandte sich direkt an Martha und Luise: „Ich will Sie nicht länger aufhalten. Für Sie beide eine gute Reise nach Berlin und ich freue mich auf ein Wiedersehen im Elsass!"

Sie umarmten sich alle noch einmal. Lieselotte verabschiedete sich von Luise mit einem leisen „Ich ruf dich an wegen unserer Arbeit!". Ein Mann von der Schiffscrew wartete mit Lieselottes Gepäck, er sollte es bis zu ihrem Auto bringen. Leni und Ilse suchten ein Taxi, um in die Stadt zu fahren. Heike und Ulla, die beiden Freundinnen, versprachen, sich bald wieder zu treffen.

Heike stand wartend am Taxistand, da fragte ein älterer Herr neben ihr: „Verzeihung, gnädige Frau! Ich muss zum Hauptbahnhof. Ich fahre mit dem ICE nach Stuttgart. Falls wir den gleichen Weg haben, wollen wir gemeinsam fahren? Es ist jetzt so schwer, ein Taxi zu bekommen!" Heike war zuerst überrascht und wollte im ersten Moment ablehnen, dann nickte sie. Es war doch wirklich schwer, ein Taxi zu ergattern! Da fuhr auch schon der nächste freie Wagen vor, das Gepäck wurde eingeladen und die beiden stiegen ein.

Ulla hatte die Szene beobachtet und dachte bei sich: „Schau an, vielleicht hilft der Zufall mit! Dann gute Reise, liebe Heike!" Yves nahm Ullas Gepäck und sie gingen zu seinem Wagen, um gemeinsam nach Hause zu fahren. ……. Eine wunderschöne Reise war zu Ende …….

AUSKLANG

Ausgerechnet heute musste es wie verrückt regnen! Lotte stand vor ihrem Kleiderschrank und verwarf ein Kleid nach dem anderen. Was nur sollte sie anziehen? Am liebsten wollte sie das Hemdblusenkleid mit dem weißen Kragen, aber sah das nicht gar zu jugendlich aus? Das Graue mit dem breiten Gürtel erschien ihr zu trist. Sie könnte natürlich das beige Kostüm mit dem grünen Seidenpulli nehmen, aber beige zu ihren grauen Haaren?

Gestern Abend, als sie vor dem Fernseher saßen, hatte sie Klaus gefragt, aber er hatte ihr einen Kuss gegeben und gemeint: „Ich finde dich jederzeit und in allen Lebenslagen – mit oder ohne – immer hübsch!" Das war zwar ein zauberhaftes Kompliment für eine Dame über siebzig, aber wenig hilfreich, wenn es um die Frage ging, welches Kleidungsstück für einen derartigen Anlass passend war! Schließlich war heute einer der wichtigsten Tage in ihrem Leben.

Die Männer haben es doch viel einfacher als wir Frauen, sinnierte sie. Klaus hatte gestern Nachmittag erwähnt, er würde gerne den dunkelgrauen Anzug anziehen, mit einem blauen Hemd und passender Krawatte, sie hatte ihm alles herausgelegt, auch die passenden Manschettenknöpfe. Aber ihr blieb immer noch die Qual der Wahl…

„Lotte, Liebling, du solltest dich langsam beeilen! Wenn zu viel Verkehr ist und wir nicht schnell fahren können, kommen wir zu spät!“ Jetzt nervte er auch noch! Diese Männer…

Sooo spät war es noch nicht, stellte sie mit einem Blick auf die kleine Uhr auf ihrem Nachttisch fest. Also noch einmal, ganz ruhig: Was ziehe ich an? Sie betrachtete die fein säuberlich aufgehängten Kleidungsstücke von neuem. Da blitzte etwas Rotes hervor: ach, der alte, dunkelrote Hosenanzug und die schwarz-weiß karierte Bluse mit dem Stehkragen! Eigentlich müsste ihr das gute Stück noch passen. Gesagt, getan! Prima, die Hose passte und alles war in Ordnung…

Schnell durch die kurzen Haare – nur gut, dass die Frau Anna diesen Kurzhaarschnitt so perfekt beherrschte! Der Lippenstift hatte genau die Farbe des Hosenanzugs, die Wimpern hatte sie vorher ein wenig getuscht, aber wer sah das schon hinter der Brille! Ein wenig Parfüm – pf, pf….

Lotte schloss die Türe des Schlafzimmers und ging durch den kleinen Flur in die Diele. Hier stand Dr. Klaus Ullrich und wartete auf seine Lebensgefährtin Lotte. Was war in den letzten Monaten alles geschehen! Schließlich hatte er dieses Manuskript doch zum Lesen bekommen!

Heute hatte der Verlag eine kleine Vorab - Vorstellung der diesjährigen Publikationen organisiert, die dann später auf der Buchmesse in Frankfurt präsentiert werden sollten. Es war nur ausgewähltes Publikum geladen. Lottes Buch mit dem vielversprechenden Titel >Witwe sucht Mann< würde seiner Meinung nach die Sensation des Abends werden…

Er sah sie liebevoll an und man konnte den Stolz aus seiner Stimme hören, als er sagte: „Du siehst wunderbar aus! Perfekt für die Präsentation deines Buches! Lass uns fahren, damit wir nicht zu spät kommen, schließlich bist du die Hauptperson. Die anderen werden schon alle warten. Ach, das muss ich dir noch sagen: Nicht nur, dass Witwe einen Mann gesucht und gefunden hat, ein Witwer hat – trotz des Alters - die Frau seines späten Lebens gefunden, nämlich ich dich! Du bist eine tolle Frau und ich liebe dich von ganzem Herzen!“

ÜBER DEN AUTOR

Moni (Monika) Leuthold, eine gebürtige Österreicherin, seit mehr als 40 Jahren in Deutschland lebend, begann als Witwe zu reisen, gerne per Schiff. Sie sammelte die Erzählungen Ihrer Mitreisenden und machte daraus - mit einem Zwinkern im Auge - ein unterhaltsames, vergnügliches Buch über die Schwierigkeiten bei der „Männer-Suche".

36289661R00139

Printed in Poland
by Amazon Fulfillment
Poland Sp. z o.o., Wrocław